犬の心

怪奇な物語

ミハイル・ブルガーコフ

石井信介 訳・解説

未知谷
Publisher Michitani

目次

犬の心　11

訳注　177

『犬の心』に登場する音楽　229

訳者あとがき　252

訳注について——訳者より

最初の訳注「トンネル通路」以外は後回しにしてもいいですよ…。本文を読む中で訳注の番号がついていても、とくに違和感や疑問をいだかない箇所では、巻末の訳注を参照せずに読み進んでもかまいません。そのために一部本文中の［……］内に簡単な訳注を付けた箇所もあります。ただし、一度読み終わった後で訳注だけを読むか、訳注を参照しながらもう一度本文を読んでみてください。昔グリコのアーモンド・キャラメルに「一粒で二度おいしい」というキャッチコピーがありましたが、間違いなく二度も三度も楽しめるのが本書です。これは請け合います。

地図１　プレチスチェンカ通りとハモブニキ（麻織職人）区

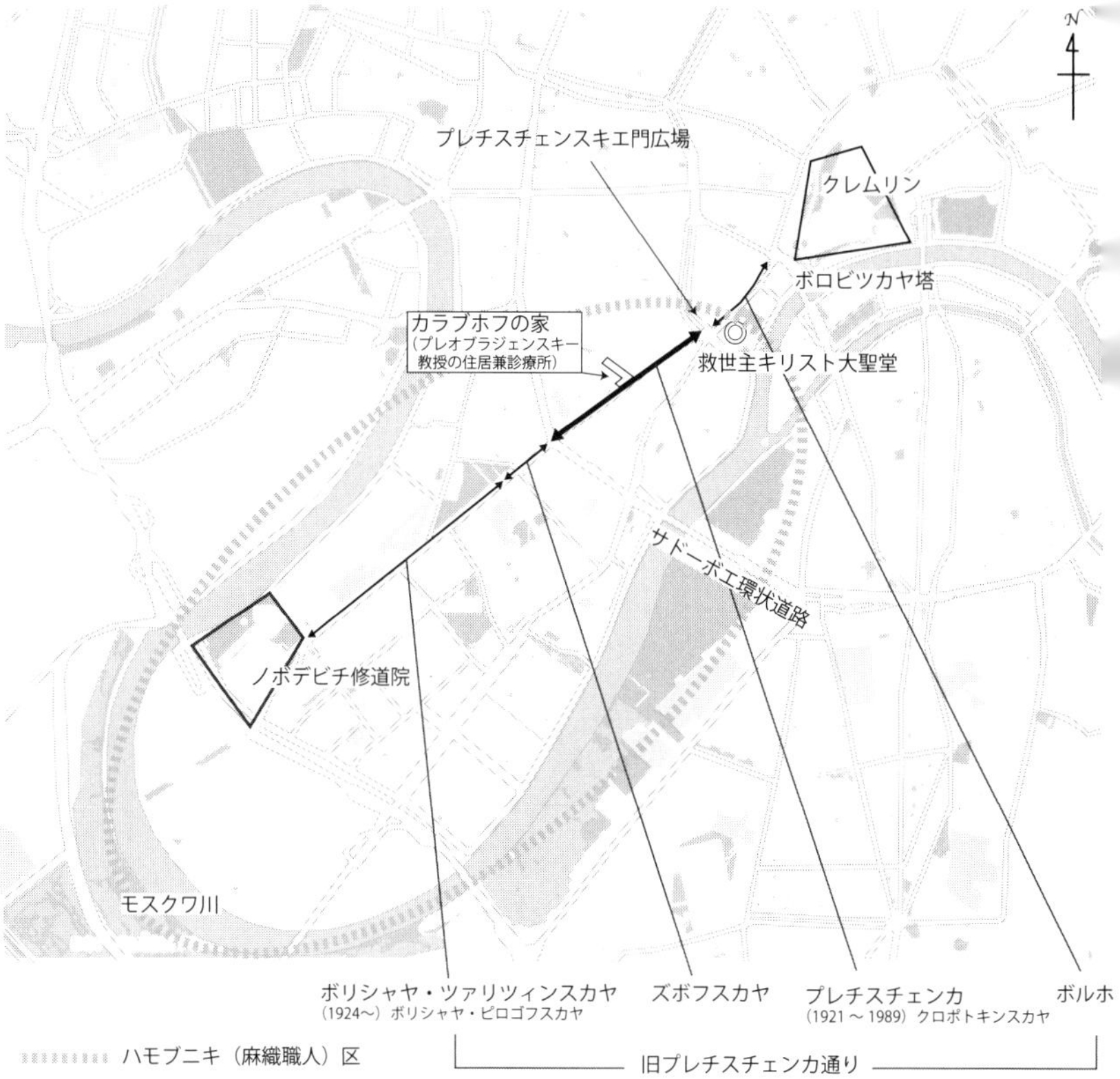

地図２　物語に登場するモスクワの地名（中心部）

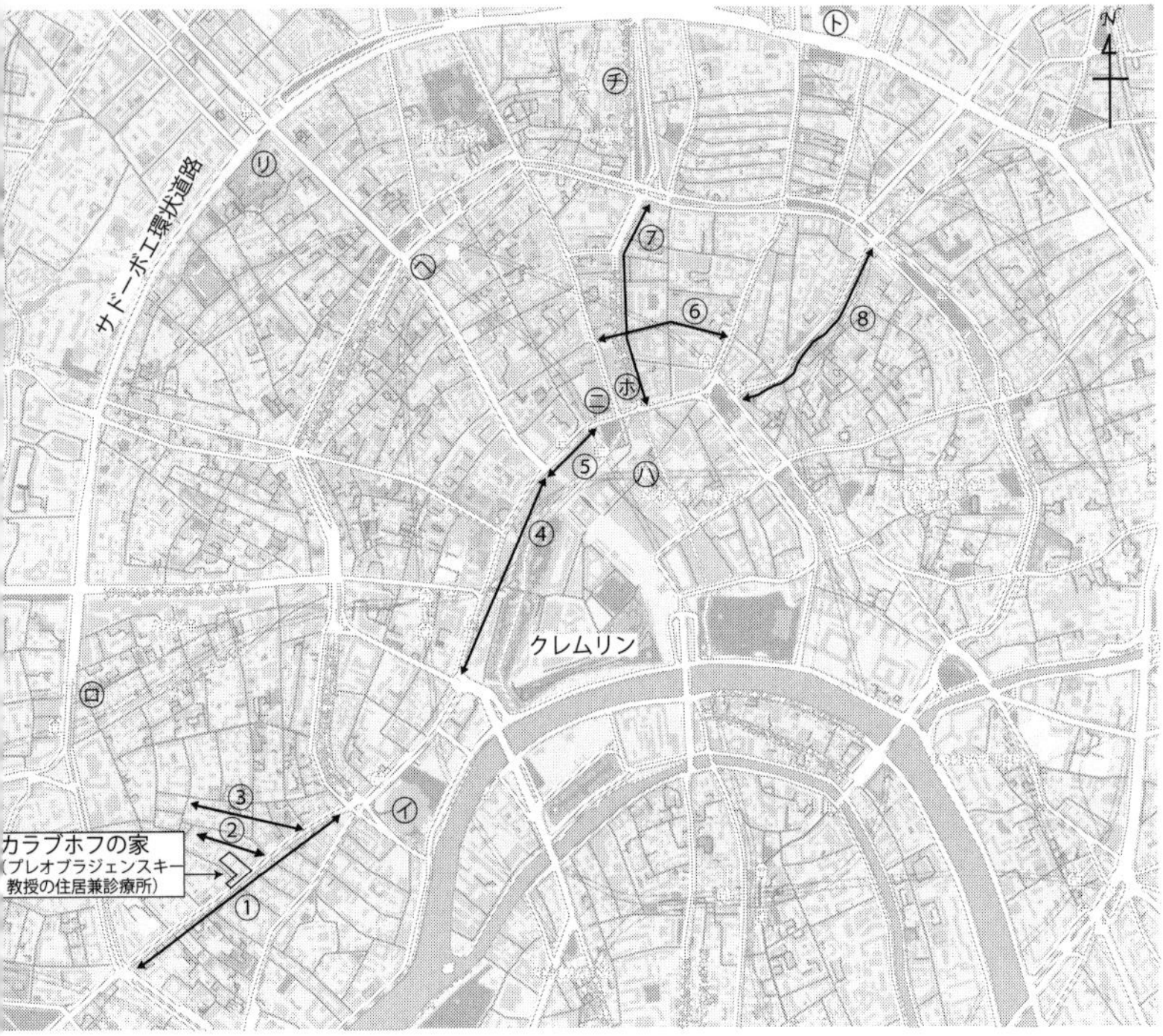

① プレチスチェンカ通り
② オーブホフ（現チーストイ）横町
③ ミョルトブイ（現プレチスチェンスキー）横町
④ モホバヤ（苔売り）通り
⑤ オホートヌイ・リャド（猟師市場）通り
⑥ クズネツキー・モスト（鍛冶橋）通り
⑦ ネグリンヌイ（沼川）通り
⑧ ミャスニツカヤ（肉屋）通り

㋑ 救世主キリスト大聖堂
㋺ スモレンスキー市場
㋩ レストラン・スラビヤンスキー・バザール
㋥ ボリショイ劇場
㋭ ミュール&メリーズ百貨店
㋬ エリセーエフ兄弟商会の店
㋣ スハレフスキー市場
㋠ ソロモンスキー・サーカス
㋷ ニキーチン・サーカス

地図３　物語に登場するモスクワの地名（中心部を除く）

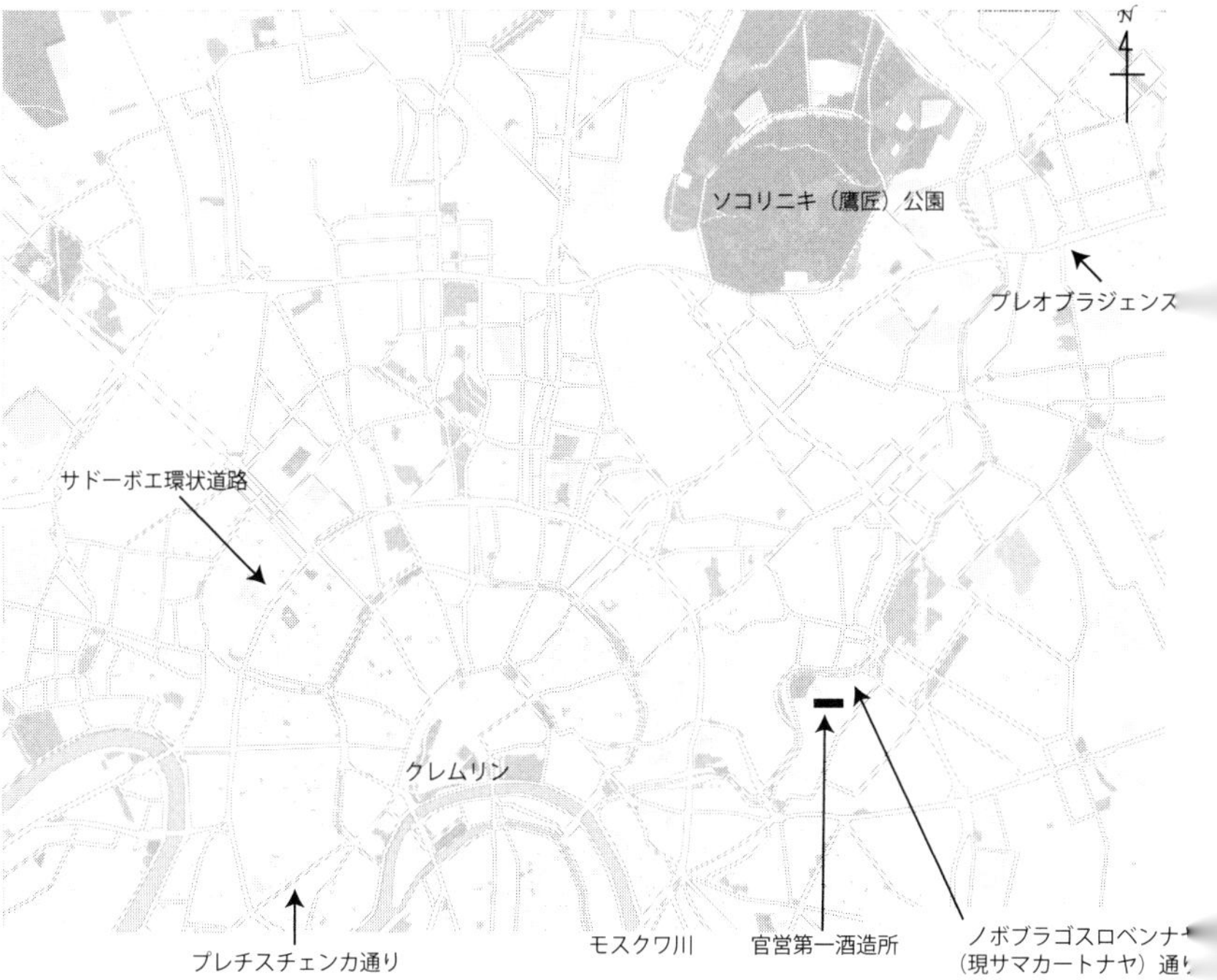

主な登場人物

シャリク　雑種の野良犬、むく犬、オス。シャリクは「小さな球、玉、ボール」の意味で、コロコロとした子犬のイメージから犬の代表的な名前となり、名前が分からない犬（とくに子犬）に呼びかけるときにも使う。日本の「ポチ」「コロ」「ワンちゃん」

クリム　流しのバラライカ弾き。実質的な前科あり。バーでけんかしてナイフで刺されて殺され、シャリクに臓器（睾丸と脳下垂体）を提供する。フルネーム（名前・父称・苗字）はクリム・グリゴリエビッチ・チュグンキン。クリムはクリメントの口語形。チュグンは銑鉄、鋳鉄

シャリコフ　野良犬シャリクにクリムの睾丸と脳下垂体が移植されてできあがった男性。実在するシャリコフという苗字は玉（シャリク）のように丸々と太った人というあだ名から発したもの。本書では、手術を受けた本人が苗字を選択するにあたって犬の時代に呼ばれた名前シャリクを引き継いでシャリコフを採用した

同じく本人が採用した名前と父称はポリグラフ・ポリグラフォビッチ。ポリは「複数」「多数」、グラフは「書く」「記述」「記録」「グラフ」。ポリグラフは「印刷機」という解釈と「物書き（たくさん書く人）」という意味がありうる。もちろん実在の名前ではない

プレオブラジェンスキー教授　性ホルモン、アンチエイジングなどの分野で世界的に有名な医師・教授。モスクワのプレチスチェンカ通りとオーブホフ横町の角にある高級集合住宅に自宅兼診療所を持っている。通常は名前と父称でフィリップ・フィリッポビッチと呼ばれる

プレオブラジェンスキーの語源であるプレオブラジェーニエは「主イエスの変容」。これは聖書に記された出来事で、イエスが少数の弟子を連れて高い山に登った際に、イエスの姿が変わり（顔が太陽のように輝き、服が光の

ように白くなり）、モーセとエリヤが現れてイエスと語り合ったというもの
ボルメンターリ医師　プレオブラジェンスキー教授の助手をつとめる有能な若手外科医。当初は通いの勤務だったが、途中から住み込みになる。名前と父称はイワン・アルノルドビッチ
ジーナ　プレオブラジェンスキー家の住み込み小間使い兼看護助手。フルネームはジナイーダ・プロコフィエブナ・ブーニナ。ジーナはジナイーダの愛称
ダリヤ・ペトロブナ　プレオブラジェンスキー家の住み込み炊事婦。離婚歴のある情熱的な女性。名前がダリヤで父称がペトロブナ、苗字はイワノワ
フョードル　プレオブラジェンスキー教授の住居兼診療所が入っている旧高級集合住宅のドアマン。様々な雑用もこなす。苗字と父称は不明。同じ家に住んでいるブルジョアのフョードル・パブロビッチ・サブリンとは同名異人
シュボンデル　プレオブラジェンスキー家が入っている高級集合住宅に転居してきて住宅委員会の委員長に就任した男。名前と父称は不明
ビャーゼムスカヤ　住宅委員会の文化部長。若い女性だが男装している。名前と父称は不明
ペストルーヒンとジャローフキン　それぞれ住宅委員会の委員。名前と父称は不明
ビタリー・アレクサンドロビッチ　プレオブラジェンスキー教授が電話で話す共産党の幹部でプレオブラジェンスキー教授の患者と推測される人物。苗字は不明
軍服を着ている患者　合同国家政治保安部（オーゲーペーウー＝秘密警察）の幹部と推測される人物
ワスネツォワ　タイピスト、モスクワ公共事業局野良ネコ等駆除課長に出世したシャリコフの秘書

犬の心

怪奇な物語

I

ウォーン、ウウォーン！　ああ、おいらを見ておくれ、おいらは死にかけている！　トンネル通路[1]を吹き抜ける吹雪の咆哮は、おいらにささげる臨終の祈りだ。おいらはそれに合わせてうなっている。もうだめだ、おしまいだ。汚れたコック帽をかぶったろくでなしのせいだ。中央国民経済会議の職員用標準栄養食堂[2]のコックだよ。おいらに熱湯をぶっかけやがった。左のわき腹がやけどさ。このコックはひどい悪党で、そのうえプロレタリア[3]ときてやがる。主よ、わが神よ、とてもいたい！　熱湯で骨までぼろぼろにされたようだ。今はただこうして何度もうなっているが、どんなにうなったって何の役にも立たないんだ。

　あのコックにおいらが何をしたっていうんだ？　ゴミ溜めをあさったからといって、国民経済会議を食いつくすわけではないだろうに。けちなろくでなしさ。一度そいつの醜い面《つら》や横幅の方が背よりも大きいんじゃないかというくらい不格好な身体つきをみなさんに見てもらいたいね。要するに、酒焼け顔の泥棒野郎ですよ。ああ、みなさん、どうか聞いてください。コック帽をかぶったあいつがおいらに熱湯を浴びせたのは正午頃。今はもう薄暗くなっている。プレチスチェンカ（生神女《しょうしんじょ》）通り[4]の消防署からタマネギの匂いがただよってきているから、午後四時頃だな。みなさんもご存知のように、消防士たちの夕飯は雑炊だ。ほかに食べ物がないときに仕方なく食べるやつさ。おいらたちがキノコを食べるのと同じだよね。もっとも、プレチスチェンカ通りの野良犬仲間によると、ネグリンヌイ（沼川）通り[5]にある「バール」[6]という高級レストランの日替わり料理「キノコとピリ辛ソース」は、三ルーブル七五コペイカもするのに人気殺到だって。まあ、物好きがいるってことさ。ゴム製のオーバーシューズ[7]を好きな犬がいるのと同じさ……。ウォーン……

　わき腹が痛くて我慢できない。このあとどうなるか、おいらは知っている。明日になればただれて潰瘍になるんだよ。ではその潰瘍をどうやってなおせばいいか？　夏ならばソコリニキ（鷹匠）公園[8]に駆けこめばいい。怪我によく効く特別の草が生えているだけじゃなくて、ピクニックやバーベキューにやって来る連中からソーセージの切れ端をちょうだいしたり、彼らが捨てていく包み紙にこびりついている脂肪を好きなだけなめたりできるんだ。月夜に円形劇場で『♪清きアイーダ……♪』なんて歌ってびっくりさせる口うるさい老人さえいなければ最高だよ。でもいまは冬だぜ。いったいどこに行けばいいんだ。ブーツで後ろから蹴られたことはないかって？　あるさ。煉瓦を投げられて肋骨を痛めたことはないかって？　何度もやられたよ。さんざんな目にあってきた。ありとあらゆることを経験してきたんだ。だから、自分の運命を受け入れるすべは知っているつもりさ。いま泣いているのは絶望のせいじゃない。ただ身体が痛くて寒いからだよ。だっておいらの魂はまだくじけちゃいない……。犬の魂は強靭なんだぜ。[9]

とはいえ、身体はずたずたでよろよろのうえに、人間にいじめられっぱなしだ。そしていまの問題は、あいつに熱湯をぶっかけられた左のわき腹の毛が抜けて皮膚がむき出しになっていることさ。こうなると簡単に肺炎にかかっちゃうんだ。そうなれば、みなさん、おいらは飢えてくたばるだけ。だって、肺炎になったらどこかの建物に忍び込んで、階段の下にじっと身をひそめて横たわっていなければならないんだが、そうなると、独りぼっちで寝たきりのおいらのために、誰がゴミ溜めをあさって食べ物を運んでくれると言うんだ？　肺が冒されたおいらは腹ばいになって這うのがやっとのありさまだ。どんどん衰弱していって、ついには犬殺しの棒きれ一本で簡単に殺されてしまうだろう。くたばったおいらは、大きなバッジをつけた掃除夫たち[10]の手で脚をつかまれて荷馬車に放り込まれるんだぜ……

　掃除夫ってやつはプロレタリアの中で一番いまわしい屑野郎さ。人間のかす、最低の連中だ。だがコックとなると、いろいろだな。たとえば、もう亡くなっちゃったが、プレチスチェンカ通りのブラスがそうだった。あの人のおかげで命拾いした犬が何匹もいたそうだ。病気のときに肝心なのは一切れの食い物をどうやって手に入れるかだが、年寄りたちの話では、ブラスが投げてくれる骨にはなんと五〇グラムもの肉がついていたんだって。本物の人格者、トルストイ伯爵家[11]の立派なコック、ブラスよ、天国で安らかに眠りたまえ！　標準栄養会議じゃない、えーっと、なんとか会議のなんとか食堂のコックは地獄へ落ちろ！　やつらが標準栄養食といって食べさせるものときたら、犬の頭でも理解しがたいしろものさ。なにしろ人でなしのコックどもは、腐った臭いのする塩漬け肉でシチー[12]というキャベツスープの出汁《だし》を取るんだぜ。かわいそうなのは何も知らない客さ。食堂に駆けこんできて、がっついて、ピチャピチャいわせて大満足ってわけだからね。

おいらが知っている別のプロレタリアは女性でタイピスト。彼女の給料は第九号俸給で、四五ルーブル。そのほかに愛人からシルクタッチの木綿のストッキングをプレゼントされているけれど、このシルクタッチがくせもので、彼女はそのせいでいじめられるんだ。つまりこの愛人は普通の方法じゃなくて、フランス式愛を強要してくるんだよ。ここだけの話だが、フランス人ってひどい奴らさ。でも、うまいものを食って赤ワインをたっぷり飲んでいるんだぜ。えーっと、まあフランス人のことはどうでもいい。タイピストが食堂に駆けこんで来た。だって四五ルーブルの給料じゃ「バール」のような高級レストランに行けっこないからね。ご婦人方の唯一のなぐさみは映画と決まっているのに、彼女の給料じゃ映画館の切符もおいそれとは買えないんだよ。

彼女は体をびくびくふるわせながら、顔をしかめて食べている……。考えてもごらん、料理の値段は二皿で四〇コペイカもするが、本当は両方会わせて一五コペイカしないんだぜ。残りの二五コペイカは食堂長が自分のポッケに入れちゃうんだ。こんな料理が彼女の身体にいいはずがない。右肺の上部に異常が認められ、フランス式なんとかのせいで婦人病もかかえていて、職場では給料からいろいろと天引きされ、食堂では腐った物を食べさせられているんだぜ。かわいそうなタイピストじゃないか。ほら、いま食堂から出てきた。愛人からプレゼントされたストッキングの脚でおいらのいるトンネル通路に向かって駆けて来る。脚は冷えていて、さらに下から腹部に向かって冷気が忍び込んでくる。だって、羊毛でできた上衣はおいらの毛皮みたいに暖かいけれど、レース模様のショーツは薄くて寒いんだ。なにしろ愛人を楽しませるために買った安物だからね。フランネルの暖かいズロースを穿けばいいのにと誰でも思う。でもフランネルにすると大変だ。愛人はこう怒鳴る――「なんてみっともない格好だ。マトリョーナ《田舎娘》、お前なんてもうあきあきだ。フランネルのズロースにはさんざんな目に会ってきた。ようやく私の思うままになるときがやってきたのだ。今の私は議長だ。私が盗んだお金は、女の体と、エビガニ料理と、高級シャンペン・アブラウ・デュルソー[13]に使うんだ。若いときの腹ペコの生活はもうたくさんだ。今を楽しもうぜ。死んでからのことなんてどうでもいいのさ」ってね。

　おいらは彼女がかわいそうで仕方ない。でも、かわいそうという点ではおいらの方が上だよ。利己主義からこう言うんじゃないぜ。絶対に違う。だって、おいらと彼女とでは条件に差がありすぎるんだ。彼女には暖かい家があるじゃないか。おいらには家がない。おいらはどこへ行けばいいんだ。疲れきって、熱湯をぶっかけられ、つばを吐きかけられていじめられたおいらは、いったいどこへ行けばいいんだ？　ウォーン……

「クン、クン、おいで！　シャリク「ワンちゃん」[14]、おいでシャリク！　なんで哀れっぽく鼻をならすの？　かわいそうに。どうしたの、誰にいじめられたの？　あれーっ……」

　ほうきに乗った魔女のような乾いた吹雪が突然彼女を襲ってきた。吹雪はトンネル通路にある開けっ放しの門扉を動かしてバタンという大きな音を立てたかと思うと、ほうきの穂先のような乾いた雪でタイピストの耳たぶをなぶった。突風が彼女のスカートを巻き上げ、クリーム色のストッキングと黄ばんだレースの下着を露出させ、彼女の口をふさぎ、最後に犬の頭に雪を撒き散らした。

《おお、神様……なんてひどいお天気なんでしょう……ああ……それに、お腹が痛い。あの腐った

塩漬け肉のせいだわ、塩漬け肉よ！　いつになったらこうしたことが終わるのかしら？》
タイピストは頭を傾けて反撃に転じ、トンネル通路の出口に向かって突進した。通りに出た彼女は、吹雪に翻弄され、引っぱられ、突きとばされ、雪の渦に巻き込まれ、そして見えなくなった。
犬はトンネル通路に残った。傷ついたわき腹に苦しみながら、冷たくてどっしりした雪のかたまりに身体を押しつけて一度大きくあえぐと、もうどこにも行かない、このトンネル通路で死んでやる、と固く決心した。絶望が押しよせてきた。胸のうちはつらく苦しい。孤独と恐怖は極限に達している。だから涙も枯れかけていて、小さな涙は目からこぼれるやいなやすぐに乾いてしまう。わき腹の傷の周囲にあるもつれた毛は凍ったかたまりとなって垂れ下がり、その間から熱湯でやけどを負ったぶきみな赤い斑点がのぞいている。コックってやつは、とことん思慮の欠けた、間抜けな、残酷な連中だね。ところで、タイピストはおいらを「シャリク」と呼んだが、とんでもない、どこが「シャリク」だ。「シャリク」のもともとの意味は、小さな球《たま》、ボールという意味で、コロコロと肥えた、おつむがぼんやりした、オートミールを食らう、立派な血統の子犬にふさわしい名前だが、おいらときたら、毛むくじゃら、ひょろひょろ、ぼろぼろ、やせぎす、あちこちほっつき歩く野良犬じゃないか。もっとも、こんなおいらに思いやりのある言葉をかけてくれた彼女には、ありがとうと言っておくべきだろうな。
おや、通りの向こう側、明るい照明に照らされた店で扉が開いたぞ。店から市民《グラジダニン》が出てきた。そう、まさに市民だ。この人に同志《タワリシチ》という言葉はふさわしくない。いや市民も正しくないな。正確には、紳士《ゴスポジン》[15]かな。近づいて来たからもっとはっきりしてきた。間違いなく紳士だ。みなさんは、この人が外套を着ているからおいらがそう判断したと思っているだろうが、冗談じゃない。最近は誰だって外套を着ていて、プロレタリアだって着ているじゃないか。もっともそいつらの外套の襟が安物なのは言うまでもないがね。でも遠目では襟の種類までは見分けられない。ところがだね、遠かろうが近かろうが、その人の目を見て判断すれば間違うことはないんだ。目は大事さ。お天気を判断する晴雨計《バロメーター》みたいなものさ。目を見れば、誰が薄情な心を持っているか、一目瞭然だよ。なんの理由もないのに、なんの意味もないのに、おいらの肋骨をブーツの爪先で蹴り上げるのは誰か、まわりのすべてを恐れているやつは誰か、目を見ればすべてお見通しさ。そこですべてを恐れている匹夫下郎《ひっぷげろう》のくるぶしに噛みついてやるんだ。あんた怖がってるね、だから噛みついてやるぜってね。怖がってるやつを怖がらせるのが、値打ちがあるんだぜ……。ウッウーッ、ワンワン……

　紳士は吹雪のなかを堂々と歩いて通りを横切り、このトンネル通路に向かってくる。うん、やはりそうだ、この人は腐った塩漬け肉を口にしない。万が一にもどこかで腐った肉を出されるならば、新聞に訴えて一大スキャンダルにしてしまうような大物だ。「この私、フィリップ・フィリッポビッチにとんでもないものを食わせやがった」ってね。

　紳士がおいらの方にどんどん近づいて来る。この人はいつもたらふく食べているから盗みなんて絶対にしない。おいらたちを足蹴にすることもない。そして誰をも恐れていない。いつも満腹だから、怖いものがないのだ。この紳士は頭脳労働者だぜ。文化人らしい尖ったあごひげ、フランスの騎士のような濃くて硬い白髪混じりの立派な口ひげを見ろよ。ただし吹雪に混じっていやーな臭いがただよってくるぜ。これはおいらの嫌いな病院と葉巻の臭いだ。

この紳士はなんだって中央生協店に立ち寄ったんだろう？　おやおや、とうとうおいらのところまで来ちゃったよ。なにをお望みかい。ウォーン……あんなろくでもない店で何を買ったんだ？　グルメ食材があふれているオホートヌイ・リャド（猟師市場）通り[16]になぜ行かないんだい？　あれれ、これは何の匂いだ？　そうだ、ソーセージだ。おやおや、紳士のあなた、このソーセージが何から作られているか、その製造現場をひと目ご覧になれば、こいつを売っている店には決して近づかなくなること請け合いますぜ。だからそいつはおいらにおくれ！

犬は最後の力をふりしぼって無我夢中でトンネル通路から歩道に這い出した。吹雪が頭の上の広告用横断幕をあおってパタパタと音を立てている。横断幕には『本当に若返られるの？』って書いてある。

本当に若返られるんだよ。おいらだってソーセージの匂いですぐに若返って、なんとか立ち上がったじゃないか。二日間空っぽだった胃だって焼けつくように動き出した。天国の匂いのせいだ。ニンニクとコショウ入りソーセージの切り身の匂いだ。いやな病院の臭いを打ち消してしまうほど強い匂いじゃないか。感じるぜ、分かるぜ、毛皮の外套の右ポケットにソーセージが入っている。おいらの真上だ。おお、わがご主人様！　おいらを見ておくれ。死にかけているおいらを。正直のところ、おいらたちの奴隷の魂はつくづく嫌になる。ろくでもない運命は実に嘆かわしい。でもほかに道がないんだよ！

犬は涙を流しながら、腹ばいになってヘビのようにうごめいた。お願いだ、コックにやられたやけどを見ておくれ。もっとも、あなたはこのけがに同情してソーセージを恵むような人ではない。そうさ、おいらだって金持ちのことをよく分かっているさ。でも、そもそもなんであなたにソーセージが必要なんだい。腐った馬肉のソーセージをどうするつもりだ？　このまがいものはモスクワ最大の農産物加工企業モスセリプロムの製品だぜ。ご存知でしょう、モスセリプロムのほかにこんな毒物を作っているところはない[17]って。それに、あなたは食事をすませたから空腹ではないはずだ。あなたは、男性ホルモンの分野で世界的に有名な方じゃないか……。ウォーン……

　この世の中、何が起こるか分からないね。死ぬのはまだ早いぞ、望みを捨てるのは罪ってことだな。いずれにしても、おいらに残された道は、紳士の手をなめることだけさ。

　謎の紳士はかがみ込んで犬に顔を近づけた。金縁眼鏡をキラッと光らせた紳士は右のポケットから細長い包みを取り出し、茶色の手袋をはめたまま白い紙包みをほどいた。紙は吹雪に飛ばされた。紳士は特製クラクフ・ソーセージ[18]を一切れちぎって犬に放り投げた。おやまあ、なんて気前のいい旦那だこと。ウォーン！

　紳士は口笛を軽く二度吹いてから威厳ある声で言った。「よし食べなさい！　シャリク」

またもやシャリクかい。勝手に名前をつけやがって。でも名前なんてどうでもいい。あなたの破格の行為に免じてその名前でよしとしよう……

　犬はソーセージの皮を瞬時にかじり取ると、むせび泣くようにクラクフ・ソーセージに食らいつき、あっというまに飲み込んだ。そのとき、欲張りすぎて紐の切れ端を飲み込みそうになり、一瞬ソーセージと雪をのどにつまらせて涙ぐんだ。もっとください、もう一度手をなめさせてください。ズボンにキスさせてください、ご主人様！

「よし、いまはここまでだ」、紳士は命令するように歯切れよく言うと、かがみこんでなにかを探るように犬の目を見つめ、手袋をはめた手でシャリクのお腹を不意にそっとやさしく撫でた。

「ははーん」、紳士は意味深にこうつぶやき、「首輪はないな。結構、結構。お前が要るんだ。私についておいで」と言うと、指を鳴らして軽く二度口笛を吹いた。

ついて来いって？　地の果てまでもついて行きますよ。フェルト製のオーバーブーツで蹴飛ばされたって文句言いません。

辺りはすっかり暗くなっていて、プレチスチェンカ通りの街灯はすべて点灯していた。わき腹は耐え難く痛い。しかしながらシャリクはわき腹の痛みをしばし忘れていた。なにしろ、奇跡を起こす幻の毛皮の外套を雑踏のなかで見失わないように全神経を集中しなければならなかったし、さらに愛情と献身ぶりを表現することに夢中だったからだ。オーブホフ横町[19]に至るまでのあいだに、シャリクは七回も愛情と献身ぶりを披露した。途中、ミョルトブイ（死人）横町[20]を横切るときには紳士の靴にキスし、どこかのご婦人に乱暴に吠えかかり、彼女を歩道の端の台石に追いやって道を開けさせた。また、紳士の同情をひくために二度ほど軽くうなったりした。

シベリアネコまがいの野良ネコが一匹、樋の陰から飛び出してきた。見るからに根性が曲がっている悪党ネコだ。吹雪がはげしく吹いているというのに、クラクフ・ソーセージの匂いを嗅ぎつけたらしい。シャリクの目の前が真っ暗になった。この金持ちは、トンネル通路で怪我している犬に声をかけるだけでなく、泥棒ネコにも声をかけるような根っからの変人かも知れないからだ。もしそうだとすると、モスセリプロム製ソーセージを独り占めできなくなる。そこでシャリクはネコめがけて牙をむき、歯を鳴らした。ネコは小さな穴の開いたホースから水が噴き出すような悲鳴を上げると、樋をつたって一気に二階まで跳び上がった。ウウッ、ワン……、あっちへ行け！　プレチスチェンカ通りをうろついているごろつきネコにモスセリプロム製ソーセージは絶対にやらないぞ！

紳士はシャリクの献身ぶりを高く評価した。消防署の横の、消防音楽隊員が吹くフレンチホルンの心地よい音色が響いてくる窓の下で、ご褒美として二切れ目のソーセージをシャリクに与えた。さきほどよりは二〇グラムほど小さなかたまりだった。

あれあれ、やはり変人だぜ。まき餌をまいてるんだ。ご心配なく、どこにも行かないって。あなたが行くところなら、どこまでもついて行きますよ。

「おい、こっちだよ」

えっ、オーブホフ横町に曲がるのかい？　ちょっと勘弁してくれよ。この通りはおいらたちの間で大変有名なんだよ。

「ほら、ここだ！」

えっ、ここだって？　喜んでと言いたいところだが、ここはだめだ。すみませんが、だめだよ。このマンションにはドアマンがいるんだ。ドアマンよりひどいやつはこの世にいない。掃除夫と比べても数段危険な、実に憎むべき存在さ。ネコより汚らわしいんだからね。金モールをつけた吸血鬼だよ。

「なにもこわがることはないよ。おいで！」

「ご機嫌よろしゅうございます、フィリップ・フィリッポビッチ！」ドアマンが紳士に挨拶した。

「こんにちは、フョードル」紳士が挨拶を返した。

おいおい、この紳士はすごい大物だぜ。おお神様、こんな大物に出会えたとは、おいらはなんて幸運な犬なんだろう。いったい何者かねこの人は？　高級マンションに野良犬同伴で入って来て、ドアマンから質問もされないとは驚きだ。ろくでなしのドアマンを見ろよ。なにも言えない、なにもできないんだぜ。目は不服そうだな。でも金モールの縁をつけた帽子をかぶってなにごともないように無関心を装っている。まさにドアマン心得通りさ。この紳士に敬意を表してるんだ。この人を心底尊敬してるんだね。そして、おいらはその紳士と一緒に、紳士の後をついて行くんだぜ。おや、ドアマンめ動いたな。罰として噛みついてやろうか。まめだらけのプロレタリアの足に噛みつくんだ。お前の仲間がこれまでおいらをいじめてきた分だけ噛みついてやろうか。奴らがほうきでおいらの顔を何回ぶん殴ったか知ってるかい？

「来なさい、こっちだ」階段を上りながら紳士がせかせる。

分かってるよ、分かってるって。どうかご心配なく。あなたの行くところについて行くよ。行き先さえ示してもらえば、わき腹がどんなに痛くても止まらないよ。

紳士は階段の途中でドアマンに聞いた。

「手紙はなかったかね、フョードル？」

ドアマンが下から丁重にこたえた。

「ありませんでした、フィリップ・フィリッポビッチ」そして小声でやさしく付け加えた。「三号住宅に住宅組合員たちが入りましたよ」

シャリクの大切な慈善家は階段の真ん中でクルッと振り返り、手すりに身を乗り出して、戦慄を隠さずに聞いた。

「本当かね？」

目はドングリまなこで、口ひげが垂直に立っている。

ドアマンは階段の下から頭を上げて、手のひらを唇に当ててこう言った。

「はい、そうなんです。四人もですよ」

「おお、神様！　三号住宅がどうなってしまうか、想像がつくな。で、どんな連中だね？」

「どうってことないやつらですよ」

「フョードル・パブロビッチはどうした？」

「つい立てと煉瓦を買いに行きました。仕切りを作るんですって」

「おやまあ、なんてことだ《悪魔が知っている》」

「フィリップ・フィリッポビッチ、お宅以外の住宅にはすべて組合員を入居させるんですって。さきほど集会がありました。決議が採択されて、新しい委員が選出されました。これまでの委員はお払い箱ですって」

「いったいどうなっているんだ。まったく……。そらこっちだ、来なさい」

行くよ、ぐずぐずしないでついて行くって。でもね、わき腹がまた疼き出してきたんだ。ブーツをなめさせてください。

階段下のドアマンの金モールが見えなくなった。暖房用のパイプを通って運ばれてきた熱で暖められた空気が大理石の踊り場をつつんでいる。ここを曲がってもう一度上がると二階のメインホールだ。

一キロメートル先にある肉の匂いを嗅ぎ分けられるならば、文字が読めなくても困らない。でもねえ、モスクワに住んでいて頭にちょっとでも脳みそがあれば、ひとりでに文字を覚えてしまうものさ。学校なんて要らない。モスクワには四万匹の犬がいるが、文字で「ソーセージ」と書けない馬鹿犬は一匹もいないよ。

Ⅱ

シャリクはまず色で覚えた。生まれて四ヶ月経ったとき、「МСПО《エムエスペーオー》［モスクワ生活協同組合］—精肉店」という緑青色の看板がモスクワの各地に掛けられた。繰り返すが、肉の匂いを十分嗅ぎ分けられるならば、そもそも看板や文字なんて必要ない。だが、このときは混乱したんだね。自動車の排気ガスで鼻が馬鹿になっていたシャリクは、青っぽい毒々しい色につられてしまい、肉屋ではなくて電器屋に入ってしまった。皮肉にも通りの名前はミャスニツカヤ（肉屋）通り。[22]そこにある電器屋ゴルビズネル兄弟商会[23]に闖入したシャリクは店員から絶縁電線による洗礼を受けた。辻馬車の馭者のムチより細くて強烈だった。これこそシャリクが勉強を始めるきっかけとなった記念すべき瞬間である。電器屋から歩道に追い出されたところで、シャリクは「青色」が必ずしも「肉屋」を意味するものではないことに気づき始め、はげしい痛みに耐えるために二本の後ろ脚の間に尻尾を巻き込んでうなりながら、肉屋の看板に金色や赤色で書かれている左端の文字について、筆記体（М）がそりに似ていて活字体

（M）がうんち坐りの折れ曲がった脚に似ている文字M《エム》だったことを思い出したのである。
次の文字はもっと楽勝だった。モホバヤ（苔売り）通り[24]の角にある魚屋 **Главрыба**《グラブルイバ》[25]でロシア語アルファベットの最初の文字а《アー》を覚えた。ついでにアルファベットの二番目のб《ベー》の字もね（シャリクは看板を右から左に読んでいってаб《アブ》まで覚えたところで、その先に警官が立っているのに気づいて一目散に逃げた。だからそのときは **Главры**《グラブルイ》を覚えきれなかったのさ）。

モスクワの街角を飾るタイル張りの看板は決まって **сыр**《スイル》（チーズ）店のものだ。ロシアの伝統的湯沸かし器サモワール[26]の蛇口の黒いレバーハンドルのような文字Ч《チェー》で始まる看板がついているのは、もとの主人の苗字が **Чичкин**《チーチキン》[27]だったから。オランダ産赤チーズ（エダムチーズ）が山のように積まれている。犬と見れば親の敵だと思って追い回す店員がいて、床にはおが屑が撒いてあって、同じくオランダ原産の、いまわしい吐き気をもよおすバクステインチーズも置いてある。

口うるさい老人がうなる『♪清きアイーダ……♪』よりちょっとましかなという程度のアコーディオン演奏があり、ウィンナーソーセージの匂いがするところ、つまりビヤホールや居酒屋には、白地に目立つ字でこの場所にふさわしい言葉「下品…」と書かれた紙が貼ってある。なに「下品な言葉遣い禁止。チップは受け取りません」という貼り紙だけどね。ときどき喧嘩があって、客同士が面を殴り合う場面に遭遇する。もっとも、犬がナプキンで追っ払われたり、長靴で蹴飛ばされたりするのはしょっちゅうだよ。

ショーウィンドウに傷みかけたもも肉ハムが吊されていて、下にミカンが転がっているところは、**гау-гау**《ガウガウ》（ワンワン）じゃなくて、**гастрономия**《ガストロノミヤ》（食料品店）だ。この世の物とは思えないほどまずい飲み物が入った黒っぽい瓶は、ベイじゃなくて、ビネでもなくて、えーとвина《ビナー》（ワイン）。かつてのエリセーエフ兄弟商会の店[28]だよ。

……

さて、見知らぬ紳士は階段を昇りきって二階のメインホールに出ると、バラ色の飾りガラスがはめられた大きくて贅沢なドアの前にシャリクを連れていき、呼び鈴を鳴らした。シャリクは、ドアの横にある黒地に金文字で書かれた大きな表札を見上げた。最初の三文字はすぐに分かった。「ペー・エル・オー」Про《プロ》……だ。しかし、そのあとに続くのは左右にふくらんだちんけな文字だったが、残念ながらシャリクには分からない。

《プロレタリアかな？》、シャリクはびっくりして一瞬考えた。《いや、プロレタリアのはずはない》。顔を上げて鼻先でもう一度毛皮の外套の匂いを嗅いだシャリクは、自信たっぷりに思った。《違う、この匂いはプロレタリアの臭いではない。難しいことばだ。何を意味するのかさっぱり分から《神のみぞ知》ん《る》》［日本の読者のための特別解説＝ロシア語圏の読者であればここであるいはもう少し読み進んだところで推測できることであるが、表札に書かれた四番目の左右にふくらんだちんけな文字はФ《エフ》で単語はПрофессор《プロフェッソル》（教授）である］

バラ色のガラスの向こう側で不意に喜びにあふれた光が点灯り、黒地の表札がさらに濃く浮かびあがった。ドアが静かに開き、白いエプロンとレースの髪飾りをつけた若くて美しい女性が、犬と紳士の前に現れた。神々しい温もりが犬を包み、女性のスカートからはスズランの香りがただよってくる。

《なるほどね。これなら納得だよ》シャリクは思った。

「どうぞお入り下さい、紳士《ゴスポジン》シャリク殿」、紳士は皮肉っぽくこう言った。シャリクは尻尾を振りながらうやうやしく進んだ。

豪華な玄関ホールにはいろいろな品物が所狭ましと並んでいる。すぐに目についたのは、床まで届く大きな鏡だ。そこに映っているのは疲れ果てたぼろぼろの犬シャリクである。高いところには恐ろしいカモシカの角がかかっている。たくさんの毛皮の外套とオーバーシューズもシャリクの目に飛び込んできた。天井からはオパール色のチューリップ型ランプが下がっている。

「いったいどこでこんな犬を拾ってきたのですか、フィリップ・フィリッポビッチ？」若い女性が笑みを浮かべながらこう聞き、紳士が青っぽい斑点をつけた重いギンギツネの外套を脱ぐのを手伝いながらさらに続けた。「あらまあ、この犬ひどい白癬症にかかってますよ！」

「馬鹿を言いなさんな。どこが白癬症かね？」紳士が手厳しく、ぶっきら棒に否定した。

外套を脱いだ紳士は、英国製ラシャ地で仕立てた黒い三つ揃えのスーツを着ている。ベストの腹部に見える金鎖は華やかな、それでいて落ち着いた光を放っている。

「どれ、よく見せなさい。向きを変えないで！　ほら、動くな、お馬鹿さん。うーん、やはり白癬症ではない、……こら、動くな、こいつめ《悪魔》。……やはりそうだ。これは火傷だ。誰かに熱湯をかけられたな？　えーっ、どこのどいつにやられたんだ？　動いちゃダメだ……」

《ろくでなしのコックですよ、コック》犬はあわれみを込めた目でこう言うと、軽く吠えた。

「ジーナ」紳士が指示した。「今すぐこの犬を診察室へ連れていきなさい。それから私に白衣を！」

ジーナと呼ばれた若い女性は口笛を吹き、指を鳴らした。犬はちょっとためらったがすぐに彼女について行った。彼女と犬は狭くて薄暗い廊下に出て、ニスを塗ったドアを通り過ぎると、突き当たりを左に折れ、暗い部屋に入った。入るやいなや犬はこの部屋を出たくなった。いやな臭いがするのだ。暗闇でパチッと音がしたかと思うと、昼間のようなまばゆい光が降り注いだ。しかも、光はあらゆる方向から降ってきて、すべてをあざやかに照らしだして白く染め上げた。

《おいおい、ダメだぜ》犬が心の中でうなった。《勘弁してくれよ、これはダメだ。よし悪魔よ、ソーセージをやるから、この連中をどこかへ連れてってくれ。おいらは犬の病院におびき寄せられたんだ。これからひまし油を飲まされて、わき腹をメスで切り刻まれるんだ。ただでさえ痛いわき腹だっていうのに。そうはさせるものか！》

「あら、だめよ、どこへ行くの？」ジーナと呼ばれた若い女性が叫んだ。

犬はさっと身をかわして弾みをつけ、痛めていない右のわき腹でドアにぶち当たった。建物全体が揺れた。次に後ろに下がると、独楽のようにその場で回転した。白いバケツがひっくり返り、中から脱脂綿があちこちに飛び散った。くるくる回っている犬のまわりを壁が回転し、キラキラ光る器具を入れた棚も一緒に回転し、白いエプロンが踊り、ひきつった女性の顔が飛び跳ねた。

「なにをするの、この毛むくじゃらの悪魔！」ジーナが必死になって叫んだ。「この罰当たりめ！」

《この家の裏階段[29]はどこかな？……》犬はあれこれ考えた。そしてパッと跳び上がると、当てずっぽうにガラスに向かって体当たりした。だがこれは裏階段に通じるドアではなく、ガラス戸棚だった。ドンという大きな音とガチャガチャという音がして、ガラスのかけらが雨あられとなって飛び散り、赤茶色の汚物を入れていたずんぐりした瓶が飛び跳ねて倒れ、床に汚物をバラ撒いた。いやな臭いが広がった。このとき、裏口に通じているかどうかは分からないが、本物のドアが開いた。

「おとなしくせよ、こん畜生め」紳士が片手しか袖を通していない白衣をたなびかせながら飛びこんできて、犬の足をつかんで叫んだ。「ジーナ、こいつの首根っこを押さえなさい」

「はい、でも、あらら、なっ、なんて犬でしょう、つかまえられません！」

ドアがもっと大きく開き、白衣を着た別の男が入ってきた。床に散乱しているガラスの破片を踏みつけて進んできたこの男は、犬に向かわずに別の戸棚に向かい、扉を開けた。甘い、吐き気をもよおす、強烈な臭いがすぐに部屋中に広がった。次に男は犬に覆いかぶさった。犬は死にもの狂いで男の足に噛みついた。靴ひもの上のところだ。男は悲鳴を上げたが、力を抜かなかった。犬は吐き気をもよおすいやな臭いをもろに吸い込んだ。目がグルグルと回り出し、次に足の力が抜け、頭がぼんやりしてきた。《ともかく、ありがとよ》犬は鋭く割れたガラス片の上に崩れ落ちながら、夢見心地で思った。《モスクワよ、さらばだ！ Чичкин《チーチキン》のチーズ屋とも、プロレタリア諸君とも、クラクフ・ソーセージともこれでお別れだ。長い間の犬の苦労に報いて天国に召されるんだ。犬殺しのみなさん、なんの罪でおいらをこんな目に合わせるんだ？》

そこで完全に倒れこんで意識を失った。


――――

犬の意識が戻ったとき、軽いめまいと吐き気は残っていたが、わき腹の痛みはすっかり消えていた。わき腹そのものがそっくり無くなってしまったような感覚だった。犬はもの憂げに右目を開け、目の端で自分の身体をうかがった。腹に包帯が固く巻かれている。《こん畜生め、やられたな》犬はぼんやりとした頭で思った。《だが、なかなか上手にやったじゃないか。ほめてやってもいいぜ》

「『♪セビリアから、グラナダまで……夜の静けさに包まれて……♪』」［アレクセイ・トルストイ詞チャイコフスキー曲『ドン・ジュアンのセレナード』より。以下音楽については巻末の「『犬の心』に登場する音楽」を参照］、突然真上で誰かが落ち着きのない声で調子外れに歌いだした。

犬はびっくりして両目を開けた。目に飛び込んできたのは、歌声の主ではなく、目の前の腰かけに載っている別の男の片足だ。ズボンとズボン下が巻き上げられていて、むき出しになった黄色いすねには乾いた血がこびりついてヨードチンキが塗ってある。

《ざまあ見ろだ》犬は思った。《これはおいらが噛んだ足だ。思い知っただろう。だが、この様子ではもう一戦交えなければならないかな》

「『♪突如聞こえるセレナード……闇を切り裂く剣戟の響き……♪』おい、野良公、なぜボルメンターリ先生の足を噛んだ？　なぜだ？　なぜガラスを割った？……」

「クンクン」犬は甘えるように鼻を鳴らした。

「まあ、許してやろう。どうやら気がついたようだな、でくの坊。いいから寝ていなさい」

「フィリップ・フィリッポビッチ、こんなに神経質な犬をどうやって手なずけたのですか？」さわやかな男性の声が響いた。アシスタント医師のボルメンターリだ。すねの治療を終えてニット製のズボン下を下ろした。犬はタバコの臭いに気づき、小瓶が別の瓶にぶつかる音をかすかに聞いた。ボルメンターリがヨードチンキの小瓶を戸棚に片付けたのだ。

「思いやりですよ。これが生き物と仲良くなる唯一の方法です。動物を暴力《テロル》で手なずけることはできません。その動物がいかなる発展段階にあろうとも、暴力はだめです。私はこのことをずっと主張してきましたし、これからも主張していきます。暴力でどうにかなると思っているのは大間違いです。暴力ではどうにもならないのです。白衛軍の白い暴力も、革命軍の赤い暴力も、褐色の暴力[30]も、なんの役にも立ちません。暴力は神経系統を破壊してしまうのです。ところでジーナ、クラコフ・ソーセージを一ルーブル四〇コペイカ買ってきてあります。このろくでなしの吐き気が治まったら、食べさせなさい」

ガラスの破片を掃き集める音がして、次にジーナの甘えた声が聞こえてきた。

「クラクフ・ソーセージですって！　なんてことをなさるんです。この犬には肉の切れ端を二〇コペイカも買ってくれれば十分でしたのに。クラクフ・ソーセージなら私がいただきますよ、先生」

「やめなさい、一切れも食べてはいけません。あれは人間の胃には毒なんです。ジーナ、あなたはいい大人のくせに、赤ん坊みたいにありとあらゆる不潔なものを口に入れたがるんですね。いいですか、やめなさいよ。言っておきますが、私もボルメンターリ先生も、あなたのお腹が痛くなっても面倒を見ませんからね……『♪あなたよりも素敵な娘がいるなどと……おしゃべりしているやつらはみんな……♪』」

このとき柔らかくて途切れがちな呼び鈴が住まい全体に鳴り響いた。次に遠くの玄関ホールで誰かの声が響いたようだ。電話も鳴り出した。ジーナが部屋を出て行った。

フィリップ・フィリッポビッチは口付きタバコの吸い殻をバケツに放り込み、白衣の帯ひもを締め直し、壁鏡の前で豊かな口ひげを整えると、犬に軽く口笛を吹いてから声をかけた。

「よしよし、心配しなくていいぞ。さあ、あちらで患者を診るとしよう」

犬はふらふらしながら立ち上がった。ちょっとよろけてしばし震えたが、すぐに元気を取り戻し、白衣の裾をはためかせながら進むフィリップ・フィリッポビッチに続いた。犬はふたたび狭い廊下を通り過ぎた。今の廊下は天井の電燈が点灯していて明るい。ニスを塗ったドアが開いて、犬はフィリップ・フィリッポビッチと一緒に執務室に入った。犬は執務室の様子を見て度肝を抜かれた。まず部屋全体が光で燃えていた。光源は浮彫装飾のある天井にも、デスクの上にも、戸棚の中にもあった。まばゆい光が室内のありとあらゆるものに注がれている。そのなかで犬の神経を刺激したのは、壁にかかっている大きなフクロウのはく製だった。太い枝につかまっている。

「伏せなさい」フィリップ・フィリッポビッチがシャリクに命令した。

彫刻飾りがある正面のドアが開き、シャリクが足を噛んだ助手が入ってきた。明るい光のなかでよく見ると、黒いあごひげを尖らせた、まだ若く、なかなかハンサムだ。この男がフィリップ・フィリッポビッチに一枚の書類を渡して言った。

「この間の患者です……」そして音もなく立ち去った。フィリップ・フィリッポビッチは白衣の裾をパッと広げ、大きな執務机につくと、すぐに異常なほど尊大でもったいぶったポーズを取った。

《ここはおいらが知っている病院ではないな》興奮した犬はこう考えながら、重そうな革製のソファーのそばに敷かれた絨毯の上で、伏せたままの体をゆっくりと伸ばした。《壁でいばりくさっているフクロウの正体は後であばいてやる……》

ドアがそっと開いて、知らない男が入ってきた。その姿を見て驚いたシャリクは思わず遠慮がちに軽く吠えた。

「静かに！」フィリップ・フィリッポビッチは犬をしかり、患者に向かって「おやまあ、見違えるようですな」と声をかけた。

患者は、フィリップ・フィリッポビッチにうやうやしく、だが決まり悪そうにお辞儀すると、うろたえた声で「いやいやどうも……、先生は魔法使いですな」と言った。

「それではズボンを脱いで下さい」、フィリップ・フィリッポビッチは指示して立ち上がった。

《おやまあ、イエス様！》シャリクは患者を見て思った。《なんていやなやつだろう！》

いやなやつの髪の毛はてっぺんが緑色で、後頭部が錆びたようなタバコ色に光っている。顔はしわだらけにもかかわらず、新生児のようにバラ色だ。歩くときに左脚は伸びきったままで絨毯を引きずるが、右脚はくるみ割り人形がクルミを割るときのように勢いよく飛び跳ねる。最高級の上着の襟についている宝石はまるで目玉のようだ。

奇妙な格好に気を取られたシャリクは、自分の吐き気も忘れてしまった。

「クーン、クーン……」シャリクが軽く鳴いた。

「静かに！　で、あなた、いかがですかな、夜はよく眠れますか？」

「ヘッ、ヘッ……。先生、誰も立ち聞きしていないでしょうね。いや、言葉では言いつくせないほどですよ」患者は取り乱してこう言うとさらにつづけた。「パロール・ドヌール（名誉にかけて申し上げます――フランス語）、二五年ぶりです」ズボンの前のボタンを外しながら続けた。「なんとまあ、毎晩裸の女性が群れになって夢に出てきますからね。もういい意味で魔法をかけられたようです。先生は魔法使いです」

「うーん」フィリップ・フィリッポビッチは心配そうにこう唸りながら、患者の瞳をのぞき込んだ。

患者はようやくボタンを外し終わり、縞柄のズボンを脱いだ。これまで一度も見たことのないズボン下が出てきた。クリーム色のズボン下には絹糸で黒ネコが刺繍されていて、香水が匂う。

シャリクはネコを見て我慢できなくなり、ワンと吠えた。患者は驚いて跳び上がった。

「ひゃー！」

「ムチで打つぞ！　ご心配なく、この犬は噛みませんから」

《おいらが噛まないって？》さきほどボルメンタ―リの足を噛んだばかりのシャリクは、フィリップ・フィリッポビッチの真意を測りかねた。

男のズボンのポケットから小さな封筒が絨毯に落ちた。封筒には乱れ髪の美女の絵が描いてある。

患者は一度飛び跳ねると、かがみ込んで封筒を拾い、真っ赤になった。

「あなた、いいですか、気をつけなさいよ」フィリップ・フィリッポビッチが指で脅しながら、不機嫌な警告口調で言った。「気をつけなさい、乱用してはいけませんよ」

「乱用だなんて……」、患者は服を脱ぎながら、決まり悪そうに口ごもって言った。「私はですね、先生、ちょっと試してみただけです」

「なるほど、それで首尾は？」フィリップ・フィリッポビッチが厳しい口調で聞いた。

患者は恍惚として片手を振って言った。

「二五年ぶりです。先生、神に誓って真実を申し上げます。こんなことは二五年間ありませんでした。最後は一八九九年、パリのラペ通り[31]でしたからね」

「なぜ髪を緑色に染めたのですか？」

患者の顔が曇った。

「呪われた化粧品会社ジールコスチ[32]のせいです、先生。白髪染めの代わりにとんでもないものをつかませるんですからね。見て下さい」患者は鏡をさがしながらぶつぶつと言った。「ひどいでしょう。あいつらのツラをぶん殴らないと駄目ですな」凶暴になってこう言ってから、さらに付け加えて泣くように訴えた。「で、先生、この頭、いったいどうすればよいのでしょうか？」

「ふむ……、剃っちゃいなさい」

「せーんせい」患者が訴えるように言った。「剃ったあとに生えてくるのはまた白髪ですよ。実はこんなぶざまな頭なので、仕事に行けません。もう三日も出勤していないんです。車が迎えに来ると、その場で帰しちゃうんですよ。ああ、髪の毛を若返らせる方法も発見して下さいな、先生！」

「すぐには無理ですよ、あなた」フィリップ・フィリッポビッチはもごもごと言った。

フィリップ・フィリッポビッチはかがみ込んで眼鏡をキラキラさせながら、患者の下腹部を見た。

「結構、結構。すばらしい。すべて順調です。正直に申し上げると、これほど良い結果になるとは期待していませんでした。『♪……多くの血と多くの歌を……♪』。どうぞ、服を着てください」

「『♪……最も麗しきあなたに捧げん……♪』」、患者は有頂天になって歌の続きを口ずさみながら服を着た。フライパンの底をたたくような割れ声だ。身なりを整えた患者は、香水の匂いをバラ撒きながら、ピョンピョンと飛び跳ねるように動き、白い一〇ルーブル紙幣の札束で診察代を支払い、フィリップ・フィリッポビッチの両手を優しく握った。

「次は二週間後でいいでしょう」フィリップ・フィリッポビッチが言った。「くれぐれもお願いします。無茶をしてはいけませんよ」

ドアを開けて執務室の外に出た患者は、恍惚の声で、「先生、心配ご無用ですよ」と叫び、甘い声でヒッヒッと笑い、そしていなくなった。

途切れがちの呼び鈴の音が家中に響き、ニスを塗ったドアが開いた。ボルメンターリが入ってきて一枚の書類をフィリップ・フィリッポビッチに渡して言った。

「年齢をごまかしていると思います。どう見たって五四か五五ってところでしょう。脈が薄弱です」

ボルメンターリがいなくなると、がさがさと衣擦れの音を立てながらご婦人が入ってきた。帽子を大胆に横っちょにかぶっていて、しわだらけのたるんだ首筋にはキラキラ輝く首飾りがこびりついている。目の下のクマは恐ろしいほど黒く、ほおには人形のような真っ赤な紅が塗ってある。

ご婦人は極度に動揺している。

「奥様、お年を確認させてください」フィリップ・フィリッポビッチは非常に厳しい口調で聞いた。

ご婦人はたじろいだ。紅を厚く塗ったほおも蒼ざめた。

「先生……、誓って申し上げます。私の身に何が起きたかお聞きいただきたいのです……」

「おいくつですか、奥様」フィリップ・フィリッポビッチはもっと厳しい声で質問を繰り返した。

「本当の話ですよ……、えーと、四五歳です」

「奥様」フィリップ・フィリッポビッチは声を張り上げた。「ほかの患者さんもお待ちです。どうか、時間を無駄にしないでください。あなたお一人だけを診察するのではないのです」

ご婦人の胸が激しくゆれた。

「私は学会の大御所であらせられる先生お一人が頼りなのです。誓って申し上げます。とてもひどい事情で……」

「おいくつですか?」フィリップ・フィリッポビッチは怒りに満ちたかん高い声で聞いた。眼鏡が光った。

「五一です」ご婦人が恐怖のあまり身体を震わせながら答えた。

「それでは、下半身の下着を脱いでください」フィリップ・フィリッポビッチはやさしくこう言って、部屋の隅にある背の高い白色の診察台を指さした。

「誓って申し上げます、先生」ご婦人が震える指でベルトのホックを外しながら、もぐもぐと言った。「あの人、モリッツ[33]……のことです。懺悔のときと同じように真実を申し上げますと……」

「『♪セビリアからグラナダまで……♪』」フィリップ・フィリッポビッチは気の抜けた調子で歌い出し、大理石製流しのペダルを踏んだ。水が音を立てて流れた。

「神かけて誓います」ご婦人が言った。ほおに塗りたくった化粧の下から素肌のしみが浮かんでいる。「私には分かります。これが私の最後の情熱です。あの人ったらどうしようもないろくでなしなんです。ああ、先生！ 彼ったら、モスクワ中が知っているトランプのいかさま師です。彼はどんな下劣な女性デザイナーもたらしこみます。彼は悪魔みたいに若いんです」ご婦人はぶつぶつと言い、がさがさと音を立てながらスカートの下からしわくちゃになった布のかたまりを取り出して、放り投げた。レースがついている。

ご婦人の診察場面は犬にとってもショックで、シャリクは目の前がかすんで何も見えなくなり、頭の中がめちゃめちゃになってしまった。

「えーいっ、どうとでもなれ《悪魔のところへ行け》」シャリクは前脚に頭をのせ、恥ずかしさのあまり目をつぶってうとしながら、ぼんやりと思った。「どうせ分からないんだから、分かろうと努力するのはやめよう」

カチャッという音がしてシャリクが目を開けると、フィリップ・フィリッポビッチは洗面器になにか光る管を放り投げていた。

しみだらけのご婦人は両手を胸に当てながら、祈るようにフィリップ・フィリッポビッチを見つめている。彼の方はもったいぶって顔をしかめると、デスクに坐って何かをメモした。

「奥様、あなたにはサルの卵巣を移植しましょう」、フィリップ・フィリッポビッチはこう言って、ご婦人をじっと見つめた。

「えっ、先生、サルっておっしゃいましたか?」

「そうです」フィリップ・フィリッポビッチの答えは毅然としていた。

「いつ手術ですか?」、真っ青になったご婦人が不安げに聞いた。

「『♪セビリアから、グラナダまで……、、、、、、♪』そうですな、月曜日にしましょう。朝から病院の方に来て下さい。助手がすべて準備しますよ」

「病院はいやです。こちらで、先生のお宅でお願いできませんか?」

「よろしいですか。私がここで手術をおこなうのは特別の場合だけです。それに、五〇〇ルーブルという法外なお金がかかりますよ」

「結構です。それでお願いします、先生」

水を流す音がもう一度すると、羽根飾りをつけた帽子がゆれて消えた。次にヤカンのように禿げた頭が現れ、フィリップ・フィリッポビッチを抱擁して挨拶した。シャリクはうとうとしていた。吐き気は治まった。わき腹の痛みはなくなり、暖かくて気持ちよかった。軽くいびきをかいたり、自分がフクロウのしっぽの羽根をもぎ取るという愉快な夢を見たりした……。そのあと、頭の上で不安におびえた声が聞こえてきた。

「私は有名な社会活動家ですよ、先生！　これからどうすればいいんですか？」

「いいですか」フィリップ・フィリッポビッチが憤慨して叫んだ。「こんなことをしてはいけなかったんです。ご自分を抑えるべきでした。女性の年齢は？」

「一四歳です、先生……。公表されたら私はもう破滅です。もうすぐロンドンへ出張の予定だというのに[34]」

「そう言われても、私は法律の専門家ではありませんよ、あなた……。えーとですね、あと二年待って、それから彼女と結婚しなさい」

「私には家内がいるんです、先生」

「あらら、なんてことだ……」

ドアが開け閉めされ、いろいろな人が出入りし、戸棚の器具がガチャガチャ鳴り、フィリップ・フィリッポビッチは休むひまがなかった。

《ここではなにかいかがわしいことがおこなわれているな》シャリクは思った。《だがおいらには天国だ。ところで、なんのために《どこの悪魔のために》おいらが必要になったのだろう。本当にここに住めるんだろうか？　ただの物好きなおっさんか？　だって、彼がちょっと目くばせすれば、あっと驚くような立派な犬を好きなだけ飼えるだろうに。それとも、おいらが立派な犬なのかな。そうだ、運が向いてきたんだ！　でもフクロウの野郎はくずだ……図々しいやつだ》

シャリクが完全に目覚めたのは、夜も遅くなり、玄関の呼び鈴も鳴り止み、患者たちとは異質の四人が執務室に入って来たまさにそのときだった。四人はみな若く、全員が質素な服装だった。

《なんだこいつら、なんの用があるんだ？》犬は敵意と驚きを抱きながら思った。フィリップ・フィリッポビッチはもっと大きな敵意を露わにして四人を迎えた。デスクから立ち上がり、まるで敵を迎え撃つ大将のような姿で連中を見つめた。彼のワシ鼻の穴は大きく開いている。入ってきた四人は絨毯の上で立ち止まって足踏みした。

「先生、われわれが先生のところにやってきましたのは……」四人のうち、縮れ髪を二センチメートルほど盛り上がらせたぼさぼさ頭の男がしゃべりだした。

「紳士のみなさん、今日のようにお天気の悪い日にオーバーシューズなしで雪道を歩き回るのはよろしくありませんな」フィリップ・フィリッポビッチが男の話をさえぎって、お説教口調で言った。「第一に、みなさんが風邪を引いてしまいますよ。第二に、みなさんはわが家の絨毯を汚してしまいました。すべて上等なペルシャ絨毯だというのに」

　ぼさぼさ頭の男は口をつぐみ、四人ともびっくりした表情でフィリップ・フィリッポビッチを見つめた。沈黙は、フィリップ・フィリッポビッチがデスクの上にある木製の模様皿を指で叩くまで数秒間続いた。

「第一に、われわれは紳士ではありません」四人の中で最も若い、桃のような顔の人物が言った。

「第一に」フィリップ・フィリッポビッチがまたもや出鼻をくじいて言った。「あなたは男性ですか、女性ですか？」

　四人はまたもやおし黙って、口をあんぐりと開けた。今度しゃべったのは最初の、ぼさぼさ頭の男だった。

「男だろうが女だろうが、そんなことはどうでもいいじゃないですか、違いますか？　同志」と尊大に言った。

「私は女です」革のジャンパーを着た桃のような顔の若い人物が告白して真っ赤になった。彼女に続いて、円筒形の毛皮帽をかぶった金髪の男性もなぜか真っ赤になった。

「そうならば、女性であるあなたは鳥打ち帽をかぶったままでよろしい。でも、寛大な殿下《あなた》、あなたには帽子を脱いでいただきます」フィリップ・フィリッポビッチは金髪の男に向かってきっぱりとこう言った。

「私は『寛大な殿下』ではありません」金髪の男が帽子を脱ぎながら、決まり悪そうに言った。

「われわれがお邪魔したのは……」再び口を開いたのは、黒い服を着たボサボサ頭の男だった。

「そもそも『われわれ』とはどこのどなたですか?」

「われわれとはこのわれわれの建物の新しい住宅委員会です[36]」黒い服の男が怒りを抑えてしゃべりだした。「私はシュボンデル、彼女は同志ビャーゼムスカヤ、こちらが同志ペストルーヒンと同志ジャローフキン[37]です。さて、われわれは……」

「あなたたちですな、フョードル・パブロビッチ・サブリン[38]の住まいに同居するようになったのは?」

「そうです」、シュボンデルが答えた。

「おお! カラブホフの家[39]もこれまでだ!」フィリップ・フィリッポビッチは絶望して叫び、がっかりした様子で両手を軽く打ち合わせた。失望の意思表示だ。

「何をおっしゃってるんですか、先生、ご冗談はおやめ下さい」シュボンデルが怒って言った。

「冗談なものですか。私は本当にがっかりしているのです」フィリップ・フィリッポビッチが叫んだ。「これで、スチーム暖房はおしまいだ!」

「先生はわれわれをからかってらっしゃるんですか、プレオブラジェンスキー教授」

「ご用件をどうぞ。できるだけ簡潔に願いますよ。私はこれから食事なんです」

「われわれすなわち住宅委員会は」シュボンデルは憎々しげに話しはじめた。「この建物の居住密度引き上げ問題を組上に載せた住民総会が開かれたのを受けてこちらにお伺いすることに……」

「まな板で何を料理したんですか?」フィリップ・フィリッポビッチが叫んだ。「お願いですから、みなさんのお考えをもっと分かりやすく述べてください」

「住民総会は居住密度を引き上げる問題、つまり余裕のある住宅の空き部屋を住宅困窮者に提供する問題を話し合いました」

「よろしい、十分です！　分かりました！　でもみなさんもご存知でしょう。本年八月一二日の決定で私の住居は、居住密度の調整と転居の義務から免除されています」

「そのことは承知しています」シュボンデルが答えた。「しかしながら今回の住民総会は、先生の住宅を改めて検討した結果、先生はそもそも総じて異常に広い面積を専有しているとの結論に到達しました。極端に法外な面積であります。先生はお一人で七つの部屋に住んでらっしゃいます」

「そうですよ、私は七つの部屋に一人で住んでいますし、そこで仕事もしています」フィリップ・フィリッポビッチが答えた。「そして、もう一つ、八つ目の部屋を欲しいと思っています。独立した書庫が必要です」

四人は絶句した。

「八つ目の部屋だって、ひぇー」帽子を脱がされた金髪の男が言った。「よく言えるね」

「言語道断だ！」女であることが判明した若い人物が叫んだ。

「私のところにはまず待合室兼書庫、食堂、私の執務室の計三室があります。四つ目が診察室。五つ目が手術室。六つ目が私の寝室。七つ目が住み込みのお手伝いさんたちの部屋です。ですから、待合室と書庫を別ける必要があるのですが……まあ、このさいそれはよしとしましょう。いずれにしても、私の住宅は義務を免除されています。話し合いはこれで終わりです。食事に行きますが、よろしいですかな？」

「失礼ですが……」これまで黙っていた四人目の男が言った。屈強な体つきだ。

「失礼ですが」シュボンデルが割って入った。「われわれはまさに食堂と診察室についてご相談したいのです。住民総会は、あなたが率先して、労働規律に準拠して、食堂を放棄されることを要請します。モスクワで食堂を持っている人なんていませんよ」

「あの有名な舞踏家イサドラ・ダンカンだって食堂を持っていません[40]」若い女が大声を上げた。

フィリップ・フィリッポビッチの中になにかが起きたようで、彼の顔が怒りでやや赤く染まったが、ひとこともしゃべらずに、成り行きを見守っていた。

「診察室だって同様です」シュボンデルが続けた。「診察室は執務室と兼用できるでしょう。なんの不都合もない」

「うーん」フィリップ・フィリッポビッチが奇妙な声で言った。「そうすると、私はどこで食事をとればよいのですかね?」

「寝室ですよ」四人全員が合唱団のように声を揃えて言った。

フィリップ・フィリッポビッチの赤い顔が少し灰色っぽくなってきた。

「寝室で食事して」ちょっと押し殺した声でフィリップ・フィリッポビッチがしゃべりだした。「診察室で本を読んで、待合室で着替えて、お手伝いさんの部屋で手術して、食堂で診察するんですかね? イサドラ・ダンカンはそうしているかも知れませんな。いや、彼女は執務室で食事して、浴室でウサギを料理しているのかな? そうかも知れませんな……。しかし、私はイサドラ・ダンカンではありません!」突然吠えるような大声を上げた。赤い顔が今度は黄色くなった。「私は食堂で食べて、手術室で手術します！　どうかこのことを住民総会にお伝え下さい。そしてどうかお願いですからご自分のやるべきことに戻って下さい。私については、玄関ホールや子ども部屋ではなくて、すべての正常な人間が食べるところで、つまり食堂で食事できるようにしていただきたい」

「そういうことならば、先生、やむを得ませんな。あなたが執拗に抵抗なさるので」興奮したシュボンデルが言った。「われわれは上部機関にあなたの問題を訴えます」

「なるほど」フィリップ・フィリッポビッチが言った。「そうですか」そして、不審を抱かせるほどにやさしい声で「ちょっとお待ち下さい」と付け加えた。

《たいした玉だぜ》、犬は感激して思った。《おいらみたいだ。さあ、先生はこれから嚙みつくぜ、やつらに嚙みつくんだ、さあ嚙みつけ！　どういうやり方か知らないけど、嚙みつけ！　……ぶん殴れ！　今だ、このすねの長い男をやっつけろ、ブーツの上の膝下の腱にかぶりつけ、ウウッウウ……》

フィリップ・フィリッポビッチは机をたたき、電話の受話器を取ると、どこかに電話してこう言った。

「お願いします……はい……ありがとうございます……ビタリー・アレクサンドロビッチ[41]をお願いします。こちらはプレオブラジェンスキー教授です。……ビタリー・アレクサンドロビッチですか？　よかった、あなたがデスクにいらっしゃって。ありがとうございます、順調です。ビタリー・アレクサンドロビッチ、あなたの手術は中止です。何ですって？　いいえ、延期ではなくて、取りやめです。あなたの手術だけでなく、ほかの患者の手術もすべて取りやめです。理由はですね、私がモスクワで仕事しないことにしたからです。いや、ロシアではいっさい仕事をしません。私のところに四人が押し掛けてきています。うち、一人は女性ですが男装しています。三人の男のうち二人は拳銃を持っています。そして、私を脅しています。私の住まいの一部をよこせ、と……」

「ちょっと待ってください、先生」シュボンデルが表情を変えて電話をさえぎろうとした。

「すみません……私は彼らが言っているすべてのことをここで繰り返すことはできません。くだらないことを覚えているヒマなんてありませんからね。いいですか、彼らは私に診察室を放棄せよと提案しているのです。これで十分でしょう。そうなると、これまでウサギを料理してきた場所であなたを手術しなければなりません。こうした状況では私は仕事ができません。いやそれどころか、仕事をする権利も奪われてしまいました。やむをえませんが、私は仕事をやめて、ここを閉めてソチへ行きます。家の鍵をシュボンデルに預けますので、彼に手術を依頼して下さい」

聞いている四人は凍りついていた。彼らの長靴についた雪が溶けて絨毯を汚している。

「どうすればよいかですって？　……私自身も大変不愉快です……なんですって？　いやいや、それはだめですよ、ビタリー・アレクサンドロビッチ。だめです。もうこれ以上譲歩できません。堪忍袋の緒が切れました。八月以降、これで二度目ですよ……。なんですって？　うーん……どうぞご随意に。せめてそうしていただきたいですな。ただし条件が一つあります。誰が書くか、どのように書くか、いつ書くかはお委せしますが、それがあればシュボンデルであれ、ほかの誰であれ、私の住居のドアに一歩も近づけなくなるようなお墨付きを下さい。これ以上のものはない、実効性のある、本物の書類です。絶対大丈夫という書類です。私の名前なんか書かないでいただきたいくらいです。もちろんです。私を、死んだ人間同様の、彼らとは無関係の人間にしてください。そう、その通りです。お願いいたします。どなたにやっていただけるのですか？　なるほど……それなら別問題です。その通りです。なるほど。結構ですな。では受話器を渡しますのでしばらくお待ちを」フィリップ・フィリッポビッチはシュボンデルに受話器を渡しながら、嫌味たっぷりの口調で言った。「あなたとお話しなさるそうです」

「失礼ですが、教授」顔色を赤から青に、青から赤にと目まぐるしく変えながらシュボンデルが言った。「先生はわれわれの言葉を不当にねじ曲げましたな」

「どうかそのような剣呑な言い方をなさらないで下さい」

シュボンデルは当惑しながら受話器を受け取り、話しはじめた。

「もしもし。はい……住宅委員会の委員長です……われわれは規則通りに対応しておりますが……教授のところは、まったく例外的な状態です……教授の業績は承知しています……まるまる五部屋を残す予定でいたのですが……はい、分かりました……そうおっしゃるのであれば……承知いたしました……」

真っ赤になったシュボンデルは受話器を置いて振り向いた。

《見事に連中の顔に泥を塗ったな！　たいした玉だ！》犬は賞讃して思った。《それにしても、この人が使う言葉はすごいな。こうなったら、おいらはどんなになぐられても、この家に残るぞ！》

三人はぽかんと口を開けて、泥を塗られたシュボンデルの顔を見つめた。

「恥をかかされたようだな」シュボンデルがおずおずと言った。

「討論会が今開かれれば」興奮して顔を赤くした女が話し始めた。「ビタリー・アレクサンドロビッチを説得してみせますよ……」

「失礼ですが、昨今流行の吊上げ討論会を今ここで開くのですか？」フィリップ・フィリッポビッチが丁寧に聞いた。

女の目が怒りに燃えた。

「あなたがおっしゃるいやみはわれわれにも分かりますよ、先生。われわれはこれで退散します。……ただし住宅委員会の文化部長を務める僕としては……」

「ご婦人が『僕』と言うのはいかがなものですかね」フィリップ・フィリッポビッチが女に注意した。

「これを見て下さい」女はフィリップ・フィリッポビッチの忠告を無視して、ふところからあざやかな色彩の雑誌を何冊か取り出した。いずれも雪水で濡れている。「フランスの子どもたち[42]のために買って頂けませんか。一部五〇コペイカです」

「いや、結構です」フィリップ・フィリッポビッチは雑誌をチラと見て簡潔に答えた。

全員の顔に極端な驚きの表情が浮かび、女の顔はクランベリーのように深紅に染まった。

「なぜですか？」

「ほしくないからです」

「フランスの子どもたちのことをかわいそうだとは思わないのですね？」

「いや、かわいそうだと思いますよ」

「五〇コペイカがもったいないのですか？」

「いいえ」

「ではなぜ？」

「ほしくないからです」

しばし沈黙が支配した。

「ご存知ですか、先生」女が大きくため息をついてから話しだした。「あなたがヨーロッパの医学会の大立て者でなければ、そしてふとどきな連中の後ろ盾がなければ（このとき金髪の男がコートの端を引っぱって話をやめさせようとしたが、彼女はその手を振り払った）――ふとどきな連中についてはいつか必ず暴いてみせますからね――、あなたは逮捕されるでしょう！」

「なぜ逮捕されるんですか？」フィリップ・フィリッポビッチは好奇心一杯に尋ねた。

「あなたがプロレタリアを憎んでいるからです」女がこれ見よがしに言った。

「たしかにプロレタリアは好きではありませんな」フィリップ・フィリッポビッチは悲しそうに同意してデスクの上のボタンを押した。どこかでベルが鳴った。ジーナが廊下を歩いてきてドアを開けた。

「ジーナ」フィリップ・フィリッポビッチが叫んだ。「食事にしましょう。紳士諸君、よろしいですな？」

四人は黙って執務室を出ると、黙って待合室を通り、黙って玄関ホールを抜けてドアの外に出た。彼らの後ろでどっしりした扉が音を立てて閉まった。

犬は後ろ脚で立ち上がり、フィリップ・フィリッポビッチの前でイスラム教徒の礼拝[43]のようなお辞儀をして敬意を表した。

Ⅲ

黒で広く縁取りされ、中央に色鮮やかな天国の花が描かれた皿が二枚置かれている。一枚の皿には薄く切ったスモークサーモンが盛りつけられ、もう一枚の皿にはウナギのマリネが並んでいる。分厚くて重そうな木の板に無造作に置かれているのはかすかに水滴がついたチーズだ。雪のように細かく削った氷に囲まれた銀の小鉢にはキャビアが入っている。皿や小鉢の間にはいくつかの蒸留酒用グラスが並び、色合いの異なるウオッカを入れたフラコンが三本立っている。以上の極上品はすべて大理石でできた小さなサイドテーブルに置かれていて、サイドテーブルそのものは樫でできた大きな模様入り食器棚のわきに鎮座している。その食器棚の中からガラス扉を通してまばゆい光を放っているのは、ピカピカに磨かれたガラス食器と銀食器である。部屋の真ん中には大理石製霊廟のように重いテーブルが鎮座ましましていて、白いクロスが敷かれ、その上には、二人分のディナー用食器とローマ法王の冠のように巻かれたナプキンがセットされ、さらに黒くくすんだ三本の瓶が並んでいる。

ジーナが小さな銀製のふた付き容器を二つ運んできた。容器の中では何かがまだシューシューと音を立てている。料理の匂いを嗅いだ犬の口は、たちまちよだれでべとべとになった。《これはセミラミスの空中庭園だ》[44]、犬はこう思って、お坐りしたまま尻尾を杖のように真っ直ぐ伸ばして床板を叩いた。

「それはこちらへよこしなさい！」フィリップ・フィリッポビッチが食い気をむき出しにしてジーナに命令した。「ボルメンターリ先生、お願いです、キャビアは後まわしにしましょう。どうか年寄りの貴重なアドバイスに耳を傾けてください。イギリス風ウオッカ[45]ではなくて、ロシアの普通のウオッカをグラスに注いで下さい」

犬に足を噛まれたハンサムな医師ボルメンターリは、すでに白衣を脱ぎすてて立派な黒のスーツに身を包んでいる。彼は広い肩をすくめてやさしく微笑み、透明のウオッカをそれぞれのグラスに注いだ。

「ノボブラゴスロベンナヤ通りの酒造所がつくった新しいウオッカ[46]ですね？」ボルメンターリが聞いた。

「なにを寝ぼけてるんですか《神様に面倒見てもらいなさい》、あなた」フィリップ・フィリッポビッチがこたえた。「これこそ本物のスピリッツですぞ。ダリヤ・ペトロブナお手製の極上ウオッカですよ」

「そうですか、フィリップ・フィリッポビッチ。でも、みなさんは最近売り出されたウオッカもなかなかのものだと言っていますよ。三〇度のやつです」

「いやいや、ウオッカは四〇度でなければなりません。三〇度はウオッカではありません。これが第一です」、フィリップ・フィリッポビッチは反論してお説教調に言った。「第二に、市販のウオッカに何が入っているか誰も分からない《神様しか分からない》ではないですか。あなたは連中が何をぶち込むか分かりますか？」

「何を入れても不思議ではありませんな」、ボルメンターリが自信たっぷりに言った。

「同感です」フィリップ・フィリッポビッチは同意し、グラスに注がれた飲み物を一気にのどに流し込んだ。「うむ……、さあ、ボルメンターリ先生、お飲みになったら、ジーナが持ってきたこの料理をすぐに食べてみて下さい。これで『まずい』っておっしゃるようなら、あなたとはもう絶交です。『♪……セビリアからグラナダまで……♪』」

彼はこう言い終わると、銀製の先割れスプーンを使い、黒っぽい小さなパンのかけらのようなものをすくい取って口に運んだ。ボルメンターリもこれにならった。フィリップ・フィリッポビッチの目が輝いた。

「まずいですか？」フィリップ・フィリッポビッチが口を動かしながら聞いた。「まずいですか？尊敬する先生、どうかお答え下さい」

「これほど美味しいものはこれまで食べたことがありません」ボルメンターリが正直に言った。

「そうでしょう……。ボルメンターリ先生、覚えておいてください。冷たい前菜とスープを肴《さかな》に酒を飲むのは地主だけですよ。ボリシェビキ［共産党］[47]にまだ処刑されていなければの話ですがね。少しでも自分のことを思いやる人ならば、温かい前菜をつまみます。そしてモスクワの温かい前菜の中で一番のお勧めがこれです。昔、スラビャンスキー・バザール[48]で食べたこの料理は最高でしたよ。ほら、お食べ」

「この食堂で犬に食べさせるとはなにごとですか」次の料理を運んできたジーナが叫んだ。「一度やると、この食堂から絶対に追い出せなくなりますよ」

「いいじゃないか……こいつは腹ぺこなんだよ、かわいそうに」フィリップ・フィリッポビッチはフォークに食べ物を刺して犬にやり、犬がまるで手品のように食べ物だけをパクッと飲み込むと、フォークをフィンガーボウルの水の中にポチャンと投げ込んだ。

その後二人の前に置かれた皿からは、エビの匂いがする美味しそうな湯気がたちのぼった。犬はまるで火薬庫を警備する兵士のように絨毯の上でじっとお坐りをしていた。フィリップ・フィリッポビッチはごわごわしたナプキンのはしを襟に引っかけてから一席ぶった。

「食事というものは、ボルメンターリ先生、やっかいなものなんです。食べ方を知らなければならないというのに、ほとんどの人はその食べ方を知らないんですからね。しかも、何を食べるかだけでなく、いつ、どのように食べるかを知らなければならないんです（フィリップ・フィリッポビッチは意味ありげにスプーンをふるわせた）。そして、会話が重要なんです。もしあなたが消化に気を遣われるのであれば、いいことをお教えしましょう。食事中にボリシェビズム［共産主義］と医学を話題にしてはいけません。そして、よろしいですか《あなたに神のご加護を》、食事前にソビエトの新聞を読んではいけません」

「でも、わが国にソビエト以外の新聞なんてないじゃないですか」

「ですから、そもそも新聞を読んではいけないんです。私は自分の診療所で三〇人を対象に実験をしてみました。どんな結果だったと思いますか？　食事前に新聞を読ませなかった患者さんたちは皆さん気分爽快でした。一方、私がプラウダ［共産党の機関紙］を強制的に読ませた患者さんたちは、なんと体重を減らしたんです」

「なるほど……」ボルメンターリ先生は興味津々の様子であいづちを打った。スープとワインのせいで顔に赤みがさしている。

「それだけではありません。膝の腱の反射機能が低下し、食欲鈍化、鬱《うつ》状態などが現れました」

「いやいや、大変です《悪魔め》な」

「そうなんですよ。あらら、なんてことでしょう。医学の話しをするなと言ったばかりの舌の根も乾かぬうちに、自分から話題にしてしまうとは。われながらいやになりますな。黙って食べることにしましょう」

フィリップ・フィリッポビッチは身体をそらせてベルのボタンを押した。ドアにかかっているサクランボ色のカーテンの間からジーナが登場した。燻製にしたチョウザメの厚い切り身が犬に与えられた。だが犬はこの青白い切り身が気に入らなかった。次に血のしたたるローストビーフのかたまりが与えられた。これを平らげた犬は、突然眠気を覚え、食い物はもう見るのもいやになった。《奇妙な感覚だな》、犬は重くなってきたまぶたをしばたきながら思った。《おいらの目が食い物を見ようとしないなんて、これまでになかったことだぜ。それにしても、食事の後でタバコを吸うのは愚かなことだね》

不快な青い煙が食堂に充満していた。葉巻だ。犬は前脚に頭をのせてうたた寝に入った。

「サンジュリアン[49]はすばらしいワインだ」夢うつつの犬の耳にとどいてきた。「だが残念ながらもう手に入らなくなった」

どこかから賛美歌のような歌声が響いてきた。上と横から聞こえてくるが、天井と絨毯のせいで鈍くこもっている。

フィリップ・フィリッポビッチはベルを鳴らした。ジーナがやってきた。

「ジーナ、この歌声は何ですか？」

「また住民総会を開いているんですよ、フィリップ・フィリッポビッチ」ジーナが答えた。

「またか」フィリップ・フィリッポビッチが悲しげに叫んだ。「どうやらこれでおしまいということだな。カラブホフの建物は崩壊だ。引っ越すしかない。でも、どこへ？　すべてが油の上を滑るようにあっという間に進行してもう後戻りできない。まず合唱が毎晩おこなわれる。次にトイレのパイプが詰まる。そして暖房のボイラーが故障する、といった具合ですよ。カラブホフの建物は破滅だ！」

「フィリップ・フィリッポビッチがお嘆きです」ジーナが微笑みながらこう言うと皿を胸に抱えて出ていった。

「これが嘆かずにいられようか」フィリップ・フィリッポビッチが叫んだ。「ここは、すばらしい家だったんだ。分かってくれ」

「先生は物事をあまりにも悲観的に見てらっしゃいますな、フィリップ・フィリッポビッチ」足を噛まれたハンサムなボルメンターリが反論した。「最近は彼らも大いに変わりましたよ」

「あなた、あなたは私をご存知ですよね。あなたのおっしゃることは本当ですかね？　私は事実に基づいて発言する人間です。観察を重視する人間です。私は、根拠のない仮説が大嫌いです。このことはロシアだけでなく、ヨーロッパ中に知られています。私がなにか発言するということは、その背後に私の結論を導き出す根拠となるなんらかの事実が存在していることを意味しているのです。いま私はこの建物が壊れてしまうと言いましたが、その根拠となる事実は、エントランスホールのコートハンガーとオーバーシューズ棚ですよ」

「面白いですな……」

《オーバーシューズとはくだらない。オーバーシューズに幸福が詰まっているわけではないだろう》犬は思った。《だが、この人物は偉大だな》

「オーバーシューズの棚なんてとお思いでしょう。私はこの建物に一九〇三年に移ってきました。ご存知のように、この建物のエントランスのドアは普段は施錠されていません。外部の人間が入ってこられるんです。それにもかかわらず、一階のエントランスホールの棚からオーバーシューズがなくなることは、一九一七年の四月[50]までは一度もありませんでした。いいですか、赤鉛筆で強調しますよ、『一度もなかった』んです。この建物には一二戸の住居があります。つまり、一二世帯あるいはそれ以上の数の家族がここに住んでいます。その上、私のところには患者たちが出入りします。そういう環境であるにもかかわらず、一〇何年もの間、一足のオーバーシューズもなくなることはありませんでした。ところが、一九一七年四月のある晴れた日にすべてのオーバーシューズが突然消えてしまったのです。私のオーバーシューズも二足なくなりました。さらに、杖が三本、そして外套とドアマンのサモワールも一緒になくなりました。このときから、オーバーシューズを入れていた棚は無用の長物となってしまいました。ねえ、あなた、おわかりですよね。暖房のことについては何も言いません。言いません。社会革命なんだからボイラーを燃やす必要がなくなったという無茶苦茶の論理を今は受け入れておきましょう。でも、いつか自由な時間ができたときに私は脳の研究をおこなって証明するつもりです。このような社会の混乱は、なんのことはない、すべて単なる病人のうわごとだということを……。いいですか、なぜそしていつこの混乱の歴史が始まったのですか？　なぜそしていつから、人びとが汚れたオーバーシューズとフェルト製オーバーブーツをエントランスホールで脱がずに、そのまま堂々と大理石の階段を上ってくるようになったのですか？　なぜオーバーシューズを履いたまま自宅までやってきて、そこでオーバーシューズを脱いで自宅の棚にしまい込み、盗まれないように鍵をかけ、さらに兵隊に監視させなければならなくなったのですか？　なぜ建物のエントランスホールの階段に敷いてあった絨毯を取り払わざるをえなくなったのですか？　みんなが汚れたオーバーシューズを履いたまま歩き回るので、絨毯が泥まみれになったからでしょう。それとも、カール・マルクス[51]が階段の絨毯を禁止したとでもいうのですか？　カール・マルクスがその著作のどこかで、カラブホフ家の住民は、プレチスチェンカ通り側の第二エントランスに板を打ち付けて、遠回りして中庭の裏口から家に入りなさい、と書いているのですか？　なぜこんなことになったのですか？　誰に必要なんですか？　抑圧された黒人のために必要なんですか？　それとも、ポルトガルの労働者のためにですか？　なぜプロレタリアは自分のオーバーシューズを一階のエントランスホールで脱いでそこに置いてくることができないのですか？　なぜ大理石の階段を泥だらけにするのですか？」

「ですがね、フィリップ・フィリッポビッチ、プロレタリアはですね……オーバーシューズを一足も持っていないんですよ……」ボルメンターリがどもりながら言った。

「そんなことはありません！」フィリップ・フィリッポビッチは声を張り上げてからコップにワインを注いで一口飲んだ。「私は食後のリキュールを認めません。重くて肝臓によくないからです……。

プロレタリアはオーバーシューズを持っています。彼らのところにあるはずです。少なくとも私から盗んだオーバーシューズがあるはずです……。一九一七年四月一三日に紛失したあのオーバーシューズです。いったい誰がオーバーシューズをかっぱらったんでしょう？　私ですか？　もちろん絶対にありえません。ブルジョアのサブリンですか？」、フィリップ・フィリッポビッチは天井を指さした。「疑うのも馬鹿馬鹿しい。砂糖工場を経営しているポロゾフですか？」フィリップ・フィリッポビッチは横の壁を指さした。「彼がするはずはありません。盗んだのは、いま上で歌っている奴らなんです。そうなんです。ああ、盗んでもいいから、せめて階段ではオーバーシューズを脱いでください！」フィリップ・フィリッポビッチの顔が紅潮し始めた。「踊り場にあった花を取り去ったのはな《どの》んの《悪魔の》ためですか？　私の記憶が正しければ、二〇年間に二度しかなかった停電が、最近は几帳面に毎月起きているのはなぜですか？　ボルメンターリ先生、統計は頑固なものです。最近の私の仕事ぶりをご存知の先生ならば、ほかの誰よりもよくお分かりいただけるでしょう」

「荒廃のせいですよ、フィリップ・フィリッポビッチ」

「いいえ、違います」フィリップ・フィリッポビッチは自信たっぷりに反論した。「親愛なるボルメンターリ先生、いいですか、あなたはまず荒廃という言葉を使わないようにして下さい。その言葉は蜃気楼です。煙です。幻想です」。フィリップ・フィリッポビッチは短い指をぎこちなく広げたり縮めたりした。二つの亀のような影がテーブルクロスの上をもぞもぞと動いた。「あなたがおっしゃった荒廃《ラズルーハ》とは何ですか？　杖を持ったお婆さん《スタルーハ》[52]ですか？　ガラスを割ってランプを消した魔女ですか？　そんなものはそもそも存在しないのです」。フィリップ・フィリッポビッチは、食器棚の横に逆さに吊されている厚紙製のカモのデコイ［狩猟に使うおとり］に憤然とした様子で、「君は荒廃を何だと考えているかね？」と質問し、聞かれても答えようのないかわいそうなカモに代わってすぐに自分で答えた。「それはこういうものです。私が手術の代わりに毎晩自宅で合唱を始めると、荒廃が始まるのです。——行儀の悪い表現をお許し下さい——私がお手洗いに行って便器の外におしっこをたれ流し始めて、ジーナとダリヤ・ペトロブナも同じことをするようになると、お手洗いで荒廃が始まるのです。つまり、荒廃はお手洗いにあるのではなく、人びとの頭の中にあるのです。だから、合唱隊がバリトンで『荒廃をぶん殴ってやっつけろ！』と歌っているのを聞くと、私は笑い出さざるを得ません」フィリップ・フィリッポビッチの顔がゆがみ、ボルメンターリは口をぽかんと開けた。「正直言って噴飯物です。だって、荒廃は彼らの頭の中にあるのですから、人びとは自分の頭をぶん殴らなければならないのです。そして、人びとが自分の頭の中にある世界革命やエンゲルス、ニコライ・ロマノフ、抑圧されたマレー人といった幻想を追い払って[53]、本来やるべき仕事、つまり物置の掃除を始めれば、荒廃はひとりでになくなるのです。ふたつの神に仕えることはできません。一人の人間が路面電車の線路掃除とスペインの貧しい人々の救済を同時にかけもちすることはできません。これはどこの誰にもできないのです。ましてやですね、先生、ヨーロッパから二〇〇年の遅れをとっていて、今にいたるまでズボンの社会の窓を閉められないような連中にできるわけがないのです」

　フィリップ・フィリッポビッチはわれを忘れてしゃべり続けた。ワシ鼻の穴はふくらんでいる。ぜいたくな食事で力をつけた彼の声は、古代の預言者のように荘重に響き、彼の頭は銀色に輝いている。

　彼の言葉は、うたた寝している犬の耳には、まるでゴーッという地鳴りのように響いた。犬の夢の中に、間抜けな黄色い目をしたフクロウが現れ、汚れた白いコック帽をかぶった処刑人の醜い表情が浮かび、明るいスタンドに照らされたフィリップ・フィリッポビッチの跳ね上がった口ひげが登場し、何台もの夢のそりが軋みながら滑り去った。犬の胃は、噛み砕いたローストビーフを胃液に浮かべて消化の真っ最中であった。

《この人なら集会で金儲けができるだろうに》犬はぼんやりと思った。《超一流の弁舌家だ。もっとも、金なら唸るほどあるから、金を儲ける必要はないのだろうが……》

「おまわりさんですよ！」フィリップ・フィリッポビッチが叫んだ。「おまわりさん！」「うぐっ、ぐぐっ」、犬の脳のなかでなにかの泡が破裂した。「おまわりさんです。おまわりさんだけができるんです。バッジをつけているかどうか、赤い帽子をかぶっているかどうかはどうでもいいんです。市民一人ひとりにおまわりさんを一人ずつ貼りつけて、彼らの絶唱を抑えさせるんです。あなたは荒廃だとおっしゃる。私はあなたに申し上げます、先生、この歌い手たちをおとなしくさせなければ、この家だけでなく、よその家でも、よい変化なんて絶対に起きません。彼らが自分たちのコンサートをやめた瞬間に、事態はひとりでに改善されるのです」

「反革命的発言ですよ、フィリップ・フィリッポビッチ」ボルメンターリが冗談っぽく指摘した。「先生の今のお話しを誰かに聞かれたら大変です」

「危険はまったくありません」フィリップ・フィリッポビッチが熱く反論した。「だって、反革命ではないんですもの。ついでに申し上げますと、私は反革命という言葉にも我慢できません。この言葉が何を意味するのか、まったく分かりません。悪魔にしか分からない言葉です。私の辞書には反革命という単語が載っていません。そこには健全な良識と実生活の経験を伝える言葉しか収録されていないからです……」

フィリップ・フィリッポビッチはここで襟元からしわくちゃになったナプキンを外してたたむと、赤ワインがまだ残っているコップのわきにそのナプキンを置いた。ボルメンターリはさっと立ち上がり、「ごちそうさまでした《メルシー》」と言った。

「ちょっと待って下さい、先生」、フィリップ・フィリッポビッチは立ち去ろうとしたボルメンターリを引き止めると、ズボンのポケットから財布を取り出した。彼は目を細めて一〇ルーブル紙幣を数え、何枚かを差し出した。「ボルメンターリ先生、本日のあなたの取り分の四〇ルーブルです。お受け取り下さい」

ボルメンターリはていねいにお礼の言葉を述べると、ちょっと赤くなって、受け取ったお金をジャケットのポケットに入れた。

「今夜はもうご用はありませんね？　フィリップ・フィリッポビッチ」ボルメンターリが聞いた。

「ありません。お疲れ様でした。今夜はなにもしません。第一に、実験用のウサギが死んでしまいました……。そして、第二に、今夜はボリショイ劇場で『アイーダ』があります。ああ、長い間聴いていません。大好きなんです……ご存知ですよね、あのデュエットを……タラ～ラ～リム……」

「今から間に合うのですか、フィリップ・フィリッポビッチ？」ボルメンターリが敬意を込めて聞いた。

「いつもあわてないことです。そうすればすべてに間に合います」フィリップ・フィリッポビッチが教え諭すように説明した。「もちろん私だって、自分のやるべきことの代わりに、会議から会議に飛び回って、ナイチンゲールのように一日中さえずっていれば、すべての物事に間に合わなくなります」フィリップ・フィリッポビッチはポケットに手を入れて指先でリピーター式懐中時計[54]を鳴らした。「今八時を過ぎたばかりだ……二幕目には間に合うでしょう……私は分業論者です。歌うのはボリショイ劇場の担当、手術は私の担当です。これでいいんです。いかなる荒廃も起きません……。そうそう、ボルメンターリ先生、あのことはお願いしますよ。適切な死体があったら、すぐに養液に入れてここへ運んで下さい」

「ご心配なく、フィリップ・フィリッポビッチ。病理解剖学の先生たちと話がついていますので」

「すばらしい。それまではこの宿なしのノイローゼ患者を観察しておきましょう。洗ってやって、わき腹も治してやりましょう……」

《おいらのことを心配してくれているんだ》犬は思った。《とてもいい人だ。何者か分かったぞ。犬のおとぎ話に出てくる心のやさしい魔法使い、魔術師、幻術使いだ……これがすべて夢だなんてことはないよな？　いや、ひょっとするとすべてが夢？》ここで犬は眠ったまま身震いした。《目が覚めたら、なにもかも消えていたりして……。絹の笠のランプも、暖かい部屋も、満ち足りたお腹も夢で、門から中庭に通じるトンネル通路の暮らしが復活し、どうしようもない寒さ、凍てついたアスファルト、飢え、意地悪な人間ども……そして公衆食堂、雪……が繰り返される。神様、またあのひどい生活に逆戻りですか！》

いやいや、犬のシャリクが夢の中で心配した逆戻りは起きなかった。トンネル通路に戻される悪夢は永遠に消滅した。

あれほど大騒ぎして心配した荒廃もそれほどひどい状態ではないようだ。窓枠の下のスチーム暖房のラジエーターは日に二度熱くなり、暖気の波を住宅内に届けていた。

シャリクが犬の特等券を引き当てたのは間違いなかった。彼はプレチスチェンカ通りで自分を拾ってくれたフィリップ・フィリッポビッチに日に二度以上感謝し、そのつどシャリクの目には感謝の涙があふれた。待合室の向かい合わせの壁にはそれぞれに作り付けの戸棚が一定の間隔をおいてはめ込まれていて、戸棚と戸棚の間の壁はすべて姿見のような鏡となっている。そして今、そのすべての鏡が幸福を勝ち取ったハンサムな犬を映し出しているのだ。

《おいらはハンサムだ。もしかすると、どこかのご落胤かも知れないな》満足そうな表情をした犬が向かい合わせの鏡の中で連鎖して奥に続く像の中を歩き回るコーヒー色のむく犬を見ながら考えた。《おいらの婆ちゃんがニューファンドランド犬と間違いを犯したんだ。おいらの顔に白い斑点があるのはそのせいだよ。なぜこんな斑点が混じったのか知りたいもんだね。いずれにしても、フィリップ・フィリッポビッチはセンスのある人だから、でたらめに野良犬を引っぱってきたのではない。おいらを選んだということは、おいらの中に選ばれる理由があったってことさ》

シャリクがここに来てから一週間が過ぎた。その間に食べた食事は、飢餓に苦しんでいた時期のひと月半の食糧に相当した。もちろん、単純に重量を比べた場合の話だ。食べ物の質についてはまったく比較にならない。フィリップ・フィリッポビッチのところの食事の内容について詳細に説明する必要はないだろう。炊事婦のダリヤ・ペトロブナは毎日スモレンスキー市場[55]で肉の切り落としを一八コペイカずつ買うようになった。その上、優雅なジーナが何度も抗議したにもかかわらず、シャリクは毎晩七時の夕食の時間になると食卓のそばにちょこんと坐っていた。この夕食のおかげで、フィリップ・フィリッポビッチはついに神と同格に列せられる存在となった。シャリクは後ろ足で立ち上がり、敬虔な信者がイコン（聖像画）にキスするように、ご主人様のジャケットをしゃぶった。シャリクはフィリップ・フィリッポビッチが外出から戻ってくるときに鳴らす玄関の呼び鈴の音を覚えた。呼び鈴が歯切れ良く二回鳴ると、シャリクは吠えながら玄関ホールに飛び出していく。ご主人様が着ているこげ茶色のキツネの毛皮コートには、雪の結晶が無数に光っていて、ミカン、葉巻、香水、レモン、ガソリン、オーデコロン、ラシャ布の匂いがする。彼の声は軍隊のラッパのように住宅中に響き渡る。

「こら、この愚か者！　なぜはく製のフクロウをずたずたにした？　フクロウがお前の邪魔をしたとでもいうのか？　答えなさい。なぜメチニコフ教授[56]の写真立てを壊した？」

「フィリップ・フィリッポビッチ、この犬は一度ムチで叩かないと駄目です」ジーナが憤慨して言った。「そうでないと、言うことを聞かなくなりますよ。見て下さい、先生のオーバーシューズに何をしたか見て下さい」

「相手が誰であれ、体罰はいけません」フィリップ・フィリッポビッチが心配そうに言った。「いいですか、決して忘れないで下さいよ。人や動物に働きかけることができるのは、説得だけです。今日、肉はやりましたか?」

「おお神様、家ごと丸呑みしたのではないかと思うほどたくさん食べましたよ。フィリップ・フィリッポビッチ、何をおっしゃるんですか?　お腹が破裂しないのが不思議なくらいだというのに」

「よろしい、たくさん食べさせなさい。……おい、フクロウがお前の邪魔をしたというのかね、このならず者!」

「くんくん」おべっか使いのシャリクは甘えて足を伸ばして腹ばいになった。

だが、ご主人様にそのおべっかは通用しなかった。フィリップ・フィリッポビッチはわめき声をあげるシャリクの首筋をつかまえて引きずった。どたばた芝居のようだった。シャリクは吠え、噛みつき、絨毯にしがみついて抵抗したが、結局仰向けのまま待合室を経由して執務室に引きずられて行った。執務室の中央に広げられた絨毯の上にはフクロウのはく製が倒れていた。ガラスの目玉は無傷だが、赤い布が腹部からはみ出し、全身がナフタリンの臭いを振りまいている。デスクの上には粉々に砕かれた写真立てが置いてある。

「先生にお見せするために、わざと片付けないでおいたんですよ」興奮したジーナが報告した。「デスクに跳び上がったんです、この悪党め。そしてフクロウの尻尾にパクっとかみつきました。そのあとどうやったのか分からないくらいにすばやくフクロウをズタズタにしちゃいました。フィリップ・フィリッポビッチ、犬の顔をフクロウに押しつけて、壊しちゃいけないってことを分からせて下さい」

シャリクが吠え始めた。フィリップ・フィリッポビッチは絨毯にしがみついているシャリクを引っぱってフクロウに押しつけた。シャリクは辛い涙を流しながら思った。《好きなだけなぐってくれ！けれどもこの家からは追い出さないでくれ！》

「はく製は今日すぐに修理に出しなさい。それからここに八ルーブルと市電の運賃一六コペイカがあります。百貨店ミュール[57]に行って、ちゃんとした首輪と鎖を買って来てください」

翌日、シャリクはぴかぴか光る幅の広い首輪をつけられた。鏡で自分の姿を見たシャリクはすぐに落胆し、尻尾を巻いて風呂場に入り、どうやったらこの首輪を外して長持か木箱にしまい込めるだろうかと考えた。だが、じきに自分が馬鹿だったことに気づいた。ジーナが鎖につないで散歩に連れ出してくれたのである。最初にオーブホフ横町を歩いていたときには、逮捕・連行されているような自分が恥ずかしくて真っ赤になったが、プレチスチェンカ通りを端まで行って救世主キリスト大聖堂[58]前の広場に出る頃には、考えが変わっていた。実生活で鎖が意味するものを理解したのである。すれちがうすべての野良犬たちの目に狂ったような嫉妬心が浮かんでいるのを感じた。ミョルトブイ横町では、尻尾が短く図体がひょろ長いどこかの雑種犬が、「旦那方の慰み者」「手下」と言って吠えかかってきた。市電の線路を横切ったときには、警官が満足そうに、そして敬意を込めて首輪を見た。さらに散歩から戻って来たときシャリクは前代未聞の事態に遭遇した。ドアマンのフョードルが手ずからドアを開けてシャリクを通してくれたのだ。しかもそのときフョードルはジーナにこう言った。

「フィリップ・フィリッポビッチが連れてきたむく犬は立派だね。その上、驚くほどでっぷりしている」

「それはそうですよ。六人分も食べるんですもの」外の寒さでほほを赤くした美人のジーナが説明した。

《首輪とは、エリート役人が持っている書類かばんと同じように一種のステータス・シンボルだな》シャリクは心の中で自分のひらめきに満足し、ジーナの後を追って旦那方の歩き方を真似ながら二階のホールに向かった。

首輪の価値を認識したシャリクは、次の訪問先を決めた。天国のようなこの家にあってとりわけ大切な地位を占めているにもかかわらず、シャリクの出入りが完全に禁止されていた場所、すなわち炊事婦のダリヤ・ペトロブナが支配する王国、要するに炊事場である。そのありがたみは、この家のほかの全室が束になってもかなわない。黒地にタイルで化粧張りしたかまどは毎日炎を噴き出して荒れ狂い、オーブンはパチパチ音を立てている。ダリヤ・ペトロブナの顔は、永遠の苦悩と満たされぬ欲望に焚かれた赤い火柱に照らされて光って脂ぎっている。明るい色の髪の毛を耳にかぶせて後頭部で編み込んだ流行の髪型を飾っているのは、二二個の模造ダイヤの輝きだ。壁のフックには金色の鍋が並び、炊事場全体に様々な匂いが充満し、蓋がついた容器の中はグツグツと煮えたぎり、シューシューと音を立てている……

「出ていきなさい！」ダリヤ・ペトロブナが怒鳴りだした。「出ていきなさい、この浮浪児のこそ泥め！　ここはお前の来るところではないよ。火掻き棒でたたかれたいのかい……」

《なんてこった！　なんでわめくんだ？》シャリクはそっと目を細めた。《おいらがこそ泥だって？　この首輪が目に入らないのか？》そしてドアに首を突っ込んで押し開け、半身になって逃げた。

しかし、シャリクには人の心を引きつける何かがあった。だから、三日後にはもう炭が入ったカゴの側に寝そべって、ダリヤ・ペトロブナが働く様子をながめるようになっていた。残忍な死刑執行人に変身した彼女は、鋭利な細身の包丁でかわいそうなエゾライチョウの頭と足を切り落とし、次に骨から肉を剥がしとり、内臓を取り去り、なにかを肉挽き器で挽いた。このときシャリクはエゾライチョウの頭をおもちゃにして遊んでいる。ダリヤ・ペトロブナは牛乳につけてあった白パンを鉢から取り出し、それをまな板の上で挽肉がゆに混ぜてこね、たっぷりのクリームと少々の塩をふりかけて、最後にまな板の上でハンバーグの形を整えた。かまどの中は火事場のように唸り、フライパンの中ではグツグツと泡がはじけ、なにかが踊っている。かまどの蓋が大きな音を立てて飛び跳ね、恐ろしい地獄はさもありなんという光景を垣間見せる。すべてが煮えたぎり、噴き出している……

夜になった。かまどの焚口は静まり、炊事場の窓の白い半カーテン越しに見えるプレチスチェンカ通りの夜の空は真っ暗で、星は一つしか見えない。掃除が終わったばかりの炊事場の床はしめっている。鍋は秘密めかしてぼんやりと光り、テーブルの上には消防士の帽子が置いてある。シャリクは温かいかまどの上部に門の上のライオン[59]のようにどっしりと腰を落ち着けると一つの耳だけを欹《そばだ》てて好奇心一杯に目の前の光景をながめている。ジーナとダリヤ・ペトロブナの部屋の半開きのドアの陰で、消防士特有の幅の広い皮のベルトを締めた黒い口ひげの男が、ダリヤ・ペトロブナを興奮して抱きしめているのだ。彼女の顔は、白粉が塗られている鼻の部分をのぞいて、苦悩と欲望で燃えていた。射し込む光の筋が、黒ひげの男の写真とそこに添えられた一輪のイースター・ローズ（ヤマブキ[60]）を照らし出している。

「悪魔みたいにしつこいわね」薄暗いなかでダリヤ・ペトロブナが言った。「放してよ。ジーナが来るじゃない。なによ、あんた。あんたも若返り手術を受けたの?」

「おれらに若返り手術なんていらねえよ」黒い口ひげの男は自分を抑えきれずにかすんだ声でこたえた。「お前だって火のように燃えているじゃないか……」

ときにはプレチステェンカ通りの空の星が夜のとばりにすっかり隠れてしまうような真っ暗な夜もあった。ボリショイ劇場で「アイーダ」の公演がなく、また全ロシア外科学会の会議がなければ、シャリクにとって神のような存在であるフィリップ・フィリッポビッチはたいてい執務室のソファーに坐っている。天井の照明は消えていて、点灯しているのはデスクの上の緑色の笠のスタンドだけだ。シャリクは暗がりで絨毯の上に寝そべって、目の前で進行している恐ろしい光景をじっと眺めていた。ガラスの容器がいくつかあり、その中に入っている鼻につく臭いがするにごった液体には人間の脳が浸けてある。フィリップ・フィリッポビッチは腕まくりした両手に赤黄色のゴム手袋をはめ、滑りやすい丸みを帯びた指を曲げてなにか処置している。ピカピカ光っている小さなメスを持って、黄色くて弾力のある脳を静かに切っているのだ。

「『♪聖なるナイルの岸辺をめざせ……♪』」、フィリップ・フィリッポビッチはボリショイ劇場の金色の内装を思い出しながら軽く唇を噛んだまま小声で口ずさんだ。このとき暖房用ラジエーターは最高の温度に達していた。暖かい空気がいったん天井まで上がり、それから部屋全体に広がって行く。シャリクの毛皮の中では、まだフィリップ・フィリッポビッチにノミ取り櫛で梳かれていない――だがじきに殺される運命にある――最後のノミがもぞもぞと元気を取り戻した。絨毯が住宅内の雑音を吸収している。しばらくすると、遠くから玄関のドアを開け閉めする音が聞こえてきた。

《ジーナが映画に出かけたんだな》、シャリクは思った。《彼女が帰ってきたら食事だ。たしかメニューは仔牛肉のソテーだったはずだ》


――――


そしてあの恐ろしい日になった。シャリクは朝からいやな予感がしていた。このため彼は朝食時に突然ふさぎ込み、食欲を失い、カップ半分のオートミールと昨日の残り物である羊の骨をどうにか胃に押し込んで朝食を済ませた。そしてものうげに待合室に入り、鏡に映った自分の姿に向かって軽く吠えた。だが昼間になってジーナがシャリクを並木道へ散歩に連れ出してからは、普通の日と同じになった。今日は火曜日なので診察がない。シャリクにとって神のような存在のフィリップ・フィリッポビッチは執務室に閉じこもり、多色刷りの図が載っている重い本を何冊かデスクに置いて見ている。もうすぐ夕食だ。シャリクは陽気な気分になった。だって、今日のメインディッシュが七面鳥の料理であることをさきほど炊事場で確認したばかりだからだ。そして、シャリクが浮き浮きと廊下を歩いていたとき、突然フィリップ・フィリッポビッチの執務室の電話が不吉な呼び出し音を響かせた。フィリップ・フィリッポビッチは受話器を取り、最初は相手の言葉に耳を傾けていたが、急に興奮して電話に向かって叫んだ。

「すばらしい！　大至急ここへ持ってきて下さい。大至急！」

彼は電話を切るとそわそわし始め、ベルを鳴らしてジーナを呼び出し、すぐに食事にするように指示した。

《食事だ、食事だ、食事だ！》

すぐに食堂で食器を並べる音がして、ジーナがあたふたと走りまわった。炊事場からは七面鳥がまだできてないと愚痴を言うダリヤ・ペトロブナの声が聞こえてきた。シャリクは再び不安を覚えた。

《家の中がざわついているのが気に入らないな》。シャリクがこう思った瞬間、ボルメンターリが外出先から戻ってきて、混乱はさらに不気味な姿を見せるようになった。彼はコートも脱がずに急いで廊下を通り、いやな臭いのするスーツケースを診察室に運び込んだ。しかも、ボルメンターリが戻って来た瞬間、フィリップ・フィリッポビッチはこれまで一度もやったことのない行為を二つ続けた。いつもなら必ず飲み干すコーヒーを今日は途中で残して席を立ち、これまで一度も出迎えたことのないボルメンターリを今日は出迎えたのである。

「死んだのはいつですか?」フィリップ・フィリッポビッチが叫んだ。

「三時間前です」ボルメンターリは雪がついている帽子を脱ごうともせずに、スーツケースを開けながら言った。

《いったい誰が死んだって言うんだ?》シャリクはいらいらとふてくされてこう思い、二人の足もとに割りこんだ。《みんな浮かれやがって、我慢できないぜ》

「足もとからどきなさい！　もっと急いで、急いで、急いで！」フィリップ・フィリッポビッチがあたりかまわず叫び、ベルを鳴らした。家中のベルが鳴ったとシャリクは思った。

ジーナが駆けて来た。

「ジーナ！　ダリヤ・ペトロブナに電話番をお願いしなさい。電話の内容をメモすること、誰も入れないこと。あなたは私たちのそばにいて手伝って下さい。ボルメンターリ先生、お願いです、もっと急いで、急いで、急いで！」

《気に入らない、気にくわない》シャリクは怒って顔をしかめ、家の中をうろつき始めた。混乱は診察室に集中していた。予想外にもジーナが死者に着せるきょうかたびらのような白衣に着替えて出てきて、診察室と炊事場を行ったり来たりし始めた。

《おいらだけなにか食べておいたほうがいいな。こいつらがどうなろうと、おいらの知ったことか》こう決心したシャリクはすぐにしっぺ返しを食らった。

「シャリクには何も食べさせないように！」診察室からフィリップ・フィリッポビッチの指示が飛んできた。

「シャリクの面倒まで見切れません」

「だったら、閉じ込めておきなさい」

こうしてシャリクは風呂場に誘導され、そこに閉じ込められた。

《げすどもめ》薄暗い風呂場でシャリクは思った。《愚の骨頂とはこのことだ……》

シャリクが風呂場にいた時間はおよそ一五分。この間、シャリクは奇妙な気分にひたっていた。怒りと何とも言えない深刻な失望とが交互に襲ってくるのだ。すべてが退屈で、なにも分からない……

《いいかい、尊敬するフィリップ・フィリッポビッチよ、あんたは明日オーバーシューズを買う羽目になるんだぜ》シャリクは思った。《すでに二足買ったんだったよな。あと一足も決まりだね。犬

を閉じ込めるとどうなるか思い知らせてやるぜ》

だが彼の怒りに満ちた思考は突然中断した。代わりに生まれて間もない頃の断片的な記憶が不意にあざやかによみがえってきた。プレオブラジェンスカヤ関所[61]の陽当たりのよい広い中庭、瓶に反射してキラキラ光る日差し、割れた煉瓦、自由気ままな野良犬たちといった光景である。

《いや、どこへもいかないぞ、ここを捨てて自由気ままな暮らしに戻るなんていやだ。本音を言うよ……》シャリクは鼻息を荒げながら思った。《おいらはここの生活に染まっちゃったんだ。おいらは犬の殿様さ。知識階級なんだ。一番いい暮らしを味わったんだ。それに、自由ってなんだ？　煙、蜃気楼、幻想さ……民主主義者という不幸の元凶が叫ぶたわごとさ……》

シャリクはこのあと風呂場の薄闇が怖くなり、吠えてドアにぶつかり、ドアをひっかいた。

「ウッ、ウウーッ」樽の中で吠えたようなうなり声が家中に響いた。

《またフクロウの毛をむしってやるぞ》シャリクは凶暴に、だが実際には無力感の中でこう思った。次に弱気になり、寝そべった。次に立ち上がったときには毛が突然逆立った。なぜかバスタブの中で不快なオオカミの目が光ったように感じたのだ……

苦悩が頂点に達したときにドアが開いた。シャリクは風呂場を出てブルッと身震いすると、ふくれ面をして炊事場に向かおうとした。ところがジーナは首輪をつかんでシャリクを診察室に引っぱって行く。シャリクの心臓に悪寒が走った。

《なんでおいらを診察室に引っぱって行くんだ？》犬は不審に思った。《わき腹は治ったじゃないか。さっぱり分からん》

ジーナは足を突っ張って抵抗するシャリクをそのまま引きずって寄せ木細工の床板をすべらせながら診察室に連れていった。そこにはこれまで見たこともない明るさの照明が点灯していた。天井に付けた白い電球は目が痛くなるほど明るい。この純白の光のなかに立っているのは古代エジプトの祭司長だ。聖なるナイルの岸辺の歌をもごもごと口ずさんでいる。シャリクはかすかに残っている匂いでこの祭司長がフィリップ・フィリッポビッチであることを理解した。きれいに刈り込まれた白髪は総主教がかぶるような白い手術帽に隠れている。祭司長は全身を白衣で包み、その上に袈裟のようなゴム製の手術用エプロンをピチッと身につけ、両手に黒い手袋をはめている。

噛まれた男ボルメンターリも総主教のような帽子をかぶっている。長い台が診察室の真ん中にどんと置かれ、光る脚の上に載った四角形の小さな台がそのわきに寄り添っている。

シャリクにはボルメンターリがとくに気に食わなかった。今日の目つきのせいだ。いつもは鷹揚で陰のないボルメンターリの目が、いまはまったく落ち着きを失ってきょろきょろしているように犬の目には見えた。用心深く猫をかぶっている目だ。その奥には犯罪のようなもの、あるいは不吉で卑劣なものが秘められている。シャリクは重苦しい、暗鬱な気分でボルメンターリをチラと見て、隅に引っ込んだ。

「首輪を外しなさい、ジーナ」フィリップ・フィリッポビッチが小声で言った。「ただし、興奮させてはだめだよ」

この瞬間にジーナの目もボルメンターリと同じように不吉な目に変わった。彼女は犬に近づき、明らかに不自然に犬をなでた。シャリクは憂いとさげすみの目で彼女を見た。

《そうかい……そちらは三人もいるくせに。勝手にしゃがれ。でも、恥ずかしくないのかね……おいらに何をするのか教えてくれたっていいだろうに》

ジーナが首輪を外した。シャリクは首をブルンと振って、鼻を鳴らした。ボルメンターリがシャリクの前に立ちはだかった。吐き気をもよおす、いやな臭いが彼から立ち込めてくる。

《ひぇー、胸くそ悪い……なんでこんなに気分が悪くて恐ろしいんだろう？》シャリクは後ずさりしてボルメンターリから逃げようとした。

「急いで下さい、先生」フィリップ・フィリッポビッチが待ちきれぬ様子で言った。

刺激のある甘い臭いがあたりに充満している。ボルメンターリは狙い澄ました不気味な視線をシャリクからそらさずに、自分の背中にまわしていた右手をいきなり前に突きだして、湿った脱脂綿のかたまりをシャリクの鼻に押しつけた。シャリクはあっけにとられた。軽いめまいに襲われたが、どうにか跳びのいた。ボルメンターリは追いかけてシャリクに跳びかかり、シャリクの顔面全体を脱脂綿でおおった。一瞬呼吸が止まったが、シャリクはこれもなんとか振り払った。《悪党どもめ……》シャリクは思った。《おいらが何をしたっていうんだ？》もう一度脱脂綿で顔をふさがれた。突然診察室の真ん中に湖が広がった。そこに陽気なバラ色の犬たちが乗った何艘もの小舟が浮かんでいる。来世の光景だ。脚の骨の感覚がなくなり、シャリクはその場に崩れ落ちた。

「手術台に載せなさい！」どこかでフィリップ・フィリッポビッチの陽気な声がはじけて、オレンジ色の波に乗って響き渡った。恐怖は終わった。歓喜がやって来た。シャリクは意識を失いつつある二秒間だけ、ボルメンターリが好きになった。次に全世界がクルッとひっくり返り、お腹の下に誰かの手を感じた。やさしいが冷たい手だ。そのあとは何も覚えていない。

――――

犬のシャリクは狭い手術台の上に四肢をだらしなく伸ばして仰向けに寝ている。頭は白い防水カバーのついた枕になすすべなくへばりついている。ボルメンターリは下腹部の毛をバリカンで刈り終えると、ハアハア息を切らしながら、今度はシャリクの頭部をかき分けてその毛をバリカンで刈っている。フィリップ・フィリッポビッチは台の端に両手をついて、彼の金縁眼鏡の縁のようにキラキラ輝く目でボルメンターリの作業を追いつつ、興奮した口調で言った。

「ボルメンターリ先生、私がトルコ鞍《あん》［脳下垂体直下の骨性部］に入った瞬間が勝負ですよ。ただちに下垂体を私に渡してすぐに縫って下さい。そのときに出血してしまうと、時間を取られ、犬は死んでしまいます。もっとも、犬が生き残るチャンスはもうほとんどありませんがね」フィリップ・フィリッポビッチは口を閉じ、眼を細め、麻酔で寝ている犬の半分開いた目を見て、自嘲気味に補足した。「なんだかこの犬がかわいそうになりましたよ。愛着を感じたのですかね」

フィリップ・フィリッポビッチは、両手を上げた。一瞬、不運な犬シャリクの偉業を称える仕種かと思ったが、いやなに、ほこりが黒い手袋につかないようにしただけだった。

バリカンで刈られた毛の下から犬の白っぽい皮膚がのぞいている。バリカンをカミソリに持ちかえたボルメンターリは、いたいけな犬の小さな頭に石けんを塗って剃り始めた。カミソリの刃の下ではゾリゾリと音がし、多少の出血も見られた。頭をそり終えたボルメンターリは、ベンジンを染み込ませた脱脂綿で頭をきれいに拭き取り、次に裸の腹部を引き伸ばし、荒い息を吐いてから言った。

「準備完了です」

ジーナが流し台の蛇口をひねって水を出し、ボルメンターリが駆け寄って手を洗った。ジーナはその洗った手にガラス瓶のアルコールをかけた。

「私は下がってよろしいでしょうか、フィリップ・フィリッポビッチ?」ジーナが毛を剃られてつんつるてんになった犬の頭を恐る恐る眺めながら聞いた。

「よろしい」

ジーナが出ていった。ボルメンターリの活躍は続いた。彼は薄いガーゼでシャリクの頭を半分包むように囲んだ。枕の上には珍妙な光景ができあがっていた。誰も見たことのない犬のはげ頭が奇妙な毛むくじゃらの犬顔にのっかっている。

ここで古代エジプトの祭司長のようなフィリップ・フィリッポビッチが活動を開始した。真っ直ぐに姿勢を正し、犬の頭を見てから言った。

「さあ始めよう。神よ、われらを鼓舞されたし! メス!」

ボルメンターリは小さな台に載っているキラキラ光る器具の中から、小さなずんぐりしたメスを取り上げてフィリップ・フィリッポビッチに手渡した。それから彼も黒い手袋をはめた。

「麻酔は効いているね?」フィリップ・フィリッポビッチが聞いた。

「よく効いています」

フィリップ・フィリッポビッチは奥歯をかみしめた。目が射るように鋭く輝きだした。フィリップ・フィリッポビッチはメスを一振りし、シャリクの下腹部に正確に当て、長く引いて切開した。皮膚が開き、血が四方に流れだした。ボルメンターリは獰猛《どうもう》に動き始めた。切開した箇所をガーゼで押さえ、砂糖はさみほどの小さな鉗子をいくつも使って切開部分の端をつまんだ。出血が止まった。ボルメンターリのひたいには玉のような汗が噴き出している。フィリップ・フィリッポビッチはもう一度切開した。もう一度鉗子、はさみ、なにかカギ状のものでシャリクの身体に処置が施された。血がにじんだピンク色や黄色の組織が跳びだした。フィリップ・フィリッポビッチはメスを使いこなし終わると叫んだ。

「ハサミ！」

ボルメンターリの手元でハサミが光った。まるで手品師のようだった。フィリップ・フィリッポビッチは深部に手を入れ、二、三回の動きでシャリクの身体から精巣（睾丸）とその周辺組織を摘出した。熱意と緊張のせいで汗びっしょりのボルメンターリは、ガラス瓶に飛びつき、瓶の中の液に浸かって垂れ下がっていた別の精巣を取り出した。フィリップ・フィリッポビッチとボルメンターリの手のなかで湿った短い手術糸が飛び跳ねたり、縮んだりした。曲がった針がクランプで小刻みに締めつけられた。シャリクの精巣があった場所に別の精巣が縫い付けられた。フィリップ・フィリッポビッチは切開した箇所の処置を終えると、ガーゼの束をそこにあてがい、指示した。

「先生、ただちに皮膚を縫って下さい！」

次に壁にかけてある丸くて白い時計に目をやった。

「一四分かかりました」ボルメンターリが食いしばった歯を通してつぶやくと、張りのない皮膚に曲がった針を差し込んだ。

次に二人の気分は先を急ぐ殺人者のように高揚した。

「メス！」フィリップ・フィリッポビッチが叫んだ。

まるでメスがひとりでにそうしたように、フィリップ・フィリッポビッチの手に収まった。彼の顔は鬼のように厳しくなった。歯をむき出しにしてかみしめているので、セラミックスと金の歯冠が見える。フィリップ・フィリッポビッチは、シャリクのひたいにメスをあてがった。そこからスタートして赤い筋が頭をクルッと一周した。剃り上げられている皮膚はインディアンにむかれた頭皮のようにめくれあがり、頭蓋骨が露出した。フィリップ・フィリッポビッチが吠えた。

「トレフィン［頭蓋骨に穴を開けるための冠状ドリル］！」

ボルメンターリはピカピカ光っている大きなキリを渡した。フィリップ・フィリッポビッチは唇を噛みながら、シャリクの頭蓋骨にトレフィンを突き刺して小さな穴を開ける作業を開始した。穴は一センチほどの間隔をおいて次々と開けられていき、頭蓋骨を一周した。一つの穴を開けるのに五秒もかからなかった。次に見たこともない形のノコギリを一つの穴に差し込み、まるでご婦人方の繊細な手芸箱を切るように細心の注意を払いながらノコギリを挽き始めた。頭蓋骨はギイギイというかすかな音を出しながら振動した。およそ三分後、頭蓋骨が外れた。

シャリクの丸い脳の表面がむき出しになっている。血管の青筋と赤っぽい斑点のある灰色の脳だ。フィリップ・フィリッポビッチは外側の脳膜にハサミを入れ、裁断した。血が一度だけ細い噴水となってほとばしり、フィリップ・フィリッポビッチの目をかすめて手術帽に降りかかった。ボルメンターリは止血鉗子を手にしてトラのように襲いかかり、止血した。ボルメンターリは滝のような汗をかき、むくんだ彼の顔には様々な色彩が混在している。彼の視線はフィリップ・フィリッポビッチの手元と手術台のわきにある台の上のトレーの間を激しく行き来している。フィリップ・フィリッポビッチの形相はもろに恐ろしくなった。鼻息を荒げていて、歯ぐきが見えるほど口を大きく開けている。彼は脳膜を剥ぎ取り、盃のような骨から脳の半分を引っ張り出し、さらにその奥に手を入れた。この間、ボルメンターリは片手でシャリクの胸に手をあてていたが、びっくりして血の気を失い、かすれ声で言った。

「脈拍が急に弱くなりました……」

フィリップ・フィリッポビッチは野獣のような目でボルメンターリを見やり、なにかつぶやき、さらに深く手を入れた。ボルメンターリはガラス製のアンプルをポキッと折って、液体を注射器に移すと、非情にもシャリクの心臓付近に針を突き刺した。

「いよいよトルコ鞍だぞ」フィリップ・フィリッポビッチが叫び、血に濡れてぬるぬるした手袋でシャリクの灰黄色の脳を頭から引っ張り出し、そこで一瞬シャリクの顔をチラと見た。ボルメンターリは黄色い薬品の入った二つ目のアンプルを折って、長い注射器に薬品を移した。

「心臓に打ちますか?」ボルメンターリがためらいがちに聞いた。

「何をいまさらお尋ねですか?」フィリップ・フィリッポビッチが憎々しげに吠えた。「シャリクはあなたのもとでもう五回は死んでいますよ。打って下さい。まだあなたが正気であるならば、お願いします」このときの彼の表情は、興奮した強盗の面構えそのものだった。

ボルメンターリはためらわずに犬の心臓に一気に針を突き刺した。

「まだ生きていますよ、かろうじてですがね」ボルメンターリが自信なさそうに言った。

「今は生きているかいないかを問題にしないで下さい」怖い表情のフィリップ・フィリッポビッチがしゃがれ声で言った。「さあ、トルコ鞍をつかまえたぞ！　どうせ死ぬんです……おい、こん畜……『♪聖なるナイルの岸辺をめざし……♪』……脳下垂体を渡して下さい！」

ボルメンターリはフィリップ・フィリッポビッチに瓶を渡した。瓶の中の液体には白いかたまりが糸に吊られて浮かんでいる。《この人はヨーロッパで最高の医師だ、間違いない……》ボルメンターリは漠然とこう考えた。フィリップ・フィリッポビッチは揺れているかたまりを片手でつまみ上げた。そして、もう一方の手にハサミを持ち、半分により分けた脳の間から同じようなかたまりを切除してトレーに置くと、最初につまみ上げたかたまりを糸と一緒に短い指で脳の中に押し込んだ。奇跡のようだった。彼の指は繊細で柔軟な指に変貌し、そのかたまりを琥珀色の糸で脳の中に縛り付けた。フィリップ・フィリッポビッチは次にシャリクの頭から鉗子や伸張具を取り外し、脳を盃《さかずき》のような頭蓋骨の中に押し込むと、自分の頭を持ち上げて質問した。声はすでに落ち着いている。

「やはり死んでしまったかね？」

「かすかですが脈はあります」ボルメンターリが答えた。

「アドレナリンを追加しなさい！」

フィリップ・フィリッポビッチは脳膜をもとに戻し、ノコギリで切った頭蓋骨をはめ、頭皮をかぶせて大声で叫んだ。

「縫い合わせて下さい!」

ボルメンターリはおよそ五分かけて頭を縫った。針を三本だめにした。

この作業が終わると、環状の傷跡が痛々しいシャリクの頭と死んだように無表情なシャリクの顔が血だらけの枕の上に残った。ここでフィリップ・フィリッポビッチは、生き血をたっぷり吸った吸血鬼のように満足げに作業を終了し、汗止めパウダーを辺り一面にまき散らしながら片方の手袋を脱ぎ、もう一方の手袋も脱いで床に放り出すと、壁のボタンを押してベルを鳴らした。ジーナがドアを開けたが、シャリクと血の海を見たくないので、入口で顔をそむけている。

古代エジプトの祭司長のようなフィリップ・フィリッポビッチは白い粉のついた手で血がついた手術帽を脱ぐと叫んだ。

「ジーナ、私に口付きタバコを大至急お願いします。そしてきれいな下着一式とお風呂を!」

彼は手術台の端にあごをのせて、二本の指で犬の右まぶたを開け、明らかに死につつあると思われる目をのぞいてから言った。

「おやおや、こん畜生め。まだ生きとるわい。だがどうせ死ぬんだ。ボルメンターリ先生、こいつは不憫《ふびん》なやつですな。かわいい犬だった。こざかしいところもありましたがね」

V

医学博士イワン・アルノルドビッチ・ボルメンターリのノート。筆記用紙サイズの薄いノート。筆跡はすべてボルメンターリのもの。最初の二ページは几帳面な文字で、字間を詰めて、簡潔に書かれているが、その後は走り書きの興奮した筆跡となり、さらにインクのしみがたくさんついている。

一九二四年一二月二二日　月曜日

カルテ（診療録）

実験室の犬は生後約二年。オス。種類―雑種。名前―シャリク。毛の質は濃くなく短め、色はまだらな焦げ茶色、尻尾部分だけが沸かしたミルク色。右わき腹に完治したやけどの跡あり。栄養状態―プレオブラジェンスキー教授にひろわれるまでは不良、ひろわれてからは一週間で良好に。体重―八キログラム（**感嘆符**）。

心臓、肺臓、胃、体温はすべて正常。

一二月二三日　午後八時三〇分、プレオブラジェンスキー教授考案の手術がヨーロッパで初めておこなわれた。クロロフォルム麻酔のもとシャリクの睾丸を摘出し、その代わりに、手術の四時間四分前に死亡した二八歳の人間男性から摘出後にプレオブラジェンスキー教授開発の滅菌生理液内で保存されていた睾丸（精巣上体と精索を含む）を移植した。

さらにその直後、犬の頭蓋骨を切開し、脳の一部である脳下垂体を摘出し、前記人間男性の脳下垂体を移植した。
使用薬剤――クロロフォルム八CC、カンフル注射一本、心臓へのアドレナリン注射二本。
手術の目的――プレオブラジェンスキー教授の仮説の検証。すなわち脳下垂体と睾丸の同時移植によって、脳下垂体の移植への適応性を確認し、さらには人体の若返りへの影響を調べること。
執刀――F・F・プレオブラジェンスキー教授。
介助――I・A・ボルメンターリ博士。
手術直後の深夜、心拍数が何度も極端に減少し、生命の維持は絶望的と思われた。プレオブラジェンスキー教授の指示で大量のカンフル投与。
一二月二四日　午前中、症状の改善が見られた。呼吸数は倍増。体温四二度。カンフル投与とカフェイン皮下注射。
一二月二五日　症状が再び悪化。脈がようやく取れる状態。四肢の体温低下、瞳孔の反応なし。プレオブラジェンスキー教授の指示で心臓にアドレナリン注射し、カンフル投与をおこなう。生理食塩水を点滴。
一二月二六日　若干の改善あり。脈拍一八〇、呼吸九二。体温四一度。カンフル投与、滋養浣腸。

一二月二七日　脈拍一五二、呼吸五〇、体温三九・八度。瞳孔の反応あり。カンフル皮下注射。

一二月二八日　症状は大幅に改善。昼間突然に大量の発汗。体温三七・〇度。手術箇所の傷は変化無し。包帯の交換。

食欲あり。流動食。

一二月二九日　突然ひたいとわき腹の毛が抜け始めていることが確認された。皮膚科講座ワシリー・ワシリエビッチ・ブンダレフ教授とモスクワ獣医学研究所長を招請して意見を求める。両者ともに前例がないことを確認。診断は結論出ず。体温正常。

以下、鉛筆書き。

夜、初めて吠えた（午後八時一五分）。音色と調子が大きく変わっている（低い声）。ワンワンではなく、母音だけの「アーオー」。どことなくうめき声のようだ。

一二月三〇日　毛の抜け方は全身脱毛の様相を呈している。体重測定の結果は意外だった。骨が成長した（伸びた）結果、三〇キロ。犬はまだ立ち上がれない。

一二月三一日　異常な食欲増進。

ノートにはインクのしみがついていて、そのあとに走り書き。

正午過ぎの一二時一二分、はっきりと「А-б-ы-р《アブィル》」と吠えた。

（このあとノートの記述はいったん途切れる。次に明らかにあわてて間違えて次のように記載されている）

十二月十日　**訂正線が引かれ、次のように訂正されている。**一九二五年一月一日　午前中、写真撮影。はっきりと「Абыр《アブィル》」と何度も大声で吠える。その際喜んでいるようだ。午後三時、**（以下大文字で）**犬が笑ったので、お手伝いのジーナが気絶した。

夜、「Абыр-валг《アブィル　バルグ》、Абыр!《アブィル》」と八回続けて発音した。

以下は鉛筆で急いで斜め書きされている。プレオブラジェンスキー教授が「Абырвалг《アブィルバルグ》」を解読した。「Главрыба《グラブルイバ》」［魚屋。訳注25参照］を逆さまに読んだというのだ！[62]　なにかぞっとする……

一月二日　マグネシウムを焚いて笑い顔を写真撮影。ベッドから降りて後ろ脚でしっかりと立ち、約三〇分間二本脚の姿勢を維持した。身長は私とほぼ同じ。

ノートに紙片が織り込まれていて、そこにはこう書かれている。

ロシアの学会はもう少しで甚大な損失を被るところであった。

F・F・プレオブラジェンスキー教授のカルテ

午後一時一三分、プレオブラジェンスキー教授が完全に失神した。転倒して頭を椅子の脚で強打。バレリアン・チンキ[63]を処方。

プレオブラジェンスキー教授が転倒した原因は、犬（犬と呼んでよいかどうかはすでに問題であるが）が、私とジーナもいる場で、教授に向かって、母親を絡めた卑猥な言葉でののしった[64]からである。

この間記述なし。

一月六日（鉛筆と紫色のインクが混ざった記述）

本日、尻尾がとれた後で「ビヤホール」という言葉をはっきりと発音した。録音機で録音済み。どうしてこういうことになるのか、理解不能《悪魔が知っている》。

私は混乱している。

プレオブラジェンスキー教授は本日の診察を中止した。午後五時以降、被験体がうろついている診察室から卑俗なののしり言葉と「いいじゃないか、あと二杯注いでくれ！」という言葉が何度か聞こえてきた。

一月七日　いろいろな言葉を発音した。「辻馬車」、「満員につきお断り」、「夕刊だよ」「子どもが喜ぶ贈り物」といった表現のほかに、ロシア語にあるありとあらゆるののしり言葉がすべて飛び出してきた。
奇妙な外見。毛が残っているのは頭、あご、胸だけで、ほかの部分は無毛でしなびた肌。性器は成長期の男性のそれ。頭蓋骨は見違えるほど大きくなったが、ひたいが歪んでいて狭い。

――

ほんとのところ《神かけて》、気が狂いそうだ。

――

フィリップ・フィリッポビッチの気分は相変わらずすぐれない。大部分の観察（録音、写真撮影）は私がおこなっている。

――

市中にはいろいろな風評が広まっている。

――

風評が広まった結果いろいろなことが起きた。本日の日中、家の前の横町にはひまな連中とお婆さんたちがあふれていた。野次馬は暗くなった今もまだ窓の下にいる。朝刊には次のようなびっくり仰天の記事が載っている。「オーブホフ横町に火星人が現れたとのうわさは根拠がない。このうわさを広めたスハレフスキー市場[65]の売り子たちは罰せられるだろう」。こん畜生《悪魔》め、なんで火星人なんだ？
これこそ悪夢だ！

――

夕刊はもっとすごいことを書いている。新生児がバイオリンを弾いたというのだ。そしてバイオリンの絵と私の写真が載っていて、説明には「帝王切開をおこなったプレオブラジェンスキー教授」とある。もう筆舌に尽くしがたい醜悪ぶりだ。……被験体が発音した新しい言葉は「警官」。

――

なぜ私の写真が新聞に載ったかが判明した。ダリヤ・ペトロブナが私に岡惚れしたことがあって、プレオブラジェンスキー教授のアルバムから私の写真を一枚失敬して持っていた。そして、今回殺到した新聞記者どもを私が追い払ったさいに、記者の一人が炊事場に入り込んで写真を見つけ、その写真を教授の写真と勘違いして使用したということらしい……

――

診察時間中は混乱の極みだ。今日は電話が八二件。電話は切ってしまった。赤ちゃんに恵まれないご婦人方が救いを求めて狂ったようにやって来る。

――

シュボンデルを先頭に住宅委員会のメンバーが全員やって来たが、なんのために来たのか、ご本人たちにも分からないときている。

一月八日　夜遅く診断を下した。フィリップ・フィリッポビッチは正真正銘の学者であり、自らの誤りを認めた。脳下垂体の移植によってもたらされたのは、教授が予想した若返りではなく、人間への変身（**三本のアンダーラインで強調されている**）であった。いずれにしても、この驚嘆・驚愕すべき発見の意義がいささかでも減じることはない。

被験体は今日初めて住宅兼診療所の各部屋を歩いて回った。廊下で電球を見てニヤッと笑い、そのあとフィリップ・フィリッポビッチと私についてきて一緒に執務室に入った。後ろ脚の（**訂正線を引いて訂正されている**）二本脚の歩行はしっかりしているが、小柄で不格好な男の印象を与える。

執務室でニタッと笑った。気持ちの悪い、作り笑いだ。そして後頭部を掻いて周囲を見まわし、新しい単語を発音した。はっきりと「ブルジョアめ」と言ったのである[66]。私はすぐに記録した。彼は続いてののしり言葉をいくつか披露した。ののしり言葉はしつこくひっきりなしに出てくるが、脈絡はない。言わば録音再生機のようなもので、かつてどこかで聞いた言葉を自動的に、無意識のうちに脳にしまい込み、今まとめて吐きだしているようだ。実に残念だが《悪魔よ、私をさらってくれ》、精神科医でない私にはこれ以上のことは言えない。

フィリップ・フィリッポビッチはののしり言葉を聞くとなぜか極端に深刻なショックに襲われ、新しい現象を落ち着いて冷静に観察できずに、自制心を失ってしまう。あるときはののしり言葉を聞いた瞬間に突然神経質にこう叫んだ。

「やめなさい！」

しかし、効果はまったくなかった。

執務室で散歩を終わらせて、二人がかりでシャリクを診察室に収容した。

その後、フィリップ・フィリッポビッチと私は話し合いをもった。正直に言うと、普段は自信に満ちて驚くほど聡明な教授がこれほど途方にくれた状態でいるのを私は初めて見た。教授はいつものくせで「さて、次はどうしようかね？」と自問して次のように自答した。――文字通りをここに書いておく――「モスクワ縫製工場だな、そうだ…『♪セビリア、から、グラナダ、まで、……♪』、モスクワ縫製工場ですよ、親愛なる先生……」私はまったく理解できなかった。教授はこう言った――「ボルメンターリ先生、お願いがあります。この男のために下着、ズボン、ジャケットを買ってきて下さい」

一月九日　語彙が驚異的に増えた。新しい単語が平均して五分おきに口から飛び出してきて、今朝からは新しい表現もそれに加わるようになった、まるで、意識の中で冷凍保存されていた言葉が溶け出して徐々に流れてくるような感じだ。一度飛び出した単語はそれで終わりではなく、ちゃんと使われて定着する。録音機が昨日から記録したのは次の言葉である。「押すな！」「こんなやつはぶんなぐれ」「ろくでなし」「ステップを降りろ」「目にもの見せてやるぜ」「アメリカの承認」「プリムス〔バーナー式コンロ〕[67]」

一月一〇日　服を着せた。上半身の肌着は進んで身につけて嬉しそうに微笑んだ。だがズボン下はこばんで、かすれた声で「行列に並べ、ろくでなし《売女の息子》、横から割り込むな！」と叫んだ。無理やりズボン下を履かせた。靴下は大きすぎた。

ノートには犬の脚が人間の足に変わる様子を描いたと思われる滑稽な図が何枚か描かれている。

足くびの骨（Tarsus）の後ろ部分が伸びている。指が長くなり、爪も生えてきている。

トイレの使い方をしっかりと何度も繰り返して教えた。教えるわれわれは疲労困憊。

だが、被験体の理解力を認めないわけにはいかない。状況は十分良い方向に向かっている。

一月一一日　ズボンを履かせる件は落着。フィリップ・フィリッポビッチのズボンを触ったあとで、ちょっと長めの陽気な文句を披露した――「縞柄ズボンの素敵な旦那、たばこ一本ちょうだいな」頭部の毛は絹のように柔らかい毛で、人間の頭髪とあまり変わらなくなったが、頭頂部には焦げ茶色の硬い毛の斑点も残っている。本日、耳のところの綿毛が完全に抜け落ちた。異常な食欲。塩漬けニシンを喜んで食べた。

午後五時、重要事態発生。被験体は初めて、周囲の現象と無関係な言葉ではなく、現象に反応して言葉を発した。教授に「食べ残しを床に捨ててはいけません……」と注意されると、「ほっといてくれ、汚らわしいやつ《シラミの卵》！」という思いがけない返答が返ってきた。

フィリップ・フィリッポビッチは度肝を抜かれてしまったが、気を取りなおして言った。

「私やボルメンターリ先生をもう一度ののしってみろ、ただではおかないぞ」

私はこの瞬間のシャリクを撮影した。請け合うが、彼は教授の言葉を理解していた。顔が曇ったのだ。かなり興奮して上目づかいににらんだが、ひとことも発しなかった。

万歳！　彼は言葉を理解できるのだ！

一月一二日　彼はズボンのポケットに手を突っ込むのを覚えた。教授と私はののしり言葉を慎むよう言い聞かせる。彼は民謡「おい、リンゴちゃん」を口笛で吹いた。会話は成立している。

ここで私はいくつかの仮説を述べずにはいられない。若返り云々はこの際どうでもいい《悪魔にくれてやろう》。それよりもはるかに重要なことが発見された。プレオブラジェンスキー教授の驚くべき実験の結果、人間の脳の秘密の一つが明らかになった。脳下垂体の謎めいた機能が解明されたのである。脳下垂体は人間の姿形をつかさどる器官である。脳下垂体が分泌するホルモンは最も重要なホルモンであり、形体造形ホルモンと命名すべきだ。科学に新しい分野が生まれた。ファウストのレトルト（蒸留器）を使わずにホムンクルスが造り出され[68]、外科医のメス一本で新しい人間に生命が吹きこまれたのだ！　プレオブラジェンスキー教授よ、あなたは創造主だ！（**インクのしみ**）

ちょっと脇道に逸れたようなので、本題に戻る……被験体との会話が成立する件だ。私の推測はこうだ。犬の頭に根を下ろした脳下垂体が犬の脳の中に言語中枢を造り出し、そこから泉のように言葉が湧き出てきているのではないだろうか。われわれの目の前にある脳は新たに造られたものではなく、いったん死んだあとでもう一度よみがえって改めて成長を始めた脳である。おお、これは、進化論の正しさを如実に証明する事例ではないか！　おお、犬から化学者メンデレーエフ[69]にいたるまでの偉大な連鎖ではないか！

もう一つの私の仮説はこうだ。犬であった時期のシャリクの脳は底なし沼のように、あらゆる概念を片っ端から飲み込んだ。手術後の彼が最初に発した言葉は、すべて彼が街頭で聞いてひそかに脳に叩き込んでいた言葉だったのだ。だから今、私は街を歩いていて犬と出くわすと、ひそかな恐怖を覚えずにはいられない。彼らの脳の中に何が詰め込まれているか、まさに神のみぞ知るである。

シャリクが文字を読んだ！　読んだ（**感嘆符が三個**）。私はついに究明した。「Главрыба《グラブルイバ》」［魚屋］を

見せたところ、彼はこれを逆に、右から左に「Абырвалг《アブィルバルグ》」と声を出して読んだ。そして私はなぜこのように逆に読むのかの謎も解明できる。犬の視神経が交差しているからだ。

今モスクワで何が起きているか、人間の理性では理解しがたいようだ。この世の終わりの大混乱がボリシェビキによってもたらされるという風評を広めた罪で、スハレフ市場の売り子七名が逮捕された。この話をしてくれたのはダリヤ・ペトロブナで、彼女は大混乱がやってくる日がいつかを知っていて、その日は一九二五年一一月二八日、つまり殉教者聖ステファンの日で、この日地球が天の軸に衝突する[70]（！）という。どこかのペテン師はすでにこの終末論の講義を始めているそうだ。もっとも、脳下垂体をめぐるわれわれの混乱ぶりだって荒唐無稽な終末論に劣らぬ噴飯ものだ。私は結局家を引っ越さざるをえなくなった。プレオブラジェンスキー教授の要請で、私は彼の家に移ってきて、シャリクと一緒に待合室で寝泊まりするようになった。このため診察室が待合室になってしまった。結果としてシュボンデルは正しかった。住宅委員会はほくそ笑んでいるはずだ。さらに戸棚のガラスが消えた。あいつが跳びはねてすべて壊してしまったからだ。壊してはいけないということをどうにか分からせることができたときには、ガラスはもう残っていなかった。

フィリップ先生になにか思わしくないことが起きているようだ。私が自分の仮説を伝えて、シャリクを大変高度な精神を持つ人間に変えることができるのではないかとの期待を語ったのに対して、教授は鼻で笑って、「本当にそう思っているのですか？」と言った。不吉な思いをかきたてるような口

ぶりである。「私の仮説が間違っているのですか？」と私が聞くと、老教授は何か考え込んでしまった。私がこのカルテを執筆している間、教授は脳下垂体を提供したドナーのカルテを読んでいる。

次のように記載された紙片がノートに織り込まれている。

クリム・グリゴリエビッチ・チュグンキン、二五歳［一一月二三日の記述では二八歳となっている。作者の勘違いと推測される］。独身。党員ではないが同調者《シンパ》。三度起訴され、最初は証拠不十分で無罪、二度目は出身が考慮されて無罪、三度目は懲役一五年だが執行猶予つきで実刑は免れた。罪状はいずれも窃盗。職業は、居酒屋のバラライカ弾き。

背が低く、発育不良。肝臓肥大（アルコール中毒）。

死因――プレオブラジェンスカヤ関所にあるビヤホール『ブレーキランプ』にてナイフで心臓を刺されて即死。

老教授はクリム・チュグンキンのカルテをじっと見つめている。いったいどうしたのだろう。病理解剖室でクリム・チュグンキンの死体を診察したときになぜ気づかなかったのかといったことをぶつぶつと言っている。それがどうしたというのだ、私には分からない。誰の脳下垂体だってよかったはずだ。

一月一七日　ここ数日、レポートを書けなかった。私がインフルエンザにかかったからだ。この間に外見が完全に固まった。

（a）体格は完全な人間
（b）体重五〇キロ弱
（c）背は低い
（d）頭が小さい
（e）喫煙を始めた
（f）人間の食事を食べる
（g）一人で着替えができる
（h）流暢に会話する

――――

脳下垂体はたいしたものだ！（インクのしみ）

――――

カルテはこれで終了する。われわれの目の前にいるのは新しい有機体であり、その観察は改めて最初からやらなければならない。

添付資料　――　被験体の発言の速記録、録音機で録音したレコード、写真多数

署名　――　Ｆ・Ｆ・プレオブラジェンスキー教授の助手　博士　ボルメンターリ

冬の夕暮れ時。一月末。夕食まではかなり時間があり、午後の診察もまだ始まっていない。待合室のドアの鴨居に白い紙が貼ってあり、そこにフィリップ・フィリッポビッチの筆跡で次のように書かれている。

【この家でヒマワリの種を食べる[71]ことを禁止する。　F・プレオブラジェンスキー】

その下に、今度はボルメンターリが青鉛筆で、プチケーキぐらいの大きさの文字でこう書いている。

【楽器演奏を禁止する　午後五時から翌朝七時まで】

次にジーナの筆跡でこうある。

【お帰りになられましたら、フィリップ・フィリッポビッチに次のことをお伝え下さい――私はシャリクがどこへ行ったか知りません。ドアマンのフョードルの話では、住宅委員会のシュボンデルと一緒に出かけたそうです。以上】

さらに、フィリップ・フィリッポビッチの筆跡が続く。

【ガラス職人はいつ来るのですか？　百年も待つのはいやですよ】

最後にダリヤ・ペトロブナが活字体でこう書いている。

【ジーナは買い物に出かけました。彼を連れてくると言っていました】

食堂にはサクランボ色の笠がついたスタンドが点灯している。すっかり夜の雰囲気だ。食器棚の中の鏡に反射して出てくる光線は真っ二つに割れている。中の鏡が割れていて、そこに細長い紙が斜めに貼ってあり、さらに補強するために短い紙の短冊が交差するように貼ってある。フィリップ・フィリッポビッチは立ったままテーブルに覆いかぶさるようにして、大きく広げた新聞紙と格闘していた。顔には稲妻が走り、短くて脈絡のない言葉をぶつぶつ言っている。読んでいる記事はこうだ。

「これが彼の非嫡出児（腐敗したブルジョア社会ではこう呼ばれていた）であることは疑う余地がない。われらが本記事で紹介してきた彼、すなわち似非学者のブルジョアジーは、こうして無聊をなぐさめている。だが、こうした連中が一人で七部屋を専有できるのは今のうちだけだ。鋭い剣が頭上できらめいて赤い光を放つ裁判のときがじきにやってくるだろう。シュボ……ル」

壁を二つ隔てた部屋から、バラライカで弾くロシア民謡「月は輝く」が聞こえてくる。軽快で威勢のよい、だが大変しつこい演奏ぶりだ。よく似た旋律が執拗に繰り返されるので、フィリップ・フィリッポビッチの脳みそは、その旋律と新聞記事の言葉とが混じり合ってどうしようもない泥沼状態になっていた。なんとか記事を読み終えた彼は、肩越しにつばを吐くまね［いやな予想・予感・話題が実際に起きないようにと願う縁起担ぎの行為］をすると、無意識にもごもご口ずさんだ。

「『♪つーきが輝き……つーきが輝き……月が輝き……♪』。やれやれ……とうとうあの歌がうつってしまった……いまいましいメロディーだ」

フィリップ・フィリッポビッチはベルを鳴らした。厚手のカーテンの間からジーナの顔がのぞいた。

「もう五時だと伝えて下さい。演奏を止めてここへ来るようにと」

フィリップ・フィリッポビッチはテーブルの肘掛け椅子に坐って待った。左手の指の間には吸いかけの茶色の葉巻がはさんである。背が低く不細工な顔つきの男がやって来て、厚手のカーテンのところでわきの柱によりかかるようにして立った。頭には草刈りが終わった後の草原の繁みのようにところどころに硬い髪の毛が生えていて、顔は剃ってなく、濃い産毛におおわれている。ひたいはびっくりするほど狭い。黒いゲジゲジのような眉のすぐ上に濃い頭髪が続いている。

ジャケットの左脇の下が破れていて、全体にわら屑がついている。ストライプが入ったズボンは右ひざが破れていて、左側には紫色のペンキがついている。毒々しい空色のネクタイを首元に締めていて、模造ルビーのネクタイ止めで留めてある。ネクタイの色のけばけばしさは尋常ではない。フィリップ・フィリッポビッチが疲れた目を休めようとして時々目を閉じても、真っ暗闇の天井か壁のあたりに青白い炎のたいまつがゆらいでいるのが見えるほどである。一方、目を開けても同じように何も見えない。白いゲートルを巻いた男の脛に続くエナメルを塗った編み上げ靴が扇状の光を放ち、フィリップ・フィリッポビッチの目を突き刺すからだ。

《オーバーシューズと同じように品のない光沢だ》フィリップ・フィリッポビッチは不快感とともにこう思い、ため息をつき、鼻息を荒げ、吸いかけの葉巻をいじくりまわした。ドアのところに立っている男はぼんやりした目つきで教授をながめながら口付きタバコを吸い、胸元に灰をこぼしている。

木製のエゾライチョウ［Ⅲではは厚紙製のカモだった。作者の勘違いか？］のわきにある壁掛け時計が五時を告げた。その余韻が時計の内部に残っているあいだにフィリップ・フィリッポビッチが会話を始めた。

「すでに私はたしか二度、炊事場の寝床[72]に寝てはいけないと言ったはずです。とくに昼間は絶対だめだと言ったでしょう」

男は種の殻をのどにひっかけた時のようにかすれた咳をしてから答えた。

「炊事場の空気の方が気持ちいいんだ」

普通の声ではなく、小さな樽をのぞいてしゃべったときのように、一方ではこもっているが他方ではよく響くという音質だった。

フィリップ・フィリッポビッチはあごで男のネクタイを示しながら聞いた。

「そのゲテモノはどこで手に入れましたか？　そのネクタイですよ」

男はネクタイを指さし、目でその指先を追って、突き出した自分の下唇の先にあるネクタイを愛おしく眺めた。

「これのことかい……ゲテモノじゃないよ」彼が言った。「粋《いき》でしょうが。ダリヤ・ペトロブナのプレゼントだよ」

「ダリヤ・ペトロブナがそんなにひどいものをプレゼントしたのかね。それに、その靴だってそうだ。そのピカピカ光るがらくたはどこで手に入れたんだね？　私の指示は、まともな靴を買いなさいでしたよ。それなのにこれは何ですか？　ボルメンターリ先生が選んだとでも言うのですか？」

「おれが先生に言ったんだよ、エナメル靴をってね。それがなんだって言うんだ、おれは人間以下かね？　クズネツキー・モスト（鍛冶橋）通り[73]に行ってみな。みんなエナメル靴だから」

フィリップ・フィリッポビッチは首を振ってから重々しく言った。

「二度と炊事場の寝床で寝てはいけません。分かりましたか？　恥知らず。あなたは邪魔者なんです。あそこは、ご婦人方の部屋ですよ」

男の顔色が暗くなり、両唇を突き出して言った。

「あれがご婦人方だって？　よく考えてくれよ。どこのお嬢様だっていうんだ。どこにでもいる女中じゃないか。女性の政治委員のように気取りやがって。ジーナのアマが告げ口したんだな」

フィリップ・フィリッポビッチはジロッと見つめて言った。

「ジーナをアマ呼ばわりしてはいけません。分かりましたか？」

沈黙。

「分かりましたかと聞いているんです。返事をしなさい」

「分かった」

「その見苦しいネクタイを外しなさい。そして、あなた……いやお前……いやあなた、あなたが何にそっくりか、鏡で自分の姿を見てみなさい。まるでどこかの道化師ですよ。そして、すでに何百回も注意したことですがもう一度言います。吸い殻を床に捨てないこと。ののしり言葉はこの家では一切厳禁。つばを吐かないこと。つばは痰壺へ！　便器はきれいに使うこと。ジーナとの会話は全面禁止。彼女はあなたが暗闇で待ち伏せしていると訴えています。いいですね！　それから、患者の問い合わせに対して『おれの知ったことじゃない《犬が知ってるよ》』と言ったそうですが、なんですか？　居酒屋にでもいるつもりですか、本当に！」

「なぜあんたはおれを押さえつけて苦しめるのかね、おやじさん」男は突然あわれっぽく言った。

フィリップ・フィリッポビッチの顔が赤くなり、眼鏡がピカッと光った。

「いったい誰があなたの『おやじさん』ですか？　どこからそのなれなれしい言葉が出てきたのですか？　二度とその言葉を使ってはいけません。私のことは、名前と父称でフィリップ・フィリッポビッチと呼びなさい」

男の顔がいっそう厚かましくなった。

「あんたはなんでもかんでも禁止だ……つばを吐くな……タバコを吸うな……そっちへ行くなって……実際のところ、まるで市電に乗っているみたいに規則、規則、規則じゃないか。おれはのびのびと生きることが許されないのかい。『おやじさん』について言えば、あんたの理屈はおかしいよ。おれはあんたに手術をしてくれと頼んだ覚えはないからね」男は興奮して吠えた。「勝手過ぎるよ。動物をつかまえて、メスで頭を切り刻んでおいて、今になっていらないはないだろう。おれは手術を許可していない。そのうえおれと平等に」男はなにかの公式を思い出そうとしているかのように天井を見上げた。「おれの近親者も許可を与えていない。ということは、ひょっとすると、おれには裁判に訴える権利があるのではないかな」

フィリップ・フィリッポビッチの目がまん丸くなった。葉巻が手元からこぼれ落ちた。頭をよぎった思いは、《おやまあ、最低のやつだ》だった。

「なるほど、そうかね」、フィリップ・フィリッポビッチは目を細めて質問した。「あなたは人間になったことが不満なんですね？　つまり、ゴミ溜めをあさる暮らしの方がいいから、もう一度戻りたいというのですね？　門口に続くトンネル通路で凍え死んだ方がましだというのですね？　ああ、そうだと分かっていれば……」

「なぜあんたは非難するんだ、ゴミ溜め、ゴミ溜めって。おれは自分のために食い物を拾っていただけじゃないか、それがなぜいけないんだ。あんたは、おれが手術のときにメスで死んじゃえばよかったのにと思ってるね？　違うかい？　これに対してどう表現するのかな、同志！」

「『フィリップ・フィリッポビッチ』と言いなさい！」フィリップ・フィリッポビッチが声を震わせて言った。「私はあなたの同志ではありません。ぞっとするよ！」そして思った。《悪夢だ……これは悪夢だ！》

「もちろん違うさ。同志なんかじゃない……」男は皮肉を込めてこう言うと、勝利を宣言するかのように片足を前に出して続けた。「われわれは分かっているよ。われわれがあんたの同志であるはずがない。絶対にありえないさ。われわれは大学で勉強したことがないし、一五室のほかに風呂場もあるような家に住んだことないからね。そして今、一五室と風呂場を明け渡す時がやってきたんだ。現在は一人ひとりがそれぞれの権利を持っているんだぜ……」

　フィリップ・フィリッポビッチは真っ青になって男の演説を聞いていた。男は話を中断し、長い吸い口を噛んでくちゃくちゃにした口付きタバコの吸い殻を手にしてこれ見よがしに灰皿に近づいた。わざとゆっくりした足取りだ。そして、灰皿に吸い殻を抑えつけてじっくりと火を消した。そのときの男の表情は、《ほら、これでいいんだろう》と言っていた。吸い殻の火をもみ消して元の場所に戻ろうとした時、突然男は歯をむき出してガチッと鳴らし、その口を脇の下に突っ込んだ。

「ノミは指でつぶしなさい！　指を使いなさい！」フィリップ・フィリッポビッチが大声を出した。

「分かりませんな、どこからノミを連れてくるのですか？」

「チェッ、あちこちにノミをばら撒いてるのがおれだとでも言うのかい？」男は機嫌を悪くした
「仕方ないんだよ、ノミに好かれているんだから」。男は指で袖の裏地をまさぐり、赤っぽくて軽い綿ぼこりのようなものを空気中に掻き出した。

男がノミと格闘している間、フィリップ・フィリッポビッチは天井に描かれている花輪の模様をながめ、指でテーブルを叩いていた。男はノミの処刑を終えると、ちょっと離れて椅子に坐り、両手をジャケットの返し襟にあてがってふんぞり返った。視線をまず床の寄せ木細工のチェック模様に向け、次に自分の靴を観察し、大きな満足感にひたっている。フィリップ・フィリッポビッチは靴の丸い爪先が鋭く反射して光っているのを見て、いまわしいものを見るように目を細めてから聞いた。

「ほかに私に伝えたいことがあるのではないかな？」

「そうそうあるんだよ。簡単なことさ。書類だよ、フィリップ・フィリッポビッチ、書類が要るんだ」

フィリップ・フィリッポビッチの顔が少しひきつった。

「そうか、……いまいましい悪魔《め》……、書類か。なるほど……、うーん……。どうだろう、ひょっとすると、それなしでなんとかやっていけるんじゃないかな？」自信のない、かすんだ声だった。

「とんでもない」男が自信あふれる声で言った。「書類なしでやってくとは、なんたることだ。これはもう、言わせてもらうぜ。あんただって知ってるくせに、書類のない人間の存在は厳しく禁止され

ているじゃないか。第一に、住宅委員会だよ！」

「どうしてここで住宅委員会が登場するのかね？」

「それはないぜ。委員会の人に会ったら聞かれるんだ、『尊敬するあなた、いつ住民登録するんですか？』ってね」

「おやおや《神様》、なんてことだ」フィリップ・フィリッポビッチは憂鬱そうになげいた。「『会ったら聞かれる』って……。あなたが彼らに会うたびに何をしゃべっているかと思うとぞっとしますよ。この家を出て階段をうろつくなと禁止したはずじゃないかね」

「なんだって。おれは囚人かい？」男は驚いて叫んだ。彼の顔にはわれに正論ありと自覚した炎が燃え上がり、その輝きが模造ルビーにも映った。「『うろつく』って何だい？　あんたの言い方はものすごく人を傷つけるよ。おれはすべての人と同じようにどこへでも出かけて行くぜ」

男は寄せ木細工の床の上でエナメル靴を動かして歩くまねをした。

フィリップ・フィリッポビッチは沈黙した。目の焦点をそらした。《なんとか自分を制御しなければいけない》と思った。食器棚に近づき、コップ一杯の水を一気に飲み干した。

「よろしい」すこし気を落ち着けたフィリップ・フィリッポビッチがしゃべり出した。「言い方はどうでもいいことです。それではあなたが信頼する立派な住宅委員会はなんと言っているのですか？」

「住宅委員会が何を言うかだって？　あんたは『立派な』と言って委員会を皮肉ったつもりらしいが的外れだよ。住宅委員会はちゃんと利益を擁護してるんだ」

「誰の利益を擁護しているか、ご教示願えますかな？」

「分かり切ったことだ。勤労分子の利益さ」

フィリップ・フィリッポビッチは目を見張った。

「なんですって、なぜあなたが勤労者なんですか?」

「あたりまえだよ。おれはネップマン[一九二〇年代の新興実業家][74]じゃないぜ」

「ふーん、そうかね。それでは、あなたの革命的利益を擁護するために、住宅委員会が必要としているものは何ですか?」

「決まってるよ。おれを登録することさ。委員会は、登録なしでモスクワに住んでる人なんていないって言ってるぜ。これが一つ。だが一番肝心なのは、登録票だよ。おれは登録票を持たない不法在住者にはなりたくない。それにね、登録票は労働組合や職業紹介所で要るんだよ……」

「教えてくれたまえ。いかなる事由に基づいてあなたを登録すればよいのかね? このテーブルクロスかな? それとも私のパスポートですか? ともかく、状況をよく考えなければなりません。忘れないで下さいよ、あなたは、……えーと……うーん、あなたは、なんと言ったらよいか、思いがけずに出現した、実験室のなかで生まれた存在なんですよ!」、フィリップ・フィリッポビッチの話し方はますます自信なげに腰砕けになっていく。

男は勝利を確信して黙っている。

「よろしい。それでは、とどのつまり、あなたを登録して、あなたが信頼する住宅委員会のプラン通りにすべてを手続きするとして、それに必要なものがあります。なんだか分かりますか? あなたには名前も苗字もないじゃないですか!」

「それは、あんた、フェアじゃないよ。名前なんておれがじっくり選べばいい。それを新聞に発表すれば一巻の終わりさ」

「どんな名前にするのですか？」

男はネクタイを直してから答えた。

「ポリグラフ・ポリグラフォビッチだよ」[75]

「馬鹿を言うのはよしなさい」、フィリップ・フィリッポビッチは顔をしかめて言った。「私は真剣に話してるんですよ」

男は毒々しくニタッと笑って口ひげをゆがめた。

「分かんないな」男は愉快そうに理路整然としゃべり出した。「おれには母親を絡めたののしり言葉を使うな、つばを吐くな、と言っておいて、あんたから聞こえてくるのは『馬鹿』だけじゃないか。どうやら、ロシア共和国では教授だけが人をののしってもいいことになってるんですね」

フィリップ・フィリッポビッチの頭に血が上った。水を注いだコップを割ってしまい、別のコップで水を飲んだ。《このままだとこいつはじきに私にお説教を垂れるようになるだろう。でもこいつの言うとおりだ。私はすでに自分を制御できなくなっている》

フィリップ・フィリッポビッチはわざとらしい身振りで慇懃にお辞儀をすると、固い決意を込めてこう言った。

「許して下さいな。私は神経をやられたようです。あなたの名前が私には奇妙に思えたのです。教えて下さい。どこでその名前を見つけてきたのですか？」

「住宅委員会がアドバイスしてくれたんだよ。みんながカレンダーをめくって探してくれて、この名前はどうだって……。決めたのはおれさ」

「そんな名前がカレンダーに載っているはずがない」

「あんたがそんなふうに言うのは、ちょっとビックリですな」男がニタッと笑った。「だって、ここの診察室にそのカレンダーがかけてあるんだからね」

フィリップ・フィリッポビッチは立ち上がらずに、上半身を伸ばして壁のボタンを押した。ベルが鳴ってジーナがやって来た。

「診察室にかかっているカレンダーを持ってきて下さい」

小休止がしばらく続いた。ジーナがカレンダーを持って戻って来ると、フィリップ・フィリッポビッチが聞いた。

「どこに載っているのかね？」

「三月四日だよ[76]」男が答えた。

「見せなさい……。うーん、こん畜生め……。ジーナ、このカレンダーをかまどにくべて燃やしてしまいなさい、今すぐに！」

ジーナはびっくりして目を見開いたままカレンダーを持って立ち去った。男は勝ち誇った様子で頭を回した。

「それで苗字はどうするのですか？」

「苗字は前世から引き継ぐことに同意するよ」

「なんですって？　前世から引き継ぐ？　いったいなんて苗字ですか？」

「シャリコフ［シャリクの一族］[77]さ」

＊＊＊

フィリップ・フィリッポビッチのデスクの前に立っているのは、革の上衣を着たシュボンデル住宅委員長。外出から戻って来たばかりのボルメンターリ医師はデスクの横の肘掛け椅子に坐っている。外の厳しい寒さで真っ赤になった彼のほおに浮かんでいる表情は、フィリップ・フィリッポビッチと同じように当惑しきっていた。

「どう書けばよいのかね？」フィリップ・フィリッポビッチがじれったそうに聞いた。

「そうですな」シュボンデルが言った。「難しくないですよ。証明書を書けばいいんです、先生。えーと、こうですかね、本証明書を提示する姓シャリコフ、名前ポリグラフ、父称ポリグラフォビッチは、えーと……、どこどこで、つまりあなたの住まいで生まれ……」

ボルメンターリは肘掛け椅子に坐ったまま当惑してもぞもぞ動き、フィリップ・フィリッポビッチは口ひげをこすった。

「うーん……、こん畜生《あ》め《くま》……、これほど愚かなことは考えられない。彼は生まれたわけではなくて、単に……、要するに……」

「それはあなたの問題でしょう」シュボンデルが人の不幸を喜んで穏やかに言った。「生まれたのかそうでないのかなんて……。そもそも、いいですか、実験をおやりになったのは先生ご自身です。違いますか、先生。市民シャリコフさんをつくったのは先生ですよ」

「しかもいとも簡単にね」シャリコフが本棚のところから叫んだ。鏡に映った自分のネクタイに見とれている。

「是非あなたにお願いしておきたいのですが」フィリップ・フィリッポビッチがシャリコフに噛みついた。「口を出さないでください。それに、『いとも簡単に』と言うのは的外れです。これは決して簡単なことではなかったんです」

「なぜおれが口を出してはいけないんだ」シャリコフが怒ってぶつぶつ言った。シュボンデルがすぐに助け船を出した。

「失礼ですが、先生、市民シャリコフさんの方が正しいですよ。本人の運命にかかわる話し合いに参加するのはこの人の権利です。とくに証明書という重要書類にかかわる問題ですからね。書類はこの世の中で最も大切なものです」

このとき耳をつんざくような電話のベルが鳴り響いた。フィリップ・フィリッポビッチが電話を取った。「もしもし」と言って相手の話を聞いていたが、顔を赤く染めて受話器に向かって怒鳴りつけた。

「つまらぬことでわずらわせないでください。そもそもあなたに関係ないことです」フィリップ・フィリッポビッチはこう言うと乱暴に受話器を戻した。

シュボンデルの顔に青い冷ややかな喜びの表情が浮かんだ。

フィリップ・フィリッポビッチは真っ赤になって叫ぶように言った。

「とにかく早くけりをつけましょう」

彼は用紙綴じから用紙を一枚取ると、なにごとかしたため、次にいらいらしながらそれを読み上げた。

「『本状をもって証明する』……なんじゃこれは……うーん……『本状の提示者は、実験室において脳の手術を行った結果つくられた人間であり、書類を必要としております』……なんてこった……。私はそもそもそんな馬鹿げた書類を取得することに反対だと言うのに……。署名『教授　プレオブラジェンスキー』」

「ちょっとおかしいですよ、先生」シュボンデルが気を悪くして言った。「馬鹿げた書類とおっしゃるなんて。私は書類のない人間をこの家に住まわせるわけにはいきません。しかも、警察に徴兵登録されていないんですからなおさらです。帝国主義の侵略者どもとの戦争が明日にも始まるかも知れないというのに、それは許せません」

「おれは戦争なんて絶対に行かないよ」突然シャリコフが本棚に向かって顔をしかめて吠えた。

シュボンデルは一瞬あっけにとられてしまったが、すぐに気を取り直してシャリコフにお説教調に言った。

「市民シャリコフさん、それはとんでもなく無責任な発言ですぞ。徴兵登録はやらなければいけません」

「登録はするよ。でもおれが戦争に行ったって、屁の突っ張りにもならない」シャリコフはネクタイを直しながらにくにくしげに答えた。

今度はシュボンデルが困惑する番だった。フィリップ・フィリッポビッチはそれ見たことかという思いと悲しみの気持ちの両方を込めて、《モラルの問題じゃないですかね?》とボルメンターリに目くばせした。ボルメンターリは意味ありげにうなずいた。

「おれは手術時に重傷を負ったんです」シャリコフが顔をしかめて吠えるような声を出し、「ほら、ここをやられたんだ」と言って自分の頭を指さした。ひたいには生々しい手術の跡が残っている。

「あなたは無政府主義者・個人主義者ですか?」シュボンデルは眉を持ち上げて聞いた。

「どうせおれは徴兵検査で白色の登録証しかもらえないんです。不合格ってことですよ」シャリコフはこう答えた。

シャリコフの答えに驚いたシュボンデルは、「まあいいでしょう。徴兵登録は次のステップですから、さしあたって重要な問題ではない。大事なことは、教授の証明書を警察に届けて、警察に書類を発行してもらうことですから」と言った。

「それでですね……えーと……」フィリップ・フィリッポビッチがなにかの思いに駆られた様子で不意にシュボンデルの話に割り込んで言った。「この建物に空き部屋がありませんか? 買ってもいいですよ」

シュボンデルの茶色の目に黄色の火花が走った。

「いや、教授、大変残念ですがありません。当分空きは出そうもありませんな」

フィリップ・フィリッポビッチは唇をかみしめたが何も言わなかった。またもや電話がまるで聞き分けのないだだっ子のように不意に鳴り出した。フィリップ・フィリッポビッチは受話器を取ったが、耳に当てずにそのまま手を放した。水色のコードがだらーっと延び、その先で受話器が二、三度回転して止まった。誰も何も言わなかった。

ボルメンターリは、《すっかりまいってしまったようですね、ご老体》と思った。シュボンデルは目をキラキラさせてお辞儀してから部屋を出ていった。

シャリコフはブーツの細紐をギュギュと言わせながらシュボンデルのあとに続いた。

教授とボルメンターリの二人が残った。

フィリップ・フィリッポビッチはしばらく黙り、次に頭を軽く揺すって話し始めた。

「これは悪夢ですよ、本当に。お分かりですよね？　まったくの話、先生、この二週間私はくたくたです。一四年間の苦労よりもこの一四日間の悩みの方がはるかに大きいんですからね。ひどいやつをつくってしまいましたよ。私がこんなことを言うのは……」

突然どこか別の部屋でガラスが割れる音がし、かすかに女性の金切り声が響き、すぐに静かになった。妖怪《不浄な力》が廊下の壁沿いに診察室の方向へ飛んだかと思うと、すぐに診察室で大きな音がして、また壁沿いに飛んで元に戻った。ドアが開く音がして、炊事場からダリヤ・ペトロブナの低い悲鳴が聞こえたかと思うと、シャリコフの怒鳴り声が続いた。

「おお、神様！　またなにかやったな！」フィリップ・フィリッポビッチがドアに突進しながら叫んだ。

「ネコだ」ボルメンターリはこう言い当てるとフィリップ・フィリッポビッチのあとに続いた。二人は廊下を通って玄関ホールに出ると、そこで向きを変えて廊下をさらに進み、トイレと風呂場に向かった。ジーナが炊事場から飛び出してきてフィリップ・フィリッポビッチと衝突してしまった。

「ネコは入れるなとあれほど言っておいたのに！」激昂したフィリップ・フィリッポビッチが叫んだ。「やつはどこだ？　ボルメンターリ先生、お願いです、待合室の患者たちを落ち着かせてください」

「風呂場です。呪われた悪魔は風呂場にいます」ジーナが喘ぎながら叫んだ。

フィリップ・フィリッポビッチが風呂場のドアに跳びついた。ドアは開かない。フィリップ・フィリッポビッチが怒鳴った。

「開けなさい！　今すぐに！」

この声に答えるかのように、何かが風呂場の内側の壁を這いずり回る音がして、洗面器がガチャンと落ちる音が聞こえた。シャリコフが野蛮な声で不気味にこう唸っている。

「見つけ次第ぶっ殺してやる……」

パイプを流れる水音がしてどこかで水が噴き出した。フィリップ・フィリッポビッチはドアに体当たりしてドアをこわそうとした。汗びっしょりになったダリヤ・ペトロブナが炊事場の入口に登場した。顔が歪んでいる。その直後、風呂場と炊事場を仕切る壁の上部にある小窓のガラスにミミズがのたうつようなヒビが入ったかと思うと、ガラスが割れ、かけらが二つ炊事場に落下してきた。そしてすぐに警官の制服のような水色の首輪をした大きなトラネコが、天井に近いその小窓から落ちてきたのである。トラネコは炊事場の台の上にのっていた細長い大皿にもろにあたって皿を縦に割り、そこから床に着地し、まるでバレリーナのように右前足をさっと振り上げて、残りの三本足で向きを変え、なぜかしっかりと閉まっていなかった裏口用階段につながるドアのすき間に、あたかも水が砂に吸い込まれるように、忽然と消えた。この瞬間、ドアのすき間が突然大きく広がり、ネコに替わってショールをかぶったお婆さんの顔がぬっと飛び出したかと思うと、白い水玉模様のスカートと一緒に炊事場に入ってきた。お婆さんはやせて落ち込んだ口を自分の親指と人差し指でぬぐうと、大きく見開いた鋭い目で炊事場を見わたして好奇心一杯にこう言った。

「おお、イエス・キリスト様！」

真っ青になったフィリップ・フィリッポビッチが炊事場に入ってきて、威嚇するようにお婆さんに聞いた。

「なんのご用ですか？」

「言葉をしゃべる犬を一目見たいと思いまして」お婆さんはおもねるように答えて十字を切った。

いっそう蒼ざめたフィリップ・フィリッポビッチは、お婆さんにピタリと寄り添うと、声を殺してうなった。

「今すぐ炊事場から出ていけ！」

がっかりしたお婆さんはドアの方に後ずさりしながらこう言った。

「ちょっと乱暴じゃありませんか、先生」

「出て行けと言っとるんじゃ」フィリップ・フィリッポビッチの目はフクロウの目のように開いている。彼はお婆さんが出た後の裏口のドアを自分の手でしっかりと閉めてから言った。「ダリヤ・ペトロブナ、お願いしたじゃないですか」

ダリヤ・ペトロブナは腕まくりした手を握りしめて夢中になって答えた。「フィリップ・フィリッポビッチ、私はどうすればいいんですか？　……毎日大勢の人がやってきて、見せろ、見せろとせっつくんです。私はなにも手につきません」

風呂場からは重く鈍い水音が聞こえてくるが、シャリコフの声は聞こえてこない。ボルメンターリが風呂場のドアのところにやって来た。

「ボルメンターリ先生、どうかお願いです……えーと、待合室の患者は何人ですか？」

「一一人です」ボルメンターリが答えた。

「全員、帰ってもらいなさい。今日の診察は中止です」

フィリップ・フィリッポビッチはこぶしの関節部分で風呂場のドアを叩いて叫んだ。

「すぐに出てきなさい。なんで鍵をかけた？」

「うーっ、うーっ」シャリコフは何かを訴えているようだが、声がこもって聞こえない。

「いったい何が起きたんだ《どんな悪魔だ》？　……さっぱり聞こえない。水を止めなさい」

「がーうっ……うーっ……」

「水を止めなさい。何をしたんだ、まったく分からない」フィリップ・フィリッポビッチは無我夢中で叫んだ。ジーナとダリヤ・ペトロブナは何をしてよいか分からずにドアを見つめている。水が出る音に加えてなにか不気味な波音らしきものも聞こえてくる。フィリップ・フィリッポビッチはもう一度こぶしの関節部分でドアを叩いた。

「出てきましたよ！」ダリヤ・ペトロブナが炊事場から叫んだ。

フィリップ・フィリッポビッチが炊事場に突進した。風呂場と炊事場を仕切る壁の上部の小窓からシャリコフの顔がぬっと出ている。さきほどネコがガラスを割ったところだ。シャリコフの顔はゆがみ、目には涙があふれ、ひっかき傷が鼻に沿って走っている。傷口からは真っ赤な血が噴き出している。

「気が狂ったのか？」フィリップ・フィリッポビッチが聞いた。「なぜドアを開けて出てこない？」

シャリコフは悲しみと恐怖の入り混じった目であたりを見回して答えた。

「鍵がかかっちゃったんだ」

「鍵を開けなさい！　鍵を使ったことがないのか？」

「どうやったって開かねえんだ」シャリコフがおどおどと答えた。

「あらら、きっと予備のかんぬきをかけちゃったんですよ」ジーナが驚いて軽く手を合わせて叫んだ。

「そこに押しボタンがあるだろう……」フィリップ・フィリッポビッチが水音に負けじと大声を張り上げた。「それを押すんだ……下に強く押しなさい！　下に強く！」

シャリコフは一旦小窓から離れた。だが、すぐに再び小窓から顔を突き出した。

「真っ暗で犬一匹見えないよ」恐怖にかられたシャリコフは大声で言った。

「だったら、電気を点けなさい！　混乱してわれを忘れとるな、落ち着きなさい！」

「あの呪われたネコが電球を割っちゃったんだよ」シャリコフが答えた。「それと、ろくでなしのネコの脚をつかまえようとしたときに水道栓が回っちゃったんだ。今は暗いから栓がどこにあるか分かんない」

フィリップ・フィリッポビッチ、ジーナ、ダリヤ・ペトロブナの三人はそれぞれ手を軽く打ち合わせて驚きの表現をしたまま、凍りついてしまった。

それから五分後。ボルメンターリ、ジーナ、ダリヤ・ペトロブナの三人は巻いた絨毯を風呂場のドアの下のすき間にあてて、その上にドアにお尻を向けた格好で並んで腰掛けて、絨毯を押しつけている。風呂場にあふれた水がドアの下から廊下に出てくるのを防いでいるのだが、絨毯が水びたしだから、三人のお尻も水びたしだ。ドアマンのフョードルはダリヤ・ペトロブナの婚礼用の大きなロウソクに火を点け、それを持って、木製の梯子を炊事場に立てかけて、さきほどシャリクが顔を出していた小窓から風呂場に入り込もうとしている。彼のお尻が空中に浮いたかと見るや、灰色の窓枠にすっぽりと入り、穴の向こうに消えた。

「どぅーっ、うぐーっ」水音に混じってシャリコフの叫び声が聞こえる。

水圧のかかった水がはねて何度か小窓から飛び出してきた。炊事場の天井はもうびしょ濡れだ。

フョードルの声が聞こえる。

「フィリップ・フィリッポビッチ、ドアを開けるしかないですな。水を風呂場の外に出して、炊事場から外に水をかきだしましょう」

「ドアを開けなさい」フィリップ・フィリッポビッチが怒った声で叫んだ。ボルメンターリ、ジーナ、ダリヤ・ペトロブナの三人は絨毯から立ち上がった。風呂場からドアが押し開けられるやいなや、大波が廊下に押しよせ、そこで三つに分かれた。廊下をはさんで反対側にあるトイレに真っ直ぐ向かう流れと、右に曲がって炊事場に向かう流れと、左に曲がって玄関ホールに向かう流れだ。ジーナは水をピチャピチャはね上げて自分も飛び跳ねながら、廊下から玄関ホールに向かう途中にあるドアをバタンと閉めた。フョードルが風呂場から出てきた。くるぶしまで水に浸かっているが、なぜかにが笑いしている。全身ずぶ濡れで、服が身体に貼り付いている。

「どうにか栓を閉めました。水圧が強いので大変でした」フョードルが説明した。

「やつはどこだ?」フィリップ・フィリッポビッチはこう聞いて、呪いの言葉を吐きながら片足を上げた。

「出てくるのをこわがっていますよ」かすかに苦笑してフョードルが説明した。

「なぐるつもりだろう、おやじさん?」風呂場から泣くような声が聞こえてきた。

「まぬけ!」フィリップ・フィリッポビッチはひとこと言っただけだった。

ジーナとダリヤ・ペトロブナは裸足でスカートをひざまでまくり上げて、シャリコフとドアマンのフョードルも裸足でズボンをまくり上げて、大きな雑巾を炊事場の床の水にひたしては汚れたバケツと流し台の上でしぼっている。コンロの火がつきっぱなしでなにかを煮ているが、誰も気にとめていない。水は玄関のドアの下から二階ホールに流れて、そこから正面階段に出ると、水音を立てて階段の吹き抜けに流れ込み、そのまま半地下階に落ちていく。

ボルメンターリは玄関ホールの寄せ木細工の床にできた深い水たまりにつま先で立って、半開きのドア越しに次から次へとやって来る患者を相手にしている。

「今日の診察は中止です。教授の体調が思わしくありません。お願いですから、ドアから離れて下さい。水道管が破裂してしまったのです」

「では、診察はいつになるのですか?」ドアの向こう側の声は引き下がらない。「ほんのちょっとの時間でよいのですが……」

「だめです」ボルメンターリは重心を爪先からかかとに移した。「教授は横になってらっしゃいますし、水道管が破裂してしまったのです。明日にして下さい。あれまあ、ジーナ、こちら側から拭いて下さいな。そうでないと、エントランスホールにつながる正面階段に全部流れていっちゃいますよ」

「雑巾が水を吸わないんです」

「手付カップで汲み出しましょう」ドアマンのフョードルが言った。「いますぐ行きますよ」

玄関の呼び鈴がひっきりなしに鳴った。ボルメンターリはすでにつま先立ちをあきらめて、足の裏全体で体重を支えていた。

「それじゃあ、手術はいつになるのですか?」患者はなかなか引き下がらずにスキあらば入り込まんとする。

「水道管が破裂したのです……」

「私はオーバーシューズをはいているから大丈夫ですよ……」

ドアの向こうには紺色の影がひっきりなしに登場する。

「だめです。明日にして下さい」

「私は予約を取ってあったのですが……」

「明日にして下さい。水道管の事故ですから」

ドアマンのフョードルはボルメンターリの足もとにある湖のような水たまりからカップを使って水を汲んでいる。ネコに顔を引っかかれたシャリコフは新しい方法を考え出した。大きな雑巾を巻いて筒状にして床に置き、四つん這いになってその筒を横に押した。結果として水は玄関ホールからトイレの方向に逆戻りした。

「何をしているの、この化け物。家中を水びたしにする気なの?」ダリヤ・ペトロブナが怒った。

「流しでしぼっている時間なんてない」、シャリコフが濁った水を手ですくいながら言った。「放っておくと、みんな正面階段に流れていっちゃうんだよ」

「流しでしぼりなさいよ」

フィリップ・フィリッポビッチが紺色のシマの靴下のまま小さな腰掛けに乗って、もう一つの腰掛けをぎしぎし言わせながら持ち上げて動かし、次にバランスを取りながら自分の身体をそちらの腰掛けに移し、最初の腰掛けを持ち上げるという方法で廊下を進んできて、玄関ホールにたどり着いた。

「ボルメンターリ先生、患者への対応はもうやめて、寝室に行きなさい。ほらこの靴を履きなさい」

「大丈夫ですよ、フィリップ・フィリッポビッチ。ご心配なく」

「せめて、オーバーシューズを履いてはどうですか」

「大丈夫ですって。それにもう手遅れです。両足はとっくにずぶ濡れですから……」

「おやまあ、神様!」フィリップ・フィリッポビッチががっかりした声で言った。

「有害な動物のせいだ」突然シャリコフが言って、深いスープ皿を持って中腰のまま玄関ホールに出てきた。

ボルメンターリは玄関のドアをバタンと閉め、シャリコフの言葉に我慢できずに笑い出した。フィリップ・フィリッポビッチの鼻の穴が大きく開き、眼鏡が光った。

「どの動物のことを言っているのかね?」腰掛けの上に立ち上がっているフィリップ・フィリッポビッチがしゃがんでいるシャリコフに聞いた。「言いたまえ」

「ネコのことだよ。どうしようもない悪党だ」シャリコフが目をキョロキョロさせながら答えた。

「いいですか、シャリコフ」フィリップ・フィリッポビッチが深呼吸しながら言った。「私はあなたほど厚かましい存在を見たことがありません」

ボルメンターリがくすくすと笑った。

「あなたはね」フィリップ・フィリッポビッチが続けた。「単純に恥知らずです。あのネコが有害だなんてよく言えたものですな。あなた自身がこの騒動を起こしたくせに、ネコのせいにするなんて。……いいや、許せません。あなたのことをなんて言ったらいいのか、まったく分かりません《しかわからない》」

「シャリコフ、私に教えて下さい」ボルメンターリが言った。「いつになったらネコを追いかけるのをやめるのですか? 恥を知りなさい、ネコを追いかけるのは醜い行為ですよ」

「野蛮人の行為だ!」フィリップ・フィリッポビッチが言った。

「なんで野蛮人だよ?」シャリコフが顔をしかめて言った。「おれは野蛮人ではない。家の中にネコがいるのが我慢できないだけだ。ネコはなにをどうやってかっぱらおうかといつも考えているんだ。ダリヤのところで挽肉を盗み食いしたから、こらしめてやろうとしただけじゃないか」

「自分自身をこらしめればいいでしょう」フィリップ・フィリッポビッチが反論した。「自分の顔を鏡で見てご覧なさい」

「もうちょっとで目を引っかかれるところだった」シャリコフが濡れた黒い手で目をこすりながら、不機嫌に言った。

湿って黒っぽくなった床が徐々に乾きはじめ、室内の鏡が湯気でくもり、玄関の呼び鈴は鳴り止んだ。フィリップ・フィリッポビッチはモロッコ革の赤い室内履きを履いて玄関ホールに立っている。

「フョードル、これは今日のお礼です……」

「ありがたく頂戴いたします……」

「すぐに着替えなさいよ。そして、これでグッとやって下さいな。ダリヤ・ペトロブナお手製のウオッカです」

「ありがたく頂戴いたします……」フョードルはちょっとためらってから言った。「もう一つよろしいでしょうか、フィリップ・フィリッポビッチ……。すみません、厚かましくて気が引けますが申し上げます。七号室のガラス代です……。シャリコフさんが石を投げて割ってしまったんです……」

「ネコを狙って石を投げたのですか？」フィリップ・フィリッポビッチはまるで黒雲におおわれたような暗い顔をして聞いた。

「それならまだしも、七号室のご主人を狙ったんです。ご主人は裁判に訴えると言っています」

「なんということだ！　……」

「シャリコフがそこの料理女に抱きついたんで、ご主人がシャリコフを追い出そうとしたところ……要するに、喧嘩になったんです……」

「お願いだから、そういうことがあったらすぐに私に教えて下さい。で、おいくらですか？」

「一ルーブル五〇コペイカです」

フィリップ・フィリッポビッチは三枚のキラキラ輝いている五〇コペイカ・コインを取り出してフョードルに渡した。

「あのろくでなしに一・五ルーブルも恵んでやるなんて」廊下からこもった声が聞こえてきた。「あのろくでなしが自分で……」

フィリップ・フィリッポビッチは振り向き、黙って唇をかみしめると、シャリコフを待合室に押し込み、外から鍵をかけた。シャリコフは内側からこぶしでドアを叩いた。

「絶対にしてはいけないことです！」フィリップ・フィリッポビッチは叫んだ。明らかに病人の声だった。

「本当ですな」ドアマンのフョードルが意味深長に言った。「これほど厚かましい男はこれまで見たことがありません」

ボルメンターリが地から湧いたように突然現れた。

「フィリップ・フィリッポビッチ、どうかご心配なさらないで下さい」

エネルギッシュなボルメンターリ医師が待合室のドアの鍵を開けて中に入っていった。待合室からボルメンターリの声が響いてきた。

「なんてざまだ？　安酒場にいるつもりか？」

「そうだ、そうだ！」ドアマンのフョードルが迷わずに言った。「まさにそうだ、叱り飛ばせ！　そしてほおにぴんたを一発！……」

「それはだめです、フョードル」フィリップ・フィリッポビッチが悲しそうにぼそぼそと言った。「お許し下さい。でも、先生がお気の毒で……」

VII

「だめです、だめですって言ったらだめです」ボルメンターリが我慢強く言った。「ちゃんとつけなさい！」

「なんだって言うんだ、本当に」シャリコフが不満そうにつぶやいた。

「ありがとうございます、先生」フィリップ・フィリッポビッチがやさしく言った。「私はもう注意するのがいやになってしまいました」

「あなたがナプキンをつけなければ、食べさせませんからね。ジーナ、シャリコフのところのマヨネーズを片づけなさい」

「なんで『片づける』んだよ」シャリコフがあわてて言った。「ナプキンはつけるって言ってんじゃないか」

シャリコフはジーナに取り上げられないように左手で皿をかばいながら、右手でナプキンを襟にひっかけて、まるで理容店でシェービングクロスをつけた客のようになった。

「フォークを使いなさい」ボルメンターリがもう一つ注文した。

シャリコフは長いため息をつくと、濃いソースがかかったチョウザメの切り身をフォークでどうにかつかまえた。

「ウオッカをおかわりするよ」シャリコフがためらいがちに聞いた。

「大丈夫ですか？」ボルメンターリが言った。「最近ウオッカにご執心のようですが……」

「ウオッカがもったいないのかい？」シャリコフはこう言ってボルメンターリをうさん臭そうに見た。

「馬鹿げたことを言ってはいけません……」フィリップ・フィリッポビッチが厳しく注意しようとした。だが、ボルメンターリは彼を制してこう言った。

「ご心配なく、フィリップ・フィリッポビッチ、私が注意します。シャリコフ、あなたはたわごとを言っています。そして、最も腹立たしいのは、あなたがそのたわごとを白々しく、自信たっぷりにしゃべっていることです。私はウオッカが惜しいからあなたに注意しているのではありません。そもそも、このウオッカはフィリップ・フィリッポビッチのもので、私のものではありません。単純にウオッカが有害だから、注意しているのです。これが第一です。第二に、あなたはウオッカを飲まなくても暴れるでしょう。ウオッカを飲めばもっとひどくなるのではないかと心配しているのです」

ボルメンターリは、シャリコフが暴れてガラスを割ったので紙が貼ってある食器棚を指さした。

「ジーナ、私にチョウザメをもう一切れ下さいな」フィリップ・フィリッポビッチが言った。

シャリコフはこのときテーブルに並んでいるフラコンの一つに手を伸ばし、ボルメンターリを横目で見ながら、自分のグラスにウオッカを注いだ。

「ほかの人にも注ぎなさい」ボルメンターリが言った。「本当はまずフィリップ・フィリッポビッチに注ぐんです。次に私に注いで、最後に自分に注ぐのが常識です」

シャリコフは口元に皮肉混じりの薄ら笑いを浮かべ、二人のグラスにウオッカを注いだ。

「まるで堅苦しい式典のパレードみたいだよ」シャリコフが言った。「ナプキンはこっち、ネクタイはあっちとか、『失礼』『いやいや、どういたしまして』『メルシー《ありがとう》』だとさ。気取ってるだけで、本音は御法度。帝政時代のままだよ。自分で自分の首を絞めてるんだ」

「本音とは何ですか？　教えて下さいな」フィリップ・フィリッポビッチが聞いた。

シャリコフはなにも答えずに突然グラスを掲げ、乾杯の音頭を披露した。

「それでは、なにごとも祈念して乾杯！」

「あなたもご同様に乾杯！」何を祈念したのか分からないシャリコフの音頭を皮肉ってボルメンターリが唱和した。

シャリコフはウオッカを一気に喉に流し込むと、顔をしかめ、小さなパン切れを取ってその匂いを嗅ぎ[78]、次にそれを呑み込んだ。目には喜悦の涙が浮かんでいる。

「前歴です」突然フィリップ・フィリッポビッチがぶっきらぼうに、それでいてまるで寝言のようにぼんやりと言った。

ボルメンターリがびっくりして首をかしげた。

「失礼、なんとおっしゃいましたか?」

「前歴が出ているんです」フィリップ・フィリッポビッチはこう繰り返して、辛そうな表情で首を振ってことばを続けた。「これは、われわれにはいかんともしがたいことです。クリム・チュグンキンが身につけた悪癖が出てきているのです」

ボルメンターリは衝撃を受けてフィリップ・フィリッポビッチの目をじっと見つめて言った。

「そんなふうにお考えだったのですか、フィリップ・フィリッポビッチ」

「お考えどころか、確信しています」

「まさかそれは……」ボルメンターリは話し始めたが、シャリコフを横目で見てすぐに中断した。

シャリコフは疑い深そうにしかめ面をした。

「シュペーター(後で)……」フィリップ・フィリッポビッチがドイツ語でささやいた。

「グート(了解)」ボルメンターリもドイツ語で答えた。

ジーナが七面鳥を運んできた。ボルメンターリはフィリップ・フィリッポビッチに赤ワインを注ぎ、シャリコフにも注ごうとした。

「要らないよ。ウオッカをやるから」シャリコフは顔が油ぎってきて、ひたいに汗が浮かび、陽気になった。ワインを飲んだフィリップ・フィリッポビッチも少し元気を取り戻した。目の輝きが戻り、シャリコフを見る態度がちょっと好意的になった。そのシャリコフの黒い頭は白いナプキンの上に乗っているので、白いサワークリームに留まったハエを連想させた。ボルメンターリはというと、食事で元気がついたのか、次にやることが気になり出した。

「さてと、今夜はあなたと何をしましょうか?」ボルメンターリがシャリコフに聞いた。

シャリコフはまばたいてから答えた。

「サーカスへ行こう。それが一番いい」

「毎日サーカスですね」フィリップ・フィリッポビッチがかなりやさしい声で言った。「でも、サーカスばかりでは退屈でしょう。私があなただったら一度は劇場に足を運ぶでしょうね」

「劇場なんて行くもんか」シャリコフが敵意を込めて反論し、口元で十字を切った。[79]

「食事の時にシャックリをしてはいけません。ほかの人の食欲をそいでしまいますよ」ボルメンターリが決まり文句の小言を言って続けた。「失礼……、では、なぜ演劇が嫌いですか?」

シャリコフは空になったグラスを手にとって望遠鏡をのぞくように見ると、ちょっと考えてから唇を突き出して言った。

「だって、くだらないことをやってるじゃないか……ぺちゃくちゃおしゃべりばかり……みんな反革命だよ」

フィリップ・フィリッポビッチはゴチック模様の椅子の背に身をそらせ、口の奥にある金歯が見えるほど大きな口を開けて大笑いした。ボルメンターリは首を回しただけだった。

「本を読んでみてはどうかね」ボルメンターリが言った。「もっとも、あなたには……」

「言われなくたってとっくに本くらい読んでるよ。読んでるって……」シャリコフはこう答えて、突然意地汚くあっという間に自分のグラスにウオッカを半分ほど注いだ。

「ジーナ」危険を察知したフィリップ・フィリッポビッチが叫んだ。「お願いです、ウオッカを下げてください。もう飲みませんから。で、何を読んでいるのかね?」そのときフィリップ・フィリッポビッチの頭に浮かんだのは、無人島、ヤシの木、毛皮を身につけて円錐形の帽子をかぶった男だった。《シャリコフが読んでいる本は絶対にデフォーの『ロビンソン・クルーソー漂流記』だな》と思った。

シャリコフが言った。

「えーと……なんて言ったかな……そうそう、エンゲルスの往復書簡集だ。……誰とのかって? えーと……こん畜生《悪魔め》、……そうだ、カウツキー[80]ってやつだよ」

ボルメンターリは白いチョウザメの切り身をフォークに突き刺して口に運んでくる途中で凍りつき、フィリップ・フィリッポビッチはワインをこぼした。シャリコフはこの機をとらえてウオッカを飲み干した。

フィリップ・フィリッポビッチはテーブルに両ひじを突いて、シャリコフを見つめて聞いた。

「読んだ本についてあなたのご感想をお聞かせいただけませんか」

シャリコフは肩をすくめて言った。

「賛成できないよ」

「どちらの意見に賛成できないんですか? エンゲルスですか? それともカウツキーですか?」

「両方とも賛成できないね」シャリコフが答えた。

「すばらしい、本当に《神に誓って》すばらしい……。それであなたのご意見は?」

「意見だって?……やつらはいっぱい書いている……、なんかの大会やどこかのドイツ人たちとかね……頭がパンクしちゃうよ。全部かき集めて山分けすればいいじゃないか……」

「私が思った通りだ」フィリップ・フィリッポビッチがテーブルクロスを手のひらでピシャッと叩いて叫んだ。「まさに私が予想した通りだ」

「シャリコフ、あなたはどうすればよいか、その方法も分かっているんですね？」ボルメンターリが興味津々な様子で聞いた。

「方法だなんて大げさな……」ウオッカを飲んだので舌がなめらかになったシャリコフが説明した。「簡単だよ。そうだな、えーと、ある人は七つもの部屋に一人で住んで、ズボンを四〇本も持っている。もうひとりは家無き子だ。ゴミ溜めで食い物をあさっている」

「七部屋というのは、私のことですな？」フィリップ・フィリッポビッチが威厳を保ちながら目を細めて聞いた。シャリコフは身を縮めて黙った。

「そうですか、いいでしょう、私は分けることに反対しているわけではない。よし、分けましょう。ボルメンターリ先生、きのう診察をことわった患者は何名でしたか？」

「三九人です」ボルメンターリが即答した。

「ということは、損失は三九〇ルーブルですな。これを男性三人で分担することにしましょう。二人の女性、ジーナとダリヤ・ペトロブナは除くことにします。ということは、シャリコフ、あなたの分は一三〇ルーブルです。これを負担して下さい」

「結構な話じゃないか」シャリコフはギクッとして言った。「なんの金だ？」

「水道の栓とネコのお金じゃよ！」フィリップ・フィリッポビッチが突然吠えた。皮肉を言うことでなんとかバランスを保ってきた平穏な状態はもう崩れかけている。

「フィリップ・フィリッポビッチ、落ち着いて下さい」ボルメンターリが危険を察知して叫んだ。

「いいですか、あなたにはあなたが大混乱を起こしてその結果診察ができなくなったことによって被った損失を弁償していただきます。これは許せないことです。まるで原始人のように家の中を飛び跳ねて、水道栓をこわして歩くとは……。それと、ポラスヘル氏の奥さんが可愛がっていたネコを殺したのは誰ですか？　誰ですか？」

「シャリコフ、おとつい階段でご婦人に噛みついたのもあなたでしょう」ボルメンターリも攻撃に加わった。

「あなたという人は……」フィリップ・フィリッポビッチが怒鳴った。

「だってあの女がピンタを食らわせやがったからだよ」シャリコフがフィリップ・フィリッポビッチの言葉をさえぎって金切り声を上げた。「おれの顔はみんなの共有物ではないからね」

「彼女があなたをなぐったのは、あなたが彼女の胸をさわったからじゃないですか」ボルメンターリはワイングラスを倒して叫び、次にフィリップ・フィリッポビッチが言いかけた言葉を繰り返してフィリップ・フィリッポビッチの発言をうながした。「あなたという人は……」

「あなたという人は最も低い発達段階にいるのです」フィリップ・フィリッポビッチはボルメンターリを上回る大声をあげた。「あなたはまだ完成されていない、知的に弱い存在なのです。あなたのすべての行動は純粋に野生動物の行動です。そしてあなたという人は、一方では二人の高等教育修了者を前にして、鼻持ちならない厚かましさを隠そうともせずに、どうやってすべてを分けるべきかなどと、宇宙的な大言壮語と宇宙的な愚かさに満ちたアドバイスを、しゃあしゃあとひけらかしたかと思うと、今度は歯磨き粉を食べてしまった……」

「これもおとついですね」ボルメンターリが正確を期して確認した。

「そうです」フィリップ・フィリッポビッチが怒鳴り声で続けた。「いいですか、頭に叩き込んでおき《自分の鼻に刻んでおきな》なさい《さい》よ、……あらら、なぜ鼻に塗った亜鉛化軟膏を取ってしまったのかね……、いいですか、あなたは黙って人の言うことを聞かなければいけないんです。学びなさい。[81] そして少しでも社会に受け入れられるメンバーになるように努力しなさい。分かりましたね！　ところで、その本をあなたに渡したのはどこのろくでなしですか？」

「あんたにかかるとみんなろくでなしだ」二人に攻撃されて耳が馬鹿になったシャリコフがおどおどしながら言った。

「まあ、想像はつきますがね」フィリップ・フィリッポビッチは意地悪そうに紅潮した顔つきで叫んだ。

「ふん、そうだよ、……シュボンデルだよ。だが、彼はろくでなしではないよ。『成長するために読みなさい』と本を渡してくれたんだからね」

「あなたがカウツキーを読んでどれだけ成長したかは、今日の出来事でよく分かりますよ」黄色くなったフィリップ・フィリッポビッチはかん高い声で言い、壁の呼び鈴のボタンを押して続けた。「今日の出来事以上に見事な事例はありません」そして声をいっそう高く張り上げて叫んだ。「ジーナ！」

「ジーナ！」ボルメンターリも大声で呼んだ。

「ジーナ！」びっくりしたシャリコフもつられて叫んだ。

ジーナが真っ青になって駆けこんできた。

「ジーナ、待合室に本があるから……、いや、待ちなさい。本は待合室にあるんだね？」

「待合室だよ」シャリコフが素直に答えた。「硫酸塩のような緑色のやつだ」

「緑色の本を……」

「あっ、燃やすんだな」シャリコフがあせって叫んだ。「あれはおれのもんじゃない。共有の、図書館の本だぞ」

「本の名前は往復書簡集だ、えーと、エンゲルスと誰かの書簡集で、もう一人は誰だったかな、畜生……、ともかくその書簡集をかまどにくべなさい」

ジーナは回れ右していなくなった。

「あのシュボンデルは真っ先に絞首刑じゃよ、本当の話」フィリップ・フィリッポビッチが七面鳥の手羽に勢いよくかぶりつきながら叫んだ。「驚くほどのくずがこの建物内にいるんです。どうしようもないできものです。そして、それだけならまだしも、ありとあらゆる無意味な告げ口を新聞に書きまくるんですから……」

シャリコフは腹を立てて皮肉混じりに横目でフィリップ・フィリッポビッチをにらみ始めた。フィリップ・フィリッポビッチもこれに対抗して横目でにらんで沈黙した。

《このままではこの家にいいことはやってこないな》ボルメンターリは心の中で予言した。

ジーナがババ［ラム酒入りのケーキ］を載せた大きな丸皿とコーヒーポットを持って入ってきた。ババの右側は赤褐色で、左側はバラ色だ。

「おれはそんなもの食べないよ」シャリコフがすぐに敵意をこめて脅すように言った。

「誰もあなたに勧めていませんからご心配なく。行儀よくしていればいいんです。ボルメンターリ先生、デザートはいかかですか？」

沈黙のうちに夕食が終わった。シャリコフはポケットからくちゃくちゃになった口付きタバコを取り出して火を点けた。フィリップ・フィリッポビッチはコーヒーを飲み終えると、リピーター式懐中時計を取り出して、ネジを押した。時計はやさしい音色で八時一五分を告げた。フィリップ・フィリッポビッチはいつもの習慣でゴチック風椅子の背もたれに反り返り、サイドテーブルに載っていた新聞に手を伸ばした。

「ボルメンターリ先生、シャリコフをサーカスに連れて行って下さい。ただし、お願いですから、ネコが出演する演《だ》し物がないかどうかだけは事前に調べて下さいよ」フィリップ・フィリッポビッチはこう言ってボルメンターリに新聞を手渡した。

「どうしてあんな下賤な動物をサーカスに出演させるんだい？」シャリコフが首を回しながら、不機嫌そうに言った。

「サーカスに入れない方がいいやつはほかにもいると思いますよ」フィリップ・フィリッポビッチが含みをもたせて言った。「で、どうですか？」

「ソロモンスキー・サーカスには[82]」ボルメンターリが新聞の案内を読み始めた。「四人のユッセムスの演し物……ユッセムスって何ですかね？……それと『死点に立つ男』とありますが[83]」

「なんですか、そのユッセムスって?」フィリップ・フィリッポビッチもいぶかしげに聞いた。

「分かりません。初めて見ました」

「それでは、ニキーチン・サーカスも調べた方がいいでしょう。何事もはっきりしていないと困りますからね」

「えーと、ニキーチン、ニキーチンと。うーん、ゾウが出てきますな、そして『限界に挑戦する軽業師』ですか」

「なるほど。シャリコフさん、ゾウはいかがですかな?」フィリップ・フィリッポビッチがいやみたっぷりにシャリコフに聞いた。

シャリコフが怒った。

「なんだい、あんたらは、おれが何も知らないと思ってるんだろう。ネコは別だが、ゾウは役に立つ動物さ」シャリコフが答えた。

「よろしい、結構、結構。役に立つ動物なら、行って見てきなさい。ボルメンターリ先生の言うことは聞きなさいよ。そして、ビュッフェで誰にも話しかけないこと。ボルメンターリ先生、シャリコフにビールを勧めないで下さい。お願いしますよ」

一〇分後、ボルメンターリとシャリコフは、ひさし部分がカモのくちばしのように平べったい鳥打ち帽をかぶり、襟を立てたラシャ製のコートを着て、サーカスに出かけて行った。家の中を静寂が支配した。フィリップ・フィリッポビッチは執務室にいた。まず、緑色の重そうな笠を乗せたスタンドを点灯した。大きな執務室全体に穏やかな光が広がった。フィリップ・フィリッポビッチは部屋の中をゆっくりと歩きはじめた。

くわえている葉巻の先の青白い光が長時間熱く輝いている。フィリップ・フィリッポビッチは両手をズボンのポケットに入れ、歩きながらなにかを考えている。重い思考が学者特有の広いひたいを引き裂いているようだ。さらに唇を鳴らし、『♪聖なるナイルの岸辺をめざし……♪』と口ずさみ、なにかぼそぼそとつぶやいた。

しばらくしてフィリップ・フィリッポビッチは葉巻を灰皿に置くと、全面ガラス張りの戸棚に近づき、まず天井の電灯のスイッチを押した。三つの強力な電灯が部屋の隅々を明るく照らし出した。フィリップ・フィリッポビッチは戸棚の三段目から細長い容器を取り出すと、光にかざしながら厳しい表情でそれをながめた。その容器には、シャリクと呼んでいた犬の脳の奥から摘出した小さな白いかたまりが、透明で重そうな液体の中で浮かんでいる。フィリップ・フィリッポビッチは肩をすくめ、唇を曲げ、ふんふんと言いながら、この浮いている白いかたまりをむさぼるようにながめた。まるでこの白いかたまりの中に、この家の暮らしをひっくり返してしまった驚くべき出来事の原因が隠されているのではないかと調べているように見えた。

そして偉大な学者であるフィリップ・フィリッポビッチはこの原因を見きわめたようだ。犬の脳下垂体を十分ながめた彼は、容器を戸棚にしまって鍵をかけると、その鍵をベストのポケットに入れ、すくめた肩に頭をかくすようにして、両手を上着のポケットに深く押し込んだまま、革製のソファーに崩れ落ちた。そこで二本目の葉巻を長時間かけてゆっくりと吸い、その吸い口を噛んでくちゃくちゃにしてから、最後にまったく一人きりで、白髪のファウストのように青白い顔をして叫んだ。

「よーし、どうやらこれで決まりだ！」

これに反応する声はどこからも聞こえてこない。家中が静まりかえっている。ご存知の通り、一〇時過ぎるとオーブホフ横町の交通は途絶えてしまう。ごくまれにどこか遠くで家路をたどる足音が聞こえてくるが、それもかすかなノックの音のあとに消えてしまう。フィリップ・フィリッポビッチはポケットにあるリピーター式懐中時計のボタンを押した。彼の指の間で時を告げる時計の音が執務室にやさしく響き渡った。教授は、ボルメンターリ先生とシャリコフがサーカスから戻って来るのを首を長くして待っている。

Ⅷ

フィリップ・フィリッポビッチがなにを決心したのかは分からない。だが翌週一杯は特別のことをしなかった。そして、おそらくはそのせいだろう、家の中は相変わらずいろいろな事件に翻弄された。洪水事件とネコ騒動から六日後、住宅委員会から男装の女性がやってきて、シャリコフに書類を手渡した。シャリコフはその書類をすぐに上着のポケットに入れ、同じくすぐにボルメンターリ医師を呼んだ。

「ボルメンターリ！」

「いや駄目です。私を呼ぶときは、名前と父称を使ってください。イワン・アルノルドビッチとね」

ボルメンターリは顔色を変えて言った。

指摘しておくべきは、外科医ボルメンターリは自分の教え子シャリコフとこの六日間に八回は言い争っていたので、この家の雰囲気が最悪の状態にあったことである。

「だったらこっちも名前と父称で呼んでもらいたいな」シャリコフが自信たっぷりに言った。

「駄目です！」フィリップ・フィリッポビッチがドアのところで吠えた。「私の家の中では、あなたのようなふざけた名前と父称を口にすることを禁止します。あなたが『シャリコフ』と呼び捨てにするのを止めてほしいというのであれば、私とボルメンターリ先生はあなたを『紳士《ゴスポジン》シャリコフ』と呼びます」

「おれは紳士じゃないよ。紳士と呼ばれる連中はみなパリに亡命しちゃったからね」シャリコフが答えた。

「シュボンデルに洗脳されたんだ」フィリップ・フィリッポビッチが叫んだ。「よろしい、あのろくでなしのシュボンデルとは別途決着をつけます。いいですか、私がこの家に住んでいるあいだは、紳士しか家に入れません。それがいやだというのであれば、あなたか私のどちらかがこの家から出ていく……いや、もちろん、私ではなくあなたがこの家から出ていくのです。今日、新聞に『部屋求む』の広告を載せます。あなたに部屋を見つけてあげますよ」

「おれはここを出ていくほど馬鹿ではないぜ」シャリコフがはっきりと言った。

「何だって?」フィリップ・フィリッポビッチの顔つきが変わった。ボルメンターリはフィリップ・フィリッポビッチのところにすっ飛んで行って、やさしく、だが警戒しつつ袖をつかまえてから、シャリコフに向かって言った。

「厚かましい態度をとらないで下さい、いいですね、ムッシュー・シャリコフ」ボルメンターリは声を張り上げて言った。シャリコフは後退し、緑、黄、白の三枚の書類をポケットから取り出し、指で書類を叩きながら言った。

「ほら、これだよ。おれは住宅組合員さ。そして居住責任者プレオブラジェンスキーの第五号住宅内に一六平方アルシン[84]の面積がおれに配分されているんだ」そこでシャリコフはちょっと考えてからひとこと付け加えた。ボルメンターリの脳は機械的に反応してこの表現をシャリコフの新語として記録した。シャリコフは「なにとぞよしなに」と言ったのである。

　フィリップ・フィリッポビッチは唇を噛み、大胆にもこうつぶやいた。

「私は絶対にシュボンデルを撃ち殺してやる」

　シャリコフはこれを聞くやいなや、敏感に反応して注意深く胸にしまい込んだ。彼の目がそう語っていた。

「フィリップ・フィリッポビッチ、フォージヒティヒ《気をつけて》…」ボルメンターリがドイツ語で注意した。

　フィリップ・フィリッポビッチはロシア語で叫んだ。「よろしい、いいですか……、これほど卑劣なことをするのであれば……。シャリコフ……いや、えーっと、紳士シャリコフ、覚えておきなさい、あなたが次に厚かましいことをすると、あなたの夕食はなくなります。いや、夕食だけでなく、食事はいっさいなしとなります。一六平方アルシンですって、いいでしょう。でもそのアオガエルみたいな色をした書類にだって、あなたに食事を与えよとは書いてないでしょう」

シャリコフは驚いて口をあんぐりと開けた。

「食事なしでは住めないよ」シャリコフがつぶやいた。「どこで食えばいいんだ？」

「だったら、礼儀正しくしなさい」二人の医師が声を揃えて叫んだ。

シャリコフは大変おとなしくなり、その日は誰にも迷惑をかけなかった。もっとも、その代わりに自分自身が犠牲者になった。ボルメンターリがちょっと目を離したすきに、ボルメンターリのカミソリを勝手に使ってほおを深く切ってしまったのである。フィリップ・フィリッポビッチとボルメンターリの両先生が傷口を縫っている間、シャリコフは大粒の涙を流して泣きわめいた。

次の日の深夜、二人の男が緑色の薄闇の中、教授の執務室に坐っていた。フィリップ・フィリッポビッチ自身とその忠実な助手ボルメンターリ医師である。家はすでに寝静まっている。フィリップ・フィリッポビッチは瑠璃色のナイトガウンをはおって赤い室内履きを履いている。ボルメンターリもシャツの上にサスペンダーが見えるくつろいだ格好だ。二人は丸テーブルをはさんで坐っている。テーブルの上には分厚い写真集とコニャックの瓶、レモン・スライス入り小皿、葉巻のケースなどが載っている。二人の医師は葉巻の煙を部屋中に充満させて、最近の出来事について熱心に議論していた。

この日の夕方近く、シャリコフはフィリップ・フィリッポビッチの執務室で、文鎮の下に置いてあった二〇ルーブルを盗むと、家を出てどこかに出かけ、夜遅くなってからぐでんぐでんに酔っ払って帰ってきた。それだけではない。素性の分からぬ二人の男を連れてきた。二人は建物の正面階段でシャリコフのところに泊めてもらうのだと騒ぎ、シャリコフと一緒にフィリップ・フィリッポビッチの住宅兼診療所に入りこんだ。二人を追い払うのは至難の技だった。寝間着の上に薄手のコートを羽織って登場したドアマンのフョードルが第四五警察分署に電話するまで、二人は居坐ったのである。そして、フョードルが受話器を置くやいなや二人はかき消すようにいなくなった。彼らが逃亡したあとで、玄関ホールの鏡の前に置いてあった孔雀石製灰皿、フィリップ・フィリッポビッチのビーバー革製帽子、そしてフィリップ・フィリッポビッチが大切にしていた記念のステッキが紛失していることが判明した。ステッキには「敬愛するフィリップ・フィリッポビッチへ、第二五期インターン生一同より感謝を込めて」と刻まれていたのである。

「奴らは何者だ?」フィリップ・フィリッポビッチがシャリコフの顔前でこぶしを握りしめて追求した。

シャリコフはふらふらしながら、玄関ホールのコート掛けに吊してあるコートにもたれかかったまま、もつれた舌で、二人がどこの誰かは知らないが、ろくでなしではなくて、いい連中だ、と語った。

「驚いたな、あれだけ酔っ払っていた二人が、これだけ見事にやってのけたとは!」フィリップ・フィリッポビッチは記念のステッキが立ててあった場所に目をやりながら、驚嘆の言葉をもらした。

「その道のプロですよ」ドアマンのフョードルはフィリップ・フィリッポビッチからお礼として渡された一ルーブル札をポケットにしまって、自分のベッドに戻りながら言った。

シャリコフは二〇ルーブルを盗んだことについては頑強に否定し、なぜおれだけを疑うのだ、家にいたのはおれだけではない、と言った。

「なんですと、ボルメンターリ先生がお金を盗んだとでも言うのかね?」フィリップ・フィリッポビッチがおだやかに、だが恐ろしい声で言った。

シャリコフは大きくよろめいて、飲み過ぎてにごった目を開け、自分の推理を披露した。

「もしかすると、ジーナのアマが盗んだのかも……」

「なんですって！」まるで幽霊のように突然ドアのところに現れたジーナが、肩に羽織った薄手のカーディガンを片手で抑えて胸元をかくしながら叫んだ。「よくもそんなことを……」

フィリップ・フィリッポビッチの首筋が赤く染まった。

「ジーナ、落ち着きなさい」フィリップ・フィリッポビッチがジーナに手を差し出しながら言った。

「心配しないで。われわれがけじめをつけますから……」

ジーナは口を開けて大声で泣き出した。カーディガンを握りしめた手が鎖骨の上で小刻みに震えている。

「ジーナ、恥ずかしいですよ。誰もあなたを疑っていませんよ。ああ、なんてひどいことだ」ボルメンターリが茫然として言った。

「なんとまあ、ジーナ、泣き止みなさい、お馬鹿さん。いやはや、困ったことだ《神様、お許しを》！」フィリップ・フィリッポビッチが言った。

ジーナは泣き止み、全員が沈黙した。シャリコフの気分が悪くなった。頭を壁に打ち付けて、「ウ」とも「エ」ともつかない「ウェーッ」という叫び声を上げた。顔が真っ青になり、あごが震えだした。

「このろくでなしのために診察室からバケツをもってきなさい」

酔っ払いシャリコフの吐き気に対応するために全員がかけずり回った。そして一段落して、ボルメンターリが彼を寝かしつけるために連れていく時、シャリコフはボルメンターリの手の中でよろめきながら、非常にやさしくて美しいメロディーで下品なののしり言葉をつぶやいた。しぼり出すような声だった。

　以上の出来事が起きたのは午前一時頃だった。そして今は午前三時である。しかし執務室の二人の目はレモンをつまみに飲むコニャック[85]に刺激されて爛々と輝いている。二人がひっきりなしに葉巻を吸っていたので、煙はすでに小刻みなゆれをやめて濃いかたまりとなってゆっくりと漂っている。

　青白い顔をしたボルメンターリ医師は立ち上がり、何かを決心した目つきで、細い脚のグラスを掲げた。

「フィリップ・フィリッポビッチ」ボルメンターリが感きわまった様子で叫んだ。「私が先生のところに初めておうかがいしたときのことを私は決して忘れません。私は食うや食わずの状態でした。先生は私を研究室に受け入れて下さいました。信じてください、フィリップ・フィリッポビッチ、私にとってあなたは単なる教授、教師をはるかにこえた大切な存在です。……尊敬の念は測り知れません……親愛なるフィリップ・フィリッポビッチ、どうかキスさせて下さい」

「そうですか、いいですよ、あなた……」フィリップ・フィリッポビッチも感きわまった状態でつぶやき、立ち上がった。ボルメンターリは彼を抱き、タバコの臭いがする濃い口ひげにキスした。

「本当に、フィリップ・フィリッポビッチ、私は……」

「私も感無量です、感無量です……ありがとう」フィリップ・フィリッポビッチが言った。「私は手術中にあなたを怒鳴ったりしますが、どうか歳をとったので短気になったと思って許して下さい。実のところ、私は独りぼっちなんですよ……『♪セビリアから、グラナダまで……♪』」

「フィリップ・フィリッポビッチ、そんなことをおっしゃってはいけません……」、熱く燃えたボルメンターリが心を込めて叫んだ。「そんな話は二度としないで下さい。そうでないと私は怒りますよ」

「ありがとう、ボルメンターリ先生……『♪聖なるナイルの岸辺をめざし……♪』、ありがとう……先生は有能な医師です、だから気に入ったんです」

「フィリップ・フィリッポビッチ、お聞き下さい」ボルメンターリは熱意を込めて言うと、立ち上がって廊下につながるドアに近づき、そのドアを固く閉め直し、椅子に戻って小声で言った。「それが唯一の解決策です。私は先生に意見を申し上げる立場にありません。しかし、フィリップ・フィリッポビッチ、鏡でご自身をご覧になって下さい。先生はお仕事ができないほど、へとへとに疲れてらっしゃいます」

「その通り。まったく仕事が手につかないのです」フィリップ・フィリッポビッチはため息をついてこう認めた。

「そうでしょう、とても考えられないことです」ボルメンターリがささやいた。「先生は前回、私のことが心配だからそれはやらぬとおっしゃいました。親愛なる先生、私が先生の言葉にいかに感激したか、お分かりですか。本当に感謝の気持で一杯です。とはいえ、私だって子どもではありませんから、もしそれをすれば恐ろしい事態につながるということは分かっています。けれども、先生、断言します。ほかに解決策はありません」

フィリップ・フィリッポビッチは立ち上がり、ボルメンターリを制するように両手を振り回して叫んだ。

「そそのかすのはやめなさい。話題にしてもいけません」フィリップ・フィリッポビッチは部屋の中を歩いて葉巻の煙をかき回しながら言った。「こちらも聞かなかったことにします。考えてみて下さい、もしわれわれが逮捕されたらどうなるかを。われわれは初犯ですが、『出身階級を考慮して』罪を免ぜられる見込みはまったくないのです。あなたの出身も都合のよいものではなかったと理解していますが、そうですよね」

「都合のよいなんてとんでもない……父親はビリノ[86]で捜査官をしていました」ボルメンターリはグラスに残っていたコニャックを飲み干しながら、悲しそうに答えた。

「ほら見てご覧なさい。悪性遺伝みたいなものです。考えるのもいまわしい。もっとも、ごめんなさい、私の方がもっと悪いのですがね。父親は主教座教会の長司祭でした。『ありがたいことに』と言ったら、自虐的すぎますかね？『♪セビリアから、グラナダまで……夜の静けさに包まれて……♪』、そうだ、出身なんて、くそくらえ《悪魔にさらわれてしまえ》！」

「フィリップ・フィリッポビッチ、あなたは世界的な名声をもつ大学者です。先生の御尊父が当局に望ましくない職業に就いていたからといって、つまり当局の物差しで先生がろくでなし――失礼――の息子だからといって、彼らはあなたに指一本ふれられませんよ……。いや、絶対になにもできないでしょう」

「だから、なおさら、私はそれをやらないのです」フィリップ・フィリッポビッチはガラス戸棚の前で立ち止まり、戸棚をにらみつけて考え込みながら反論した。

「どういうことですか？」

「だって、あなたに世界的名声はないでしょう？　違いますか」

「ええ、まあ……」

「そうでしょう。窮地に陥る仲間を見捨てて、自分だけが世界的名声を利用して生き残るなんて、私にできるとお思いですか。いいですか、私はモスクワで教育を受けた人間です。どこの馬の骨かわからないシャリコフじゃないのです」

フィリップ・フィリッポビッチは誇り高く両肩を上げて、古代のフランス王のようなポーズをとった。

「フィリップ・フィリッポビッチ、ああ……」ボルメンターリが悲しげに叫んだ。「ではどうするのですか？　我慢して耐えるのですか？　どこの馬の骨かわからないあのならず者が人間に成長するのをじっと待つのですか？」

フィリップ・フィリッポビッチは手でボルメンターリを制し、コニャックを注いで飲み、レモン・スライスを口にしてから言った。

「ボルメンターリ先生、私は人間の脳の解剖学や生理学は分かっているつもりです。いかがですかね、この点について先生のご意見をお聞かせ下さい」

「フィリップ・フィリッポビッチ、なぜそんなことをお尋ねですか？」ボルメンターリは不思議そうに聞いて両手を広げた。

「いいでしょう。みせかけの謙遜はなしにしましょう。私だってこの分野でモスクワで多少は知られている方の部類に属すると思っていますのでね」

「先生はモスクワではもちろん、ロンドンでもオックスフォードでも一番の学者ですよ」ボルメンターリが正面切って反論した。

「いいでしょう、そういうことにしておきましょう。さて、未来の教授ボルメンターリ先生、よろしいですか、あのならず者を人間に成長させることは誰にもできないのです。できるはずがないのです。あなたは『なぜ?』と聞く必要がありません。私がこれから言うことを、ただ単に私が言ったと、プレオブラジェンスキーが言ったと記録して下さい」フィリップ・フィリッポビッチはここで突然厳粛に叫んだ。「議論の余地なし《フィニータ》！　クリム・チュグンキンだからです！」ガラス戸棚が反応して音を立てた。フィリップ・フィリッポビッチはもう一度「クリム・チュグンキンだからです」と繰り返してからさらに続けた。「ボルメンターリ先生、あなたは私の一番の教え子であり、今日改めて確信したように、私の友人でもあります。そこで友人としての先生に私の秘密を打ち明けましょう。あなたは私の顔に泥を塗るような真似はなさらないと思います。いいですか、老いぼれた間抜《ロバ》けであるこのプレオブラジェンスキーは今回の手術で、まるで医学部三年生のひよっこみたいにつまずいてしまったのです。もちろん発見そのものは、あなたもご存知のように、すばらしいものです」フィリップ・フィリッポビッチは悲しそうに両手を伸ばして窓のブラインドを示した。窓の外のモスクワを指し示して、世間に自慢できる大発見だと言いたかったようだ。「しかしですね、ボルメンターリ先生、この発見の唯一の成果なるものは、疫病神シャリコフがわれわれ全員のここに」フィリップ・フィリッポビッチはいかにも卒中になりそうな自分の太い首の後ろを軽く叩いて続けた。「この首根っこに居坐って揉め事を起こすということなんです。おだやかに願いますよ。いま誰かが」フィリップ・フィリッポビッチは自分の話に酔ったようだ。「私をひざまずかせて鞭打って罰してくれるならば、私はそいつに五〇ルーブルやりますよ……『♪セビリアからグラナダまで……♪』。悪魔よ、私をさらってくれ！　私は五年間かけてたくさんの脳下垂体を摘出して、じっくりと研究してきました……。そしてあなたもご存知のように大きな仕事をやってきたつもりです。想像を絶する仕事ですよ。だが、私は今になって疑問を突きつけられている。なんのためにという疑問をね。ある晴れた日にかわいい犬から身の毛もよだつような人間のくずをつくり出すためだったのかってね」

「何か想定外のことがあったと思いますが……」

「その通りです。こういうことですよ、先生。研究者が自然の摂理に従って手探りで研究を進める代わりに、力ずくで問題をこじ開けて秘密のベールをはぎ取ってしまうとどうなるかということです。開けてびっくり、シャリコフが出てくるのです。それも、どろどろの汚物にまみれたシャリコフなんです」

「フィリップ・フィリッポビッチ、では、クリム・チュグンキンではなくてスピノザ[87]の脳だったらどうなったのでしょうか？」

「もちろん」フィリップ・フィリッポビッチが叫んだ。「まったく違う結果になったでしょう。私の手元が狂ってかわいそうな犬をメスで殺してしまわなければの話ですがね。もっとも最高レベルの手術だったことは、あなたがご覧になった通りです。要するに、この私、フィリップ・プレオブラジェンスキーが手がけた手術のなかで最もむずかしいものでしたよ。そうです、スピノザやそのほかの偉人の脳下垂体を移植して、犬から非常に高度な存在をつくり出すことはできます。でも、問題は、いったい何のために《どの悪魔のために》それをやる必要があるのかということにあるのです。いいですか、説明して下さい。いったい何のために人為的にスピノザを製造する意味があるのですか？　女性ならば誰でも、いつでも、スピノザを生めるのです……。マダム・ロモノソワはホルモゴルイ市[88]で偉大な息子ミハイル・ロモノソフ[89]を生んだんです。先生、人類は誰にも言われずにこの問題に取り組んで、少しずつ漸進的に、多数のろくでなしの中から地球を彩る数十人の天才を毎年着実に生み出してきているんです。先生、シャリコフのカルテの中で先生が書かれた結論になぜ私が賛成しないか、今はもうおわかりですよね。あなたが絶讃しておられる私の発見なんて、悪魔に食べさせちゃえばいいんです。だって、一文の値打ちもないのですからね……いいえ、ボルメンターリ先生、反論なさらないで下さい。私はすでにすべてを理解しました。あなたがよくご存知の通り、私はいいかげんなことを言う人間ではありません。理論的には興味深い研究ですよ。生理学者は熱狂するでしょう……モスクワ中が大騒ぎするでしょう……でも、実際面の成果は？　われわれの前にいる人間をよく見て下さい」、フィリップ・フィリッポビッチはシャリコフが寝ている診察室を指さした。

「どうしようもないろくでなしですな」

「では、そのろくでなしとはそもそも何者か？　クリムですよ、クリム」フィリップ・フィリッポビッチが叫んだ。「クリム・チュグンキンです！」。ボルメンターリは口をぽかんと開けた。「そのクリムが何者かはご存知ですよね？　前科二犯、アルコール中毒患者、『全部かき集めて山分けする』男、帽子と二〇ルーブルを盗む恥知らずの豚野郎（フィリップ・フィリッポビッチはこのとき記念に贈呈された大切なステッキを思い出して怒りで真っ赤になった）……あのステッキは必ず見つけ出しますよ……要するに、脳下垂体という器官は、それぞれの人間の個性を決定するブラックボックスなんです。それぞれの人間の個性をね。『♪セビリアから、グラナダまで……♪』」フィリップ・フィリッポビッチは凶暴な目をキョロキョロまわしながら叫んだ。「人類全体に共通の何かを決定するものではありません。つまりそれ自身が各人の個性そのものともいうべき脳のミニチュアなんです。私にはまったく必要がないから、すべての豚野郎にくれてやればいいものです。私が研究しているのはまったく別のことですからね。それは優生学であり、人類という種の、人類全体の改良です。ですから私は、すべての人に共通する特性に関することがらとして、若返りに取り組んでいるのです。あなたは私がお金のためにやっているとお考えではないでしょうね？　私はあくまで研究者です……」

「先生は偉大な研究者です。間違いありません」ボルメンターリはコニャックを飲みながら言った。目が血走っている。

「私は二年前に初めて脳下垂体から性ホルモン・エキスを抽出しました。それ以来、小さな実験をやってみたかったのです。そしてようやく希望がかなえられたと思ったら、脳下垂体の中のホルモンに代わって、おお神様、とんでもないものが出てきてしまいました……。先生、重い絶望が私にのしかかっています。私は正直、道に迷ってしまいました」

ボルメンターリは突然袖をまくり上げ、両目を中に寄せて言った。

「それではですね、親愛なる先生、あなたがおやりにならないのであれば、私が自分の責任でやつにヒ素を飲ませます。私の父親が捜査官だったなどということはどうでもいいことです。それに、結局のところ、あの男は先生の実験で生まれた存在じゃないですか」

フィリップ・フィリッポビッチは生気を失って肘掛け椅子の上に崩れてぐにゃっとなって言った。

「だめです。私の教え子にそんなことはさせませんよ。私は六〇歳の人間として、あなたに忠告しておきます。相手がどこの誰であれ、罪を犯してはいけません。死ぬまで手を汚してはいけません」

「けれどもですね、フィリップ・フィリッポビッチ、シュボンデルがシャリコフをこのまま教育していくと、シャリコフはどうなるのでしょうか？　……おお、神様、私はようやく理解しはじめたようです。シャリコフから何ができあがるかを！」

「そうですか、ようやくわかっていただけましたか。私は手術の一〇日後[90]には理解していました。さて、そこで最も馬鹿なのはシュボンデルです。シャリコフは私よりもシュボンデルにとって危険な存在です。しかしながら、シュボンデルはこのことを理解していません。いま彼は機会あればシャリコフをけしかけて私とけんかさせようとしていますが、もし誰かがシャリコフの攻撃の矛先をシュボンデルに向かわせるとどうなるか？　シュボンデルにはほとんど何も残らなくなるのです。しかし、シュボンデルはそのことに気づいていないのです」

「もちろんです、ネコを追いかける件だけでよく分かるじゃないですか。シャリコフは犬の心をもった人間ですから」

「いいえ、違います。いいえ、ちーがーいーまーす」フィリップ・フィリッポビッチは言葉をのばして強調した。「先生、あなたは最大の間違いを犯していますよ。お願いですから、犬を軽蔑しないで下さい。ネコを追いかけるのは一時的なことです…。しつけ次第で二〜三週間でおさまる問題です。請け合いますが、さらにひと月もすればネコに跳びかかることはなくなります」

「ではなぜ今ネコを追いかけるのですか？」

「ボルメンターリ先生、これは初歩的な問題ですよ。先生がこんなことをお尋ねになるとは驚きですな。脳下垂体はどこか空中に浮かんでいるわけではありません。犬の脳に移植されたのです。落ち着くまで待つしかありません。今シャリコフが猫を相手に見せている行為は、すでに犬の習性の残りかすなのです。そして、ご理解下さい。ネコを追いかけることは、いま彼がやっているいろいろの行為のなかで最良の行為なんです。いいですか、戦慄のすべては、彼の心がすでに犬の心ではなく、正真正銘の人の心であるということにあります。それも自然に存在するすべてのもののなかで最も汚らわしい心なんです」

極度に興奮したボルメンターリはこぶしを強く握りしめて、肩を軽く動かして言った。

「その通りですね。よし、私はあの男を殺します」

「禁止します」フィリップ・フィリッポビッチがきっぱりと言った。

「いや、お許し下さい……」

フィリップ・フィリッポビッチは急にあたりを警戒して唇に指をあてた。

「ちょっと待って下さい……足音がしたようですので……」

二人は耳をすませたが家の中は静まりかえっていた。

「空耳でしたな」フィリップ・フィリッポビッチはそう言うと、夢中になってドイツ語で話し始めた。ただし、「刑事犯罪」というロシア語の言葉が何度か聞こえてきた。

「しばらくお待ち下さい……」今度はボルメンターリが突然警戒して耳をすませてドアに近づいた。

足音がはっきりと聞こえた。しかも執務室にやってくる。さらにぶつぶつ言う声も聞こえる。ボルメンターリはドアを開け放った。そして、目の前の光景に驚いて一歩跳び退いた。フィリップ・フィリッポビッチもびっくりして肘掛け椅子に釘付けになった。

明るい証明に照らし出された廊下がちょうどカンバスのように四角形を形作っていて、その真ん中にネグリジェ一枚のダリヤ・ペトロブナが立ちはだかっている。その顔は戦闘意欲満々で真っ赤に燃えている。フィリップ・フィリッポビッチとボルメンターリは彼女の絶大なパワーに圧倒されてしまった。恐怖にかられた二人には、ダリヤ・ペトロブナが全裸に見えた。彼女は両手で何かを引きずっている。その何かは突っ張って、尻を床につけて、毛むくじゃらの短い脚を床板にばたつかせている。何かというのはもちろんシャリコフだ。シャツ一枚の彼は完全に狼狽した状態で、まだ酔いが残っていて、髪が振り乱れている。

大柄で半裸のダリヤ・ペトロブナはまるでジャガイモを入れた袋を扱うようにシャリコフを揺すってこう言った。

「フィリップ・フィリッポビッチ、ご覧下さい、夜這いをかけてきたテレグラフ・テレグラフォビッチです。[91]私は離婚経験者だからいいけれど、ジーナはまったくの生娘ですよ。よかったわ、先に目が覚めたのが私で」

ダリヤ・ペトロブナはこう言うと、羞恥心を取り戻してキャッと叫び、両手で胸をかくしてあわてて自分の部屋に戻って行った。

「ダリヤ・ペトロブナ、どうかお許し下さい」真っ赤になったフィリップ・フィリッポビッチがわれに返ってこう叫んだ。

ボルメンターリが腕まくりした腕をさらに上までまくり、シャリコフに近づいた。フィリップ・フィリッポビッチはボルメンターリの目を見て恐怖を感じた。

「だめです、ボルメンターリ先生。やめなさい……」

ボルメンターリはシャリコフの襟首を右手でつかまえて揺すりながら首を絞めた。シャリコフの背中でシャツが破け、のど元のボタンがちぎれた。

フィリップ・フィリッポビッチはボルメンターリを制するために突進し、強い握力のボルメンターリの手からぐったりしたシャリコフを引き離そうとした。

「なぐる権利なんてないはずだ」絞め殺されそうになったシャリコフがお尻を床につけて叫んだ。少しずつ酔いがさめてきているらしい。

「ボルメンターリ先生、だめです！」フィリップ・フィリッポビッチが怒鳴った。

ボルメンターリはわれに返ってシャリコフから手を放した。シャリコフはすぐにすすり泣きをはじめた。

「ようし、仕方ない」ボルメンターリがしゃがれ声で言った。「朝まで待とう。こいつの酔いが覚めたら、お仕置きしてやる」

ボルメンターリはシャリコフを小わきに抱え、二人の寝室である待合室にひきずって行った。

シャリコフは抵抗してボルメンターリを蹴ろうとしたが、足がいうことをきかなかった。

フィリップ・フィリッポビッチは瑠璃色のガウンの裾を広げて床の上で両足をぎこちなく開き、神に祈るように天井の電灯を見上げて両手を掲げるとこう言った。

「やれやれ、困ったものだ」

IX

ボルメンターリ医師が翌朝予定していたお仕置きは実現しなかった。シャリコフが失踪したからである。ボルメンターリは怒り心頭に達し、玄関の鍵を隠しておかなかった自分をまぬけ《ロバ》とののしり、シャリコフなんかバスにひかれて死んでしまえばいい、と叫んだ。フィリップ・フィリッポビッチは執務室にいて、髪の毛に指を突っ込んで言った。

「街で大変なことが起きると思いますよ。ああ、想像しただけで恐ろしい。『♪セ、ビ、リ、ア、か、ら、グ、ラ、ナ、ダ、ま、で、……♪』、おお神様……」

「ひょっとするとまだ住宅委員会にいるかも知れないな」なにかにとりつかれたようなボルメンターリはこう言って家を飛び出した。

ボルメンターリは住宅委員会でシュボンデル委員長と口論した。そのあとでシュボンデルは、おれはプレオブラジェンスキー教授のガキのお守《も》りじゃないし、そのガキときたらひどいろくでなしで、きのう生協店で教科書を買うと言って住宅委員会から七ルーブルひったくっていきやがったと叫びながら、ハモブニキ（麻織職人）区[92]人民裁判所宛に告訴状を書きはじめた。

ドアマンのフョードルはフィリップ・フィリッポビッチから三ルーブルもらって建物内をくまなく探したが、シャリコフの痕跡は見つけられなかった。

唯一判明したのは、シャリコフが明け方にコート、襟巻き、鳥打ち帽という格好で、食堂の食器棚から失敬したナナカマド酒の瓶、ボルメンターリの手袋、そして本人のすべての書類を持って出ていったことだった。ダリヤ・ペトロブナとジーナは欣喜雀躍し、シャリコフが戻ってこなければいいのにと言った。なんとシャリコフは昨日ダリヤ・ペトロブナから三ルーブル五〇コペイカ借りていたのである。

「貸したあなたが悪いんです。お金が返ってこなくても自業自得ですよ」フィリップ・フィリッポビッチはこぶしを震わせて叫んだ。

その日は終日、患者からかかってきた電話への対応に追われた。翌日も電話は鳴り止まなかった。二人の医師は異常なほど多い数の患者を診察した。三日目、二人は執務室でシャリコフの捜索願を警察に提出するかどうか話し合った。

そして、二人が「警察」という言葉を口にするやいなや、オーブホフ横町の物静かな通りにトラックのエンジン音が鳴り響き、窓ガラスが震えた。次に自信たっぷりの調子で玄関の呼び鈴が鳴り、ポリグラフ・ポリグラフォビッチ・シャリコフが玄関ホールに登場した。フィリップ・フィリッポビッチとボルメンターリがシャリコフを出迎えた。シャリコフは異常なほど高慢な態度で完全に沈黙したまま入ってきて、鳥打ち帽を脱ぎ、コートをコート掛けに吊した。コートの下の服装が様変わりしていた。肩幅が合わない革のジャンパー、すり切れた皮のズボン、ひざまで紐がある英国式のブーツという出で立ちだ。強烈な猫の匂いが玄関のすみずみまで広がった。フィリップ・フィリッポビッチとボルメンターリは鴨居の下で立ったまま腕組みした格好で、シャリコフの第一声を待った。シャリコフは固い髪を整えると咳をして、周りを見回した。堅苦しい態度はやめましょうとジェスチャーで言っている。自分の狼狽ぶりを隠そうとしているのは見え見えだ。

結局、シャリコフが口を開いた。

「フィリップ・フィリッポビッチ、おれは役職についたよ」

二人の医師は喉の奥でなにか分からない乾いた音を発し、ビクッと震えた。最初にわれに返ったのはフィリップ・フィリッポビッチだった。手を出して言った。

「書類を出しなさい」

その書類にはタイプライターで「本状を提示する同志ポリグラフ・ポリグラフォビッチは、モスクワ公共事業局野良ネコ等駆除課長である。以上証明する」と書かれていた。

「そうですか」フィリップ・フィリッポビッチが苦しげに言った。「誰の推薦ですか？　いや、聞くまでもないな……」

「そうさ、シュボンデルだよ」シャリコフが答えた。

「質問させて下さい。なぜいやな臭いがするのですか？」

シャリコフは心配そうにジャンパーの臭いを嗅いでから言った。

「そうさ、臭うだろうよ。当然さ。職業がらやむを得ない。昨日は一日中ネコを絞め殺していたんだぜ」

フィリップ・フィリッポビッチはびっくりしてボルメンターリをチラと見た。ボルメンターリの目は、まるで至近距離のシャリコフに狙いをつけた黒い水平二連銃の銃口のようだった。ボルメンターリは何も言わずにシャリコフに近づき、たやすく喉をつかみ、しっかりと抑えた。

「助けてくれー」シャリコフが真っ青になって叫んだ。

「ボルメンターリ先生、どうするおつもりですか？」フィリップ・フィリッポビッチが聞いた。

「愚かなことはしませんのでご心配なく、フィリップ・フィリッポビッチ」ボルメンターリは落ち着いた声でこう言うと「ジーナ！　ダリヤ・ペトロブナ！　来てください」と大声で呼んだ。

二人が玄関ホールにやって来た。

「さあ、私の言葉を繰り返しなさい」ボルメンターリはこう言って、シャリコフの喉をコート掛けにかかっている外套に押しつけた。「許してください……」

「分ったよ、繰り返すよ」シャリコフは完敗を認めたふりをしてかすれた声で言い、不意に息を吸い込むと大声で「助けてくれ！」と叫ぼうとした。だが叫び声は出てこなかった。ボルメンターリがシャリコフの頭を外套にうずめたからである。

「ボルメンターリ先生、お願いですから……」フィリップ・フィリッポビッチが心配して叫んだ。

シャリコフは外套にうずめられた頭を縦に何度か振って、言われた通りにします、ボルメンターリの言葉を復唱します、と意志表示した。

ボルメンターリがシャリコフに言わせる言葉を叫んだ。「どうかお許しください。尊敬するダリヤ・ペトロブナとジナイーダ……」ボルメンターリはここでジーナの父称が出てこなくて、口ごもった［ボルメンターリはジナイーダ（ジーナの正式名）の父称を知らなかった。父称を使う改まった呼び方を歳下のジーナにしたことがなかったからである］。

「プロコフィエブナです」ジーナがあわててささやいた。

「プロコフィエブナ……」シャリコフが呼吸を詰まらせながら、しゃがれ声でボルメンターリの言葉を復唱した。

「……私は……」

「……私は……」

「……夜中に酔っ払って恥ずべき行為をしてしまいました……」

「……酔っ払って……」

「二度としません……」

「しません……」

「放して、放してやって。ボルメンターリ先生」二人の女性が声を揃えて嘆願した。「絞め殺さないで下さい」

ボルメンターリはシャリコフを放して言った。

「トラックを待たせておく必要があるかな？」

「ないよ」シャリコフが従順に答えた。「おれを送ってきただけさ……」

「ジーナ、トラックを帰しなさい。さて、シャリコフ、これから言うことをよく聞きなさい。あなたはフィリップ・フィリッポビッチの家に戻ってきたんですね？」

「ほかに帰るところがあるとでも言うのかい」シャリコフが目をキョロキョロさせておどおどと答えた。

「よろしい。ここに居たいのであれば、波風を立てずにおとなしく暮らしなさい。そうでないと、なにかしでかすたびに私がお仕置きするよ。分かったね？」

「分かったよ」シャリコフが答えた。

フィリップ・フィリッポビッチはシャリコフに暴力が加えられている間ずっと黙っていた。いま彼は鴨居のところでなにかさびしげに縮こまり、爪を噛み、床を見つめている。そして突然目をシャリコフに向け、こもった声で機械的に聞いた。

「そいつらを、つまり、殺したネコをどう処分しているのかね？」

「外套《ゲートー》に使うんだよ」シャリコフが答えた。「リスの襟の外套だと言って、労働者に月賦で売るのさ[93]」

このあと家は静かになった。そして二日間この静寂が続いた。

朝シャリコフはやかましい音を立てるトラックで家を出て行き、夜戻って来て、フィリップ・フィリッポビッチ、ボルメンターリと一緒に静かに夕食を取った。

ボルメンターリとシャリコフは待合室で一緒に寝起きしていたが、この間ひとことも言葉を交わさなかったので、ボルメンターリが先に退屈してしまったほどだった。

三日目の夜、やせて、アイラインを引き、クリーム色のストッキングをはいた令嬢が家に現れた。すり切れたコートを着た彼女は、豪華なアパートを見て面食らっている。そしてシャリコフに続いて玄関ホールに入ってきたところでフィリップ・フィリッポビッチと鉢合わせした。

フィリップ・フィリッポビッチはあっけにとられ、立ち止まり、眼を細めて聞いた。

「どちら様でしょうか?」

「おれらは結婚登録するんだ。うちのタイピストだよ。おれと一緒に住むことになる。ボルメンターリには自分のアパートがあるんだから、待合室から出ていってもらうぜ」シャリコフが敵意丸出しで不機嫌に説明した。

フィリップ・フィリッポビッチはまばたきし、ちょっと考えると、真っ赤に顔を染めた女性を見つめながら、大変丁寧な言葉で彼女に声をかけた。

「お願いです。ちょっとの時間で結構ですので私の執務室に来ていただけませんか」

「おれも一緒に行く」シャリコフが早口で不安そうに言った。

このとき毅然たるボルメンターリが地から湧き出たように登場した。

「失礼、フィリップ・フィリッポビッチがお話ししている間、あなたは私と一緒にここにいなさい」

「いやだよ」シャリコフは憎々しげに言って、不安から顔をいっそう赤くした女とフィリップ・フィリッポビッチの後をついて行こうとした。

「駄目です」ボルメンターリはシャリコフの手首をつかんで診察室に引っぱって行った。

およそ五分間の静寂の後で、突然女のこもったすすり泣きの声が執務室から聞こえてきた。

フィリップ・フィリッポビッチはデスクの前に立っている。女はデスクのわきの椅子に坐って、汚れたレースのハンカチを握りしめて泣いている。

「あのろくでなしが言ったんです、おれは戦争で負傷したって」女が号泣した。

「作り話です」フィリップ・フィリッポビッチがきっぱりと言い、首を横に振ってから続けた。「あなたのことは心からかわいそうだと思います。でも、地位を悪用されたとしてもこうなるのはいけませんな、それも初対面で……お嬢さん、これはやってはいけないことです……そういうことなら、これを使いなさい……」

フィリップ・フィリッポビッチはデスクの引き出しを開けて三〇ルーブル取り出した。

「私は毒を飲んで死んでしまいたい」女が泣いた。「食堂では毎日塩漬け肉ばかり……あの人は脅すんです、おれは赤軍の指揮官だって……ぜいたくな家に住めるようにしてやる、毎日パイナップルを食べさせてやるって言ったんです……おれはネコを憎んでいるだけで、精神状態は正常だって……記念によこせと言われて、指輪を取られてしまいました」

「いやはや、いやはや、精神状態は正常……ですか。『♪セビリア、からグラ、ナダまで……♪』」フィリップ・フィリッポビッチがぶつぶつと言った。「辛抱が必要です。あなたはまだお若いんだから……」

「トンネル通路でひろわれた犬だなんて、思いもよりませんでした」

「お金をしまいなさい。やると言っているのだから受け取りなさい。貸してあげるんです……」フィリップ・フィリッポビッチが吠えた。

次にドアが盛大な式典のように大きく開いて、フィリップ・フィリッポビッチに指示されたボルメンターリがシャリコフを連れて入ってきた。シャリコフの目はきょろきょろし、頭の毛はブラシのように逆立っている。

「恥知らず！」女が宣告した。泣きはらした目のふちが黒く汚れ、鼻が縞模様に塗られている。

「ひたいの傷跡の由来をこのご婦人に説明しなさい」フィリップ・フィリッポビッチがわざとらしく聞いた。

シャリコフは一か八かの大勝負に出た。

「コルチャク軍[94]との戦闘で負傷したんだ」、シャリコフが言った。女は立ち上がり、号泣して出て行こうとした。

「待ちなさい！」フィリップ・フィリッポビッチが彼女に叫んだ。「ちょっと待って」次にシャリコフに向かって言った。「指輪を返しなさい」

シャリコフはおとなしく自分の指から指輪を外した。中が空洞になったふくらみのあるパフ型指輪で小さなエメラルドがついている。

「そうかい、分かったよ」彼が突然毒々しく言った。「いいか、覚えとけよ。おまえは明日首だ」

「この男についてはご心配なく」ボルメンターリがすぐに女に向かって言った。「こいつには何もさせませんから」次にボルメンターリはシャリコフの方に向き直ってにらみつけた。シャリコフは後ずさりし、音を立てて戸棚にぶつかった。

「この女《ひと》の苗字は？」ボルメンターリがシャリコフに聞き、突然「苗字だ！」と荒々しく凶暴に怒鳴った。

「ワスネツォワだ」シャリコフがなんとか逃げ出す方法はないだろうかと目で探しながら答えた。

「いいかね、私自身が毎日」ボルメンターリはシャリコフのジャンパーの襟をつかんで宣告した。「駆除課に問い合わせて、ワスネツォワさんが解雇されていないかどうか、毎日チェックするぞ。そして解雇されたことが分かれば、その場でこの手でお前を撃ち殺す。いいか、気をつけろよ、シャリコフ、本気《ロシア語で話しているん》だぞ！」

シャリコフはボルメンターリの顔をじっと見つめた。

「こっちだって銃ぐらい用意できるさ……」シャリコフはぼそっと言ったが、声は弱かった。そして不意にチャンスを逃すものかとドアに向かって突進して出て行った。

「気をつけろよ！」ボルメンターリの叫び声がシャリコフの後姿を追いかけて響いた。

その日の夜から翌日の昼まで黒雲がこの家を覆った。黒雲は雷雨を予告していたが、誰も何も言わなかった。翌朝、シャリコフは、なにかいやな予感と重苦しい気分を抱いたまま、いつものようにトラックで出勤して行った。そして診察時間を大きくずれていたにもかかわらず、フィリップ・フィリッポビッチはある患者を受け入れた。太っていて上背もある男性で昔からの患者だ。軍服を着ている。面談はこの患者が強く希望したので実現した。患者は執務室に入ってくると、かかとを打ち合わせて気をつけの姿勢で丁重に挨拶した。

「どうしました、痛みがぶり返したのですか?」憔悴しきった様子のフィリップ・フィリッポビッチが言った。「どうぞ、お坐り下さい」

「ありがとうございます《メルシー》。いいえ、痛みはありません、先生」患者は制帽をデスクの端において答えた。「いろいろとありがとうございます。実は、フィリップ・フィリッポビッチ、本日は別件でお話ししたいことがありまして……先生に敬意を抱きつつ……うーん、警告しておくべきかと……たわごとで明らかに根拠のない話だとは思いますが、あのろくでなしが……」

患者は書類カバンに手を入れて書類を取り出した。

「幸いなことに、報告が直接私のところに上がってきましたので……」

フィリップ・フィリッポビッチは鼻眼鏡を上げて書類を読みはじめた。そして長時間かけてぼそぼそと声を上げて読んだ。彼の表情は一秒ごとに激しく変化した。

《……そのうえ住宅委員長のシュボンデル同志を殺すぞと脅しており、したがって間違いなく銃を所持している。それに反革命的な演説をして、なんとまあエンゲルスをかまどで焼けと自分の社会主《ソツィ》義的《アル》小間使い[95]のジナイーダ・プロコフィエワ・ブーニナに命令した。これはもう明らかにメンシェビキ[96]だ。こいつの助手で、登録せずにひそかに同居させているボルメンターリ、イワン・アルノルドフも仲間だ。署名——П《ペー》・П《ペー》・シャリコフ駆除課長。署名を認証する——住宅委員長シュボンデル、書記ペストルーヒン》

「この書類をいただいてもよろしいですかな?」フィリップ・フィリッポビッチが顔に赤い斑点を浮かべながら聞いた。「それとも、失礼、ひょっとすると、事件を法律に基づいて処理なさるのでこの書類が必要というわけですか?」

「失礼ですが、先生」患者は大変怒った様子で鼻孔を広げて言った。「先生はわれわれをとことん軽蔑してらっしゃるようですな。私としては……」ここで彼はオスの七面鳥のようにプーッとふくれた。

「いや、申し訳ない、お許し下さい」フィリップ・フィリッポビッチがもごもごと言った。「ごめんなさい、あなたを怒らせる意図など毛頭ありませんので」

「当方だってこういう文書の取り扱い方くらい心得ていますよ、フィリップ・フィリッポビッチ」

「あなた、どうか怒らないで下さい。彼にはひどい目にあっているものですから……」

「分かりますよ」患者は怒りを静めたようで穏やかに言った。「それにしてもひどいくず野郎ですな。一目見てみたくなりました。あなた方に関するわけの分からぬうわさ話がモスクワ中に広まっていますのでね」

フィリップ・フィリッポビッチはがっくりしてただ手を振っただけだった。ここで患者は、フィリップ・フィリッポビッチが猫背になり、最近になって白髪が増えたように見えることに気づいた。

＊＊＊

犯罪が成熟して、石ころみたいに落下してきた。まあ、よくあることだ。シャリコフは落ち着かない気分のままトラックに乗って帰宅した。フィリップ・フィリッポビッチは診察室から声を掛けて、診察室に来るように言った。驚いたシャリコフはやって来て、得体の知れない恐怖を抱きながら、まるで銃口のような眼光のボルメンターリの顔を見て、次にフィリップ・フィリッポビッチを見た。ボルメンターリの周りには黒雲が垂れ込めている。口付きタバコを持った彼の左手は、ピカピカの産科医用椅子の肘掛けの上でぴくぴく震えていた。

フィリップ・フィリッポビッチは穏やかながら不吉な響きを込めてこう言った。

「いますぐ持ち物をまとめなさい。ズボン、コート、あなたが必要とするすべてのものを持って、この家から出て行きなさい」

「なぜ?」シャリコフは心の底から驚いていた。

「この家から出て行きなさい、今日中に」フィリップ・フィリッポビッチが目を細めて自分の爪を見ながら、単調に繰り返した。

なにかの悪霊がシャリコフにとりついた。すべてが明らかだった。破滅が彼を待ち伏せていて、不幸が彼の背後に迫っている。死神から逃れるすべはなかった。それにもかかわらず、シャリコフは、自分から死神のふところに飛び込むように、悪意を込めてぶっきらぼうに叫んだ。

「一体全体、これは何だ。あんたらを抑える方法をおれが知らないとでも思ってるな? おれは一六平方アルシンに住む権利を持っているのだぞ。どこにも行くものか」

「ここから出て行きなさい」フィリップ・フィリッポビッチが抑えた声でつぶやくように言った。

シャリコフは自分から死を招き寄せた。彼は左手を掲げ、我慢できないネコの臭いを振りまきながら、ネコに引っかかれた傷だらけの手で、親指を人差し指と中指の間にはさむ軽蔑のこぶしをつくって、フィリップ・フィリッポビッチに突き出した〔このこぶしはあかんべえ、軽蔑を意志表示するもの。非常に失礼なしぐさだが、日本と異なり、卑猥な意味はない〕。次に右手でポケットからリボルバー拳銃を取り出し、危険なボルメンターリに狙いを定めようとした。ボルメンターリの口付きタバコが流星のように流れて落ちた。数秒後、フィリップ・フィリッポビッチは恐怖に震えながら、片手に麻酔薬を握りしめ、ガラスの破片が飛び散っている床の上を戸棚のところからソファーベッドに向かって跳び移った。シャリコフ駆除課長はソファーベッドの上に仰向けに倒れて苦しそうにゼーゼーあえいでいる。ボルメンターリが彼の胸に馬乗りになって白色の小さなクッションで顔面をおさえつけていた。

数分後、ボルメンターリは普段とまったく異なる形相で玄関ドアを開け、ドアの外にある呼び鈴ボタンのわきに次のようなお知らせを貼り出した。

《プレオブラジェンスキー教授体調不良のため、本日の診察は中止します。呼び鈴を鳴らさないでください》

ボルメンターリはピカピカ光るペンナイフで呼び鈴の回線を切断し、鏡をのぞき込んで、ひっかかれて血が出ている自分の顔と傷だらけで細かく震えている両手をながめた。次に炊事場のドアのところにやって来ると、心配しているジーナとダリヤ・ペトロブナに言った。

「フィリップ・フィリッポビッチからのお願いです。今日はどこにも外出しないでください」

「分かりました」、ジーナとダリヤ・ペトロブナはおどおどして答えた。

「裏口のドアに鍵をかけます。その鍵は私が管理します」ボルメンターリはドアのかげに隠れるようにしながら、なおかつ傷だらけの顔を手で隠してこう言った。「ちょっとのあいだだけです。これはお二人を信用しないからではありません。誰かがやって来るとお二人は我慢できずに、ドアを開けてしまうでしょう。でも、われわれにはやるべきことがあります。誰にも邪魔されたくないのです」

「分かりました」二人はこう答えて、すぐに真っ青になった。

ボルメンターリは裏口のドアに鍵をかけ、鍵を取り去った。次に、玄関に鍵をかけ、さらに玄関ホールから廊下に出るところのドアにも鍵をかけた。そして彼の足音は診察室で消えた。

静寂が家を包み、家の隅々に忍び込んだ。忌まわしく不安な薄闇が広がった。そして、完璧な暗闇がやって来た。

もっとも、中庭をはさんだ建物の住民がその後話してくれたところでは、中庭に面している診察室の電灯はすべて点灯していたという。さらに、病気のはずのフィリップ・フィリッポビッチが白い帽子をかぶって動き回っているのが窓越しに見えたというのだ……。確認は難しい。一方、すべてが落ち着いてからジーナはこうおしゃべりしている——ボルメンターリ先生とフィリップ・フィリッポビッチが診察室から出てきた後で、私はボルメンターリ先生を見て死ぬほど恐ろしい思いを味わいました。ボルメンターリ先生はそのとき執務室でしゃがんで自分のノートを暖炉で燃やしていました。患者たちのカルテが入っているファイルのなかにあった青い表紙のノートです。ボルメンターリ先生の顔面は蒼白で、顔中に細かなひっかき傷がついていました。フィリップ・フィリッポビッチもいつもの先生らしくありませんでした。それにね、まだあるんですよ……——ストップ！　プレチスチェンカ通りに住む年若い無邪気な女性が口から出まかせを言っているようなので、ここでやめておく……。

請け合えるのは、この夜この家が完全な、恐ろしい静寂に包まれていたことだけである。

中篇小説終わり

エピローグ

オーブホフ横町にあるプレオブラジェンスキー教授の住宅兼診療所。その診察室で激闘が繰り広げられてから一〇日経った真夜中、玄関の呼び鈴が突如鳴り響いた。ドアの向こう側の声を聞いたジーナは震え上がった。

「刑事警察と捜査員だ。ドアを開けなさい」

あわただしい足音が次々とドアの前までやってきて、ついに中に入ってきた。照明が点いた待合室。戸棚には元通りガラスがはめられていて、その前に大勢の人間があふれている。制服警官二名、書類カバンを持った黒いコートの男、意地悪い笑みを浮かべた青白いシュボンデル住宅委員長、男装した女性、ドアマンのフョードル、ジーナ、ダリヤ・ペトロブナ、そして着替えが間に合わずにネクタイを締めていない喉元を恥ずかしそうに隠しているボルメンターリ。

フィリップ・フィリッポビッチが執務室側のドアを開けて待合室に入ってきた。おなじみの瑠璃色のガウンをはおっての登場だが、全員がすぐに気づいた変化があった。この一週間にかなり太ったのである。かつてのように威圧的でエネルギッシュになったフィリップ・フィリッポビッチが、深夜の来訪者たちの前に貫禄十分に立ちはだかり、寝間着姿で失礼しますよ、と言った。

「どうぞお気づかいなく、先生」背広の上に黒いコートを着た男が恐縮した様子で言った。彼は次にちょっと口ごもってからこう述べた。「不愉快きわまりないことですが……先生のお住まいに捜査令状が出ています」男はフィリップ・フィリッポビッチの口ひげをチラと見てから続けた。「この令状は捜査の結果次第で逮捕状にもなります」

フィリップ・フィリッポビッチは目を細めて聞いた。

「罪状をお聞かせ願えますかな。それと被疑者は誰ですか？」

男はほおをかいてためらいを表現し、書類カバンから取り出した書類を読み上げた。

「プレオブラジェンスキー、ボルメンターリ、ジナイーダ・ブーニナ、ダリヤ・イワノワに対するポリグラフ・ポリグラフォビッチ・シャリコフ・モスクワ公共事業局野良ネコ等駆除課長殺害容疑です」

彼の最後の言葉は、大声を上げて泣き出したジーナの泣き声でかき消された。動揺が広まった。

「まったく分かりませんな」フィリップ・フィリッポビッチが王様のように肩を揺すって言った。「シャリコフとは何者ですか？　いや、失礼、私の犬のことですな……私が手術したあの犬ですね？」

「先生、失礼ですが、犬ではありません。問題になっているのは、すでに人間になっていたときの彼です。だから大事件なんです」

「言葉をしゃべったから人間だと言うのですか？」フィリップ・フィリッポビッチが聞いた。「言葉は決め手ではないんですがね。まあ、それは重要ではありません。シャリクなら今もいます。誰もあいつを殺してなんかいませんよ」

「先生」黒いコートを着た男が大いに驚いた様子で眉を上げて話し始めた。「それでしたら、彼を見せて下さい。一〇日間行方不明ですよ。これは、失礼ですが、大変不吉な状況ですぞ」

「ボルメンターリ先生、シャリクを連れてきて、捜査官にお見せしてください」、フィリップ・フィリッポビッチが令状を手にしながら指示した。

ボルメンターリ医師は皮肉っぽい笑みを浮かべて出て行った。

彼はじきに戻ってきてサーカスの曲芸師のように口笛を吹いた。彼に続いて奇妙な犬が執務室のドアから入ってきた。毛がまだらに生えている。ボルメンターリと同じように二本脚で歩いて入ってきたが、すぐに四つ這いになり、周りを見回した。納骨堂の静けさが待合室を包み、ゼリーのように固まった。ひたいに生々しい傷跡を残した悪夢そのものの犬は再び二本脚で立ち上がり、ニコッと笑うと今度は肘掛け椅子に腰を下ろした。

二人いる警官のうちの後ろにいた警官が突然大きく十字を切って後ずさりしてジーナの両足を踏んでしまった。

黒いコートの男は開いた口を閉じる間もなくこう言った。

「これは、いったい……こんな犬がどうやって駆除課に勤務していたんですか……」

「任命したのは私じゃありません」フィリップ・フィリッポビッチが答えた。「シュボンデル氏が就職を斡旋したのですよね、違いますか」

「何が何だかまったく分かりませんな」黒いコートの男が狼狽して言い、もう一人の警官に聞いた。

「これが彼ですか？」

「彼です」聞かれた警官がほとんど聞こえないような枯れた声で答えた。「間違いなく彼です」

「こいつだよ」、ドアマンのフョードルが言った。「ただし、下司野郎め、また毛が生えてきやがった」

「以前は言葉をしゃべったんですよね？　……ゴホン、ゴホン……」黒いコートの男がフィリップ・フィリッポビッチに聞いた。

「今でもしゃべりますよ。でも、しゃべる回数がどんどん減っていますので、確かめるなら今のうちですよ。じきに何もしゃべらなくなりますから」

「なぜですか？」、黒いコートの男が聞いた。

フィリップ・フィリッポビッチは肩をすくめた。

「科学はまだけだものを人間に変えられないのです。私もチャレンジしてみましたが、うまくいきませんでした。ご覧の通りですよ。ことばをしゃべったが、またもとに戻り始めてしまった。アタビズム[97]（先祖返り）です！」

「下品な言葉遣い禁止！」椅子に坐っていた犬は突然こう怒鳴り、立ち上がった。

黒いコートの男が急に真っ青になり、書類カバンを落として倒れはじめた。横から警官が、後ろからドアマンのフョードルがそれぞれ倒れこむ男を支えた。大混乱になった。はっきりと聞き取れたのは次の三つの発言だけだった。

フィリップ・フィリッポビッチ――「バレリアン・チンキを持ってきなさい。失神しただけです」

ボルメンターリ医師──「今度シュボンデルがプレオブラジェンスキー教授の家にやって来たら、階段から突き落としてやる」
そしてシュボンデル──「今の言葉を記録に残してくださいよ」

＊＊＊

アコーディオンの蛇腹のような灰色のスチーム暖房用ラジエーターが部屋を暖めている。重いカーテンの向こう側のプレチスチェンカ通りには真っ暗な夜のとばりが降りていて、星は一つしか輝いていない。犬のシャリクにとって最高の存在であり、大切な恵みの父であるフィリップ・フィリッポビッチは肘掛け椅子に坐り、シャリクは革製ソファーのわきの絨毯の上に身体を伸ばして横たわっている。午前中は三月の朝もやのせいで頭が痛かった。頭をぐるっと一回りしている傷跡に沿って痛みが走るのだ。だが夕方になると、暖房のおかげで痛みが治まる。今は気分がやわらぎ、快適だ。甘くて温かい思いが犬の頭の中を流れていく。

《おいらは運がよかったんだ、ついていたんだ》犬はうとうとしながら思った。《言葉では言いようがないほど運がよかったんだ。この家に落ち着けたのだから。おいらの出生には裏があるのだろう。これは絶対に間違いない。ニューファンドランド犬の血が混じってるんだ。おいらのお婆ちゃんが尻軽女だったおかげさ。お婆ちゃん、天国で安らかに眠りなさいな。おいらはお婆ちゃんのおかげでこの家に落ち着けたんだよ。もっとも、なんのためか分からないが、おいらの頭にぐるっと一周切り込みが入っている。でも、よく言うじゃないか、結婚式までにはよくなるよって。つまりじきに治るっ

てことさ。だから、なんのためだろうなんて、おいらたち犬が気にする必要はないのさ》

どこか遠くでガラス瓶がかすかにカチャカチャ鳴っている。かつて犬に足を噛まれたボルメンターリ医師が診察室の戸棚の薬ビンを片付けているのだ。

白髪の魔法使いのようなフィリップ・フィリッポビッチがソファーに坐ったまま口ずさんでいる。

『♪聖なるナイルの岸辺をめざし……♪』

犬は恐ろしい光景を目にした。威厳に満ちたフィリップ・フィリッポビッチはツルツルした手袋をはめた手を容器に入れて、いくつかの脳を一つずつ取り出したり戻したりしている。頑固で容易にあきらめない彼は、容器から取り出した脳から何かを得ようとして、脳に切り込みを入れ、そのたびに結果を見つめ、眼を細めては口ずさんでいる。

『♪聖なるナイルの岸辺をめざし……♪』

終わり

一九二五年一月～三月
モスクワ

訳注

I

1　トンネル通路＝ポドヴォロトニャ подворотня。文字通りの意味は「門（ворота）の下（под）」の空間。研究社露和辞典では「1門の下の隙間。門の下の隙間をふさぐ板。2《口》（壁・塀の）門口、出入り口、通り口。3《口》アパートの玄関口や中庭にたむろしている（不良）青少年」、岩波ロシア語辞典では「1扉［ドア］の下の隙間。2ドアの隙間をふさぐための板。3《口》壁に開けた通路。4《口》（アパートの入口や中庭にたむろしている）不良少年少女」となっている。研究社の2、岩波書店の3が本書のポドヴォロトニャである。つまり《建物の一階の壁をくり抜いて作った構造の「門口」とそれに続く「トンネル通路」》であり、通常、外の通りと建物の中庭とをつないでいる。

モスクワやサンクトペテルブルグの中心街では、大貴族の屋敷などを例外として、門と玄関の間に庭と車寄せなどの空間を設けた建築物は多くない。つまり門がなく、玄関（正面エントランス、第二エントランス）が表通りに直接接している。主人や客はこの玄関を使用した。一方、奉公人たちが利用し、薪や食料品を搬入する裏口は中庭にあるのが普通で、この中庭と通り（裏通りや路地が多い）を結んだのがトンネル通路だった。金持ちの邸宅の場合には門扉があって施錠されているが、集合住宅では錠前がなかったり、そもそも門扉がなかったりした。また、街が発展するにつれて、一つの建物の中庭から隣の建物の中庭へと別のトンネル通路でつながり、さらに三つ目のトンネル通路で別の通りへ抜けるといった具合に、全体が抜け道になっているところもある。トンネル状なので雨露はしのげるが、時には吹雪の通路となる。

京都のトンネル路地に似ているが、京都の場合は建物が二階建てで木製。トンネル部分も木製で低くて狭く、奥行きもあまりない。トンネルの向こうはふつうの路地が続いているか、中庭がある場合でも狭い。これに対してロシアの場合は建物が大きく（四、五階建てが主流）、トンネルの幅、高さ、奥行きもずっと大きい。もちろんトンネルも建物同様に石やレンガでできている。中庭は千差万別だが、広いものが多い。

写真上：https://yadi.sk/a/GX-d-jEj3VmSmY/5af6d39fc19f8a210b9643d6

写真の中と下はYandex.mapsストリートパノラマの写真で、プレチスチェンカ通り二四番地の家（カラブホフの家）とそれにつながる建物（二六番地）のトンネル通路の二〇二一年の写真である。

余談だが、ドストエフスキーの『罪と罰』ではトンネル通路が何度か登場する。とくに主人公ラスコリニコフが高利貸しの老婆を殺害する前後にトンネル通路を通り抜ける場面は、目撃されるのを恐れる主人公の不安感と通り抜けた後の安堵の気持ちを描写するのに欠かせないアイテムとなっている（殺人前に主人公は運よく干し草を積んだ馬車の後ろに隠れてトンネル通路を通過する。殺人後に逃げるときのくだりはこうだ――「階段には誰もいなかった！　門のところにも誰もいなかった。彼は急いで門の中をくぐりぬけると、通りへ出て左へ折れた」工藤精一郎訳、新潮文庫）。この訳では「門のところ」「門の中」がトンネル通路である。日本には存在しない構造物なので、訳者各位は「門内」「門の中」「門の下」などと苦労していて、奥行きのあるトンネル感を出すために「アーケード」を採用している訳者もいる。だが、本来のアーケードが豪華・重厚を演出するアーチ状天井の構造物であるのに対して、ロシアのトンネル通路の天井は必ずしもアーチ状ではなく、さらに華やかさとは無縁の薄暗い、汚れた通路のところが多い。だから野良犬のねぐらとなる。

本書に戻ると、作者ブルガーコフはこのポドヴォロトニャというたった一つの単語で、都会のど真ん中にある薄暗くてすさんだ一角を読者にイメージさせている。江戸時代の「橋の下」、昭和の「ガード下」といった感じである。訳者としては耳慣れない訳語「トンネル通路」で同じ効果が得られるとは思えないので、訳注でこのように説明せざるをえないのである。

2　中央国民経済会議の職員用標準栄養食堂＝中央国民経済会議は官庁の名前。標準栄養食運動

はいかにも社会主義の運動と考えがちだが、もともとは一九世紀後半からあった食生活改善・食餌療法（ダイエット）推進をめざした医療関係者の運動。ここはお役所にある職員用の、味がまずく非衛生的で値段が高い食堂を皮肉ったもの。ただし運動の本来の趣旨を受け継いだ流れは、ダイエット用のコーナーや専用食堂としてその後も継続した。現在のロシアでも少数だがダイエット食堂が存続している。

3　プロレタリア＝広辞苑によると「資本主義社会において、生産手段をもたず、自己の労働力を産業資本家に売って生活する労働者の階級」となっていて、俗には「貧乏人のこと」という説明もある。作者ブルガーコフが、野良犬シャリクや名医プレオブラジェンスキー教授の口を通じて誇張気味に罵倒しているプロレタリアの意味は「貧乏人」に近く、いわゆる「ルンペン・プロレタリアート」（資本主義社会の最下層に位置する浮浪的な極貧層）である。

4　プレチスチェンカ（生神女《しょうしんじょ》）通り＝クレムリンとノボデビチ修道院を結ぶ全長四キロメートル弱の通り。当初この一角を流れていた川の名前からチェルトリスカヤ通りと呼ばれていた。この川の名前の由来には、「なにかの境（チェルター）となっていた川」や「しばしば氾濫や崖崩れする、悪魔（チョルト）が掘った川」など諸説ある。

ノボデビチ修道院は一六世紀初めにスモレンスクがモスクワ大公国に併合されたことを記念して創設された女子修道院。モスクワ川が大きく湾曲する部分にあり、当初は城塞としての役目も果たし、また皇族の婦女の幽閉所や住居でもあった。創設の翌年にはスモレンスクからイコン（聖像画）「スモレンスクの生神女」（左手に幼児キリストを抱え、右手で道を指し示すマリアの絵）が納められた。

一六五八年になって通りの名前が変わる。皇帝が参拝に利用する道に「悪魔」の響きはふさわしくないとの判断で、「スモレンスクの生神女」にちなんでプレチスチェンスカヤ通りに改名されたのである。プレチスチェンカはその愛称だが、次第に正式名称として定着していった。プレチスタヤまたはプレチスチェンスカヤは、「この上なく清純な」「純真無垢」を意味する形容詞で、生神女（＝聖母）マリアの固定修飾語（枕詞）として使われる。なお、日本のロシア正教会では、聖母マリアのことを「神を生んだ女」という意味で「生神女（しょうしんじょ）」と呼んでいる。

モスクワの発展・拡大とともに一九世紀初めごろまでに旧プレチスチェンカ通りは四分割される（地図1を参照）。ボロビツカヤ塔の前の同名の広場から救世主キリスト大聖堂前のプレチスチェンスキエ門広場までの六二〇メートルをボルホンカ通り、同門広場からサドボエ環状道路のズボフスカヤ広場までの一・一キロメートルほどの道をプレチスチェンカ通り、ズボフスカヤ広場からレフ・トルストイ通りまでの二六〇メートルをズボフスカヤ通り、以降の一・七キロメートルをボリシャヤ・ツァリツィンスカヤ（一九二四年からボリシャヤ・ピロゴフスカヤ）通りと呼ぶようになった。つまり、クレムリンから数えて二番目の通りにプレチスチェンカ通りの名前が引き継がれた。ナポレオンのモスクワ入城時に火災で大破するが、すぐに貴族・大金持ちの豪勢な邸宅が並ぶ通りとして復活する。

革命後の一九二一年クロポトキンスカヤ通りと改称される。クロポトキン（一八四二〜一九二一）はロシア貴族出身の無政府主義革命家。プレチスチェンカ通りと交差する横町の一つシタートヌイ横町（現クロポトキンスキー横町）で生まれている。つまり、本書執筆時（一九二五年）にはすでにクロポトキンスカヤ通りに改称されているのだが、作者は、本書に出てくる他の地名と同様に、旧名を使用している。

一方、ソ連時代にもプレチスチェンカ通りという名前は通称として残り、人びとはこの通りに華やかな邸宅街としてのあこがれの気持ちを抱いていた。一九九〇年旧称プレチスチェンカ通りが復活した。

5　ネグリンヌイ（沼川）通り＝一九世紀初めにクレムリンの北側にあるネグリンナヤ川の中流部分を暗渠（地下水道）に移し、その上につくった道路。すぐに繁華街になった。当初は通常のウーリッツァ（「通り」。女性名詞）ではなく、プロエズド（こちらも日本語では「通り」。男性名詞）と命名された。女性名詞なら上の形容詞は女性形の「ネグリンナヤ」となるが、男性名詞の場合には「ネグリンヌイ」となる。プロエズドには「既存のウーリッツァとウーリッツァをつなぐ新しい仮設の道路」といった意味合いが込められている。なぜウーリッツァを名乗れなかったかというと、同川の下流部分（モスクワ川に合流する手前の部分）を埋め立てた通りの名前としてすでにネグリンナヤ・ウーリッツァがあったから。しかしながら二つの名前を混同することが多くなり、この不便を解消するため一九二二年に下流の道路をマネジナヤ（馬場）・ウーリッツァに、中流の道路をネグリンナヤ・ウーリッツァにそれぞれ改名した。つまり、本書執筆時にはすでに「ネグリンナヤ」だが、作者はここでも旧称の「ネグリンヌイ」に固執している（地図2⑦）。

　ネグリンナヤ川は、水源から市内中心部を通過してモスクワ川に合流するまで全長わずか七・五キロメートルの川。ネグリンヌイの語源については「沼」のほかに「浅い」などの説もある。途中までは「サモチョーカ」（淀んだ流れ、淀川あるいは渋川）と呼ばれていた。一八世紀末から埋め立て工事が何度かおこなわれ、現在、川は全域で暗渠を流れている。

6　レストラン「バール」＝「バール」は英語読みなら「バー」だが、作者がここで読者に思い起こさせているのは、一八二六年にフランス人 ***Tranquille Yard*** が訳注5のネグリンヌイ（沼川）

通りと訳注73のクズネツキー・モスト（鍛冶橋）通りの角に開き、じきにペテルブルグ街道（現在のレニングラード大通り）に移ったレストラン「ヤール」である。その後「ヤール」のオーナーは何度か変わったが、二〇世紀初めまでモスクワ最高級のレストランという評判は維持していた。第一次大戦中にレストランは廃業し、建物は軍病院の管轄に置かれ、一九一六年に短期間レストランが復活したが、すぐに帰還兵や貧民のための厨房となった。革命後の一九二二年からレストラン「赤いヤール」として二年間営業したが、その後映画関係の団体、次にパイロットのクラブが入居し、第二次大戦中は空軍のクラブとなった。一九五二年に改築され、ホテル「ソビエツキー」となり、レストランも営業した。一九九八年、同ホテルのレストランは再び「ヤール」と改称され、今では二〇世紀初めの内装も復活しているという。

7　オーバーシューズ＝「防水や防寒のため靴の上にはくビニールやゴム製の靴」（広辞苑）。作品当時はすべてゴム製。一九世紀末～二〇世紀初めモスクワの上・中流階級の人びとは、マンションのエントランスホールの共有の棚に自分のオーバーシューズを入れて置き、外出するときにそこで装着し、帰宅するとエントランスホールで脱いで棚に入れたようだ。こうすれば、共有の階段や廊下を汚すことはない。一方貧しい人びとの多くは、オーバーシューズそのものを買えなかった。なお、雪道を歩くために靴の上に履くフェルト製の浅めの長靴もあったが、ロシア語の名称はゴム製オーバーシューズとはまったく異なっている。本訳ではフェルト製のオーバーブーツとした。

8　ソコリニキ（鷹匠）公園＝クレムリンから直線で北北東数キロのところにある公園。一六～一七世紀この辺りで皇帝や大公が鷹狩りを行った。現在の公園の面積は約六〇〇ヘクタール。これは日本の皇居（外苑、北の丸地区、濠を含む）のおよそ二・五倍の広さ。森林が多く、夏には散策、日光浴、バーベキューで賑わう（地図3）。

9　いま泣いているのは絶望のせいじゃない。ただ身体が痛くて寒いからだよ。だっておいらの魂はまだくじけちゃいない……。犬の魂は強靱なんだぜ＝この部分、検閲をパスできなかった後の第二稿では、失望している作者の気持ちが反映されて、「いま泣いているのは、身体の痛みと寒さに加えて、おいらの魂がなえちゃったからでもあるんだ。犬の魂がなえちゃったんだよ」に書き換えられている。

10　大きなバッジをつけた掃除夫たち＝掃除夫の文字通りの意味は「中庭係」。大都会の邸宅や集合住宅の所有者に雇われて、中庭や街路、建物内の一部を掃除したり、雪かきしたりする人間。様々な雑役や警備の仕事をおこない、呼子を所持して警察の下働き（住民の監視、不審者の通報など）もこなした。大きな建物では十人以上いることも珍しくなかった。「通りの名前、番地」と一緒に『掃除夫』と書かれた銅製の大きなバッジを帽子や超ロングタイプのエプロンの胸に着けるか、ひもで首から下げるかした。バッジは革命後もしばらくは存続していた。訳注21のドアマンを参照。

11　トルストイ伯爵家＝『戦争と平和』『アンナ・カレーニナ』などで有名な文豪レフ・トルストイ（一八二八〜一九一〇）がおよそ二〇年の間冬季に住んでいたモスクワの屋敷は、プレチスチェンカ通り（訳注4）に近いその名もトルストイ通り（一九一九年まではボリショイ・ハモブニチェスキー横町）にある。プレチスチェンスカ通りにあるのはトルストイ家が購入した別館で、遺族が文豪の遺品をここに保管し、一部を博物館とした。現在、屋敷も別館も国立トルストイ博物館によって管理されている。

12　シチー＝キャベツ入りスープ。シーとも表記する。使用するキャベツは、生でも、漬け物でもよく、両者を混合するものもある。ボルシチ（ビーツを入れたスープ。キャベツを入れた場合でも、ビーツが入っていればボルシチになる）、ソリャンカ（キュウリの漬け物を入れたスープ）、ウハー（魚スープ）と並ぶロシアの代表的なスープ。

13　アブラウ・デュルソー＝ロシア・クラスノヤルスク地方の村の名前で、村内のワイナリーとそこでつくられた高級シャンペンの銘柄でもある。村はアブラウ湖の湖畔にあり、近くにはデュルソー川が流れている。シャンペンは一九世紀末～二〇世紀初めにロシア皇帝に愛用された。ワイナリーは革命後も生産を続けたが、アブラウ・デュルソーのブランド名は徐々に消えていったようで、たとえばこのワイナリーが一九七〇年代に生産した高級ワインはナズドロビヤの名前で米国等に輸出されている。また一九七〇～一九八〇年代初めにはシャンペン・ソビエツコエを大量に（最大年間三〇〇万本）生産している。しかし一九八〇年代後半からのアルコール撲滅キャンペーンでブドウの木が伐採され、ワイン生産はほぼ全滅した。ようやく最近になってワイン生産が復活し、アブラウ・デュルソー名の高級シャンペンも再び販売されるようになっている

14　シャリク［ワンちゃん］＝もともとの意味は小さなシャール（球、ボール）。ここでは名前を知らない犬への呼びかけの言葉。「ワンちゃん」「ポチ」「コロ」といった意味。

15　同志、市民、紳士＝いずれも呼びかけの言葉。同志（タワリシチ）は「志を同じくする仲間」という意味で、本来は共産党員同士の呼びかけの言葉だが、革命後数年経ったこの頃には、誰にでも使うようになった。市民（グラジダニン）は「志」に関わりなく誰にでも使える。紳士（ゴスパジン）はもともと「君主、主人、殿様、旦那」。それぞれ単独で名前や苗字を知らない人への呼びかけの言葉になると同時に、それぞれの後に苗字をつけることによって敬称（君、殿、様）にもなる。この場面では犬の目から見て、貧しい人＝同志、中流＝市民、金持ち・名士＝紳

士というように使い分けている。ソ連時代ゴスパジンは外国人にのみ使われたが、現在では英語のミスターのように広く使われている。また、グラジダニンも残っており、同志も少ないが、消滅したわけではない。

16 オホートヌイ・リャド（猟師市場）通り＝クレムリンの北西側にあるマネージ（馬場）広場からボリショイ劇場がある劇場広場までを結ぶ二五〇メートルほどの通り。マネージ広場まではモホバヤ（苔売り）通り（訳注24）という。オホートヌイ・リャド通りには昔から野鳥・獣肉をはじめとして様々な食材・食品の売り場が並んでいて、一九世紀後半から二〇世紀初めにはこの通りの名前が「ごちそう」「グルメ」「贅沢なもてなし」の代名詞となっていた。一九世紀末〜二〇世紀初めのモスクワを紹介したギリャロフスキー『モスクワとモスクワっ子』（中田甫訳『世紀末のモスクワ』群像社、村手義治訳『帝政末期のロシア』中公文庫）は「モスクワの胃袋」と呼んでいる（地図2⑤）。

　現在マネージ広場の地下にあるショッピング・センターも、その最寄りの地下鉄駅もオホートヌイ・リャドとなっている。

17 モスセリプロムのほかにこんな毒物を作っているところはない＝革命詩人マヤコフスキー（一八九三〜一九三〇）のコピー「モスセリプロムのほかにこんなに素晴らしい企業はない！」を皮肉ったもの。モスセリプロムはモスクワ農産物加工企業の連合体で、ハム・ソーセージ業者のほかに、製粉、製菓、ビール、タバコ、梱包資材、印刷などの企業が参加していた。

18 クラクフ・ソーセージ＝ポーランドの古都クラクフ発祥と言われているソーセージ。サラミ・ソーセージのような細長い形だが、サラミほど固くない。肉は豚（八割ほど）と牛で、黒コショウ、ニンニク、キャラウェイがよくきいている。色は黄金色に近い褐色。馬肉入りはもちろんまがいもの。

19　オーブホフ横町＝現在のチーストイ（清潔）横町。もともとチーストイ横町だったが、一七世紀末、この横町にある最も大きな屋敷の持ち主であるオーブホフ大佐にちなんでオーブホフ横町となった。一九二二年にチーストイに戻ったが、作者はここでも旧名を使用している。なお、一九二四～一九二五年、作者はこの通りの九番地の家に住んでいた（地図２②）。

20　ミョルトブイ（死人）横町＝現プレチスチェンスキー横町。ミョルトブイの由来に関しては、「メルトバゴという苗字の人がこの通りに住んでいた」、「疫病流行時に死者が多数出た」、「行き止まりの（＝死んだ）道だった」などの諸説がある。一九世紀にプレチスチェンスキー横町に変わったが、作者は旧名を使用している（地図２③）。

21　ドアマン＝あるいは玄関番。大邸宅や高級集合住宅では、訳注10の掃除夫とは別に、高級ホテルのように住民や来客を送迎してドアを開け閉めする係がいた。出入りする人物のチェックや郵便物の管理、玄関や正面階段の清掃などもドアマンの役目。警察にも通じていて、呼子も持っていた。仕事内容の一部は掃除夫と重なっているが、掃除夫よりも格が上で、掃除夫からの昇格のほかに、退役した下層軍人などがドアマンになった。ドアマンの特徴は恰幅の良い体格、豊かなあごひげ、金モールつき制服・制帽である。

　ふつうドアマンがいるような高級住宅は、ドアマンのほかに複数（ときには二けた）の掃除夫を雇っていた。本書の時代は革命から八年経っており、ドアマンの状況も大きく変わっていたと思われる。一人のドアマンが建物の雑用をすべて処理しているように描かれているのは（というか、他の掃除夫が登場してこないのは）、そのせいかもしれない。あるいは、建物自体があまり大きなものではなく、居住者が少ないからかもしれない。

ロシア語でドアマンはシュベイツァル。これはもともとスイス人のこと。しかし一九世紀初めごろからドアマンをシュベイツァルと呼ぶようになって混乱が生じたため、スイス人の方のロシア語名をシュベイツァレッツに変えてしまった。なお、なぜロシアでドアマンをスイス人と呼ぶようになったかは、①実際にスイス人のドアマンがいた、②バチカンの守衛がスイス人であることに関係している——など、諸説ある。

Ⅱ

22　ミャスニツカヤ（肉屋）通り＝クレムリンの北北東にあるルビャンカ広場から二キロメートルほど伸びた古い商店街。かつてここに肉屋の集落があったことからこの名前が付いている（地図2⑧）。

23　ゴルビズネル兄弟商会＝架空の名前だが、ゴルビズナはブルーの意味で、隠語でホモセクシャルを意味する。少し後で《「青色」が必ずしも「肉屋」を意味するわけではない》とあるが、この「青色」もホモセクシャルを匂わせているらしい。

24　モホバヤ（苔売り）通り＝クレムリンの西南角近くにあるボロビツカヤ塔からマネージ（馬場）広場までの通りで、そのまま訳注16のオホートヌイ・リャド（猟師市場）通りにつながる。乾した苔は、木と木の間のすき間を埋める建築材料として売られていた（地図2④）。

25　魚屋 Главрыба《グラブルイバ》＝「グラブ」は「総局」と訳されている政府機関の略称。ルイバは魚。「グラブルイバ」は漁業と水産物の販売を統括する政府機関で、魚屋はこの機関の管轄下にあったので、看板にもこの略称を掲げた。

注26　鎌倉ティーレンテのサモワール

26　サモワール＝ロシア伝統の給茶用湯沸し器（写真参照）。胴部に水を注ぎ、胴部の真ん中にある縦の管に炭などを入れて沸かした（電気で沸かすものもある）。実際にはヤカンなどで沸かしたお湯を移して、いつでもお茶が飲めるように温めておくものと言ったほうがよいかもしれない。上部にティーポットが置かれていて、濃く出した紅茶が入っている。お茶を飲む人はこの濃いお茶をティーカップに少し注ぎ、次にサモワールの蛇口のレバーハンドルをひねって湯を足してお好みの濃さに調整する。ところで、レバーハンドルの形はまさにЧ《チェー》にそっくりだ。写真は、鎌倉のセイロン紅茶屋ティーレンテのショーウィンドウに飾ってあるもの。

27　チーチキン（Чичкин）＝アレクサンドル・チーチキン（一八六二～一九四九）。革命前に乳製品の工場を起ち上げ、乳製品の小売店を全国に展開した。革命の翌年にフランスに亡命し、企業は国有化されるが、二二年にロシアに戻り、商業省顧問となり、小売店も一時期だが再開する。一九二九年カザフスタンに流刑されるが、三一年には顧問の地位を回復。その後も乳業一筋の人生を送った。

28　エリセーエフ兄弟商会の店＝エリセーエフ兄弟商会は一八四三年にエリセーエフ家の三兄弟がサンクトペテルブルグに興した会社。一八九二年、三兄弟の末弟の息子グレゴリー（一八五八～一九四二）が経営を引き継ぎ、事業を拡大した。ワインセラー、食料品店、製菓工場のほかに船会社も所有していた。ここでシャリクが言及している店は一九〇一年モスクワのトベルスカヤ通り一四番地に開店した食料品店・ワインセラー（地図2㋬）。グレゴリーは一九一四年妻の自殺を契機にパリに移り、その後ロシアに戻ることはなかった。商会が持っていた店や工場は革命後国有化され、モスクワ・トベルスカヤ通りの店とサンクトペテルブルグ・ネフスキー大通りの店はそれぞれの町の第一号国営食料品店となったが、ソビエト時代を通じて人々は「エリセーエフの店」と呼んでいた。

グレゴリーの息子セルゲイ（一八八九〜一九七五）は日本研究者。東京帝国大学に留学し、夏目漱石らと親交があった。いったんロシアに戻るが、一九二〇年パリに亡命し、ソルボンヌ大学を経て米ハーバード大学で日本学を講じ、米国における日本研究の基礎を築いた。ライシャワー元駐日大使など多数の日本研究者が彼の薫陶を受けている。ただし直接指導を受けた教え子の一人ドナルド・キーンは、エリセーエフの教授法を厳しく批判している。

なおモスクワの「エリセーエフの店」の建物についてあと二点追記しておきたい。一つは、エリセーエフがここに店を開く七五年ほど前にこの建物に住んでいたジナイーダ・ボルコンスカヤ侯爵夫人（一七八九〜一八六二）の文学サロンについてである。詩人プーシキンが《ミューズと美の女王》呼んだ彼女のサロンには当時の著名な文学者が訪れた。シベリアに流刑された二人のデカブリスト（一二月党員）トルベツコイとボルコンスキー（ジナイーダの義理の弟）を追ってシベリアへ発つそれぞれの妻エカテリーナとマリアを送るお別れの会もここで催された。

もう一つは、ブルガーコフが『犬の心』を執筆してからおよそ一〇年後の話である。『鋼鉄はいかに鍛えられたか』の作者ニコライ・オストロフスキー（一九〇四〜一九三六）が最後の一年間をこの建物の上階の住居で過ごした。失明し四肢不随の状態で口述筆記して書き上げた自伝的小説はソビエト時代高い評価を得ていた。彼が住んでいた住居は死後彼の記念館となった。

近年モスクワ市はこの一四番地の建物全体を歴史的遺産に指定して、上階の一部についてはオストロフスキーの記念館を中心に身障者支援の展示・催事場として《統合》という名のミュージアムを起ち上げ、その管理下でボルコンスカヤ侯爵夫人時代のサロン等も展示するようになっている。一方、一階の商店部分は二〇〇五年から大手スーパー「深紅の帆船」チェーンがモスクワ市から借りて「エリセーエフの店」の看板で食料品店を営業していたが、パンデミックの下で採算が取れず、一九二一年四月閉店した。モスクワ市は何年も前からこの部分を歴史的文化遺産保存の義務を課して競売にかける準備を進めていたが、まだ買手は見つかっていないようだ。ちなみに、サンクトペテルブルグの旧エリセーエフの店は、「プーチン大統領の料理長」とあだ名されているエブゲーニー・プリゴジンが経営する会社が二〇一六年に買い取っている。プリゴジンはロシアの傭兵組織（民間軍事会社）ワグネルの創設者でもある。

29　裏階段＝建物には玄関とそれにつながる階段（正面階段）とは別に、召使や使用人が使う通用口があった。通用口から裏階段を通じて各アパート（フラット）の裏口につながっている。通用口はふつう建物の中庭や裏手の路地に面していた。

30　褐色の暴力＝ナチスの突撃隊（SA）のシャツが褐色（カーキ色）だった。SAは一九二一年の結成時からこの色のシャツを着ている。一九二三〜一九二四年当時ドイツの国内情勢はソ連国内で詳細に報道されていた。これはソ連共産党がドイツにおける社会主義革命に大きな期待を寄せていたからである。さらにブルガーコフの周辺には亡命先のベルリンからソ連に戻ってきた道標転換派の知識人が多数いたことなどから、ブルガーコフがナチスのことを念頭に「褐色の暴力」を書いているのは間違いないだろう。ちなみに彼の日記（ビクトル・ロセフ編ミハイル・ブルガーコフ／エレーナ・ブルガーコワ『マスターとマルガリータの日記』モスクワ、二〇一二年）の一九二三年一〇月五日の記述には、「ドイツでは期待されていた共産主義革命の代わりに、歴然たる、幅広いファシズムができあがった。シュトレーゼン内閣が総辞職し、実務的内閣の組閣が進んでいる。ファシズムの中心は、独裁者の役を演じているカール・バイエルン州総督と、『なんとか同盟』〔ドイツ闘争同盟（連盟）――訳者〕をつくっているヒトラーの手にあり、すべてバイエルンに集中している。どうやらある晴れた日にバイエルン州からカイゼル（ドイツ皇帝）が誕生するかもしれない」とある。この一カ月後にミュンヘン一揆（一一月八～九日）が勃発し、一〇年後にはブルガーコフの予言どおりにヒトラーの政権が成立する。

31　パリのラペ通り＝パリのバンドーム広場とオペラ座を結ぶ通り。最高級の宝石・貴金属・時計店が並んでいて、世界一華麗な通りと言われている。一夜を共にした女性にせがまれて高価なアクセサリーを買わされたのだろうか。

32　化粧品会社ジールコスチ＝モスクワの石鹸・香水・化粧品製造企業の連合体。ジールは油脂、コスチは骨。連合体のフルネームは、モスクワ国民経済ソビエト国営油脂及び骨加工産業工場連合体（トレスト）。

33　モリッツ＝この苗字は、当時国立芸術学アカデミーに勤務していたウラジーミル・モリッツから借用している。ブルガーコフの親友のニコライ・リャミン（一八九二～一九四二）同アカデミー理論詩学室長の最初の妻がこのモリッツのところに逃げてしまったというエピソードがあり、ブルガーコフは作中の女たらしにこの苗字を献上した。しかし、さすがにやり過ぎと思ったのか、第二稿ではアルフォンスという架空の名前に変更している。

34　ロンドンへ出張の予定だというのに＝この未成年者を妊娠させた人物のモデルには、この時点で駐英大使だったフリスチアン・ラコフスキー（一八七三～一九四一）やその前任者でこの時にはフランス大使だったレオニード・クラシン（一八七〇～一九二六）などの名前があげられている。

35　革のジャンパー＝共産党のオルグ、官僚、特務機関員たちが好んで身に着けたのが黒革のジャンパーやジャケットだった。原文ではこの場面で若い女性活動家については明確に革のジャンパーと書いているが、ボサボサ頭のシュボンデルについては「黒い男（黒い服を着た男）」となっている。しかしシュボンデルが後半に登場するときには「革の上衣」を着ているとなっている。また、われらの犬シャリクがのちに人間になり課長に出世したときに着るのも革のジャンパーである。

36　住宅委員会＝もともとは集合住宅の区分所有者が選出する建物管理のための委員会であったが、革命後の一九一八年八月都市の不動産が国有化されると、所有者ではなく住民の組合が選出する委員会となった。いわばマンション自治会の役員会だが、機能的には従来通り建物管理の仕事もおこない、行政機関の末端の仕事（役所の通達の配布、居住証明書の発行など）もこなした。さらにソビエト政権が、広さに余裕のある住居に住宅困窮者を同居させる政策（ウプロトネーニエ＝居住密度の引き上げ）をおこなうようになると、住宅の配分も仕切った。入居の基準は本書では一人当たり一六アルシン［約八平方メートル、団地間五・六畳分］となっている。玄関、廊下、台所、浴室、トイレなどを除いた部屋、つまりダイニング（食事室）・リビング（居間）・ベッドルーム（寝室）として使える部屋の面積（居住面積）をこの目安で新居住者組合員に割り当てた。このようなフラットシェアやルームシェアのことを共同住宅（コムナーリナヤ・クワルチーラ、コムナールカ）と呼んだ。

　ウプロトネーニエが進むにつれて居住者（組合員）数が増加し、新規居住者の割合が増え、一九二四～一九二五年には新規居住者が圧倒的多数派になっていた。彼らの中には共産党員が多く、そうでない新住民も革命政府のおかげで住まいを得たので共産党を支持した。こうして共産党が住宅委員会を支配するようになり、委員会は本来の仕事以外に共産党の政策の宣伝や教育、入党の勧誘、反革命派の摘発などもおこなった。

37　私はシュボンデル、彼女は同志ビャーゼムスカヤ、こちらが同志ペストルーヒンと同志ジャローフキンです＝ロシア人ならこれらの苗字にうす汚れた、下劣な響きを感じるらしい。だがなぜかと聞かれても、なんとなくそう感じると答える人が多い。説明しにくいようだ。そんな中で、劇作家で詩人でもあるエレナ・ステパニャン女史は次のように四人の苗字の解読にチャレンジしている――「最後のジャローフキン Жаровкин から見てみよう。外見だけではありきたりの苗字にしか見えないが、鼻をきかせてみると、牛肉の煮込み料理のにおいがするではないか〔ジャール жар は「熱」、ジャーリチ жарить は「焼く、炒める」、ジャルコエ жаркое は肉を軽く炒めた後でジャガイモ等と煮込んだ料理――訳者〕。次はペストルーヒン Пеструхин だ〔ピョーストルイ пёстрый は「まだら模様の」、人の苗字としてのペストルーヒンはあばたやシミのある顔からついたあだ名から生まれたもの――訳者〕。ふつうはまだら模様の牛をペストルーヒンと呼ぶが、あざやかな色で目立つめんどりにもこの名前が付けられている。いずれにしてもこの招かれざる客の出自〔牛またはにわとり――訳者〕は見え見えだ。ビャーゼムスカヤ Вяземская は、〔ビャジマという地名に発する――訳者〕純然たる人の苗字であるが、ここではかつて存在して今は絶滅してしまったビャジマ産牝牛を指している。しかも作者がほのめかしているように、ペストルーヒンとビャーゼムスカヤは《できている》。同じ家畜〔ここでは牛――訳者〕の群れだから当然だ。そして最後がシュボンデル Швондер。外国風の語源と接尾辞で分かりにくくなっているが、感じるのは犬のしっぽ（ドイツ語 schwanz しっぽ）か豚小屋（ドイツ語 schwain 豚）のにおいである」（エレーナ・ステパニャン『ミハイル・ブルガーコフと『犬の心』について』、モスクワ、二〇一六年、二〇頁）。

38　フョードル・パブロビッチ・サブリン＝フィリッップ・フィリッポビッチの住宅の上方階の三号室に住んでいるブルジョア。具体的な業種は不明。苗字のサブリンは作者の二番目の、本書執筆時の同棲者リュボフィ・ベロジョルスカヤの母方の苗字から借用。

39　カラブホフの家＝この小説の舞台となっているフィリップ・フィリッポビッチの住居兼診療所がある高級マンション。プレチスチェンカ通り（訳注4）とオーブホフ横町（訳注19）の角（現在の住所表示でプレチスチェンカ通り二四／一番地）にある（地図1と地図2に示してある）。カラブホフは架空の所有者の苗字で、ブルガーコフのキエフ時代のお菓子屋さんの苗字「バラブヒ」から取ったという解釈がある一方、この家を実際に設計した建築家クラギン（一八六七～一九五一）をもじって「カラブホフが設計した家」という意味で使っているという説もある。なお、この建物には作者の母方の二人の叔父ポクロフスキー兄弟が住んでいた。このうち兄のニコライ叔父は有名な婦人科医で、フィリップ・フィリッポビッチのモデルの一人と言われている。弟のミハイル・ポクロフスキーは性病科の医師。

40　イサドラ・ダンカンだって食堂をもっていません＝イサドラ・ダンカン（一八七七～一九二七）はモダンダンスの祖といわれるアメリカの女性舞踏家。ロシア革命に心酔し、一九二一年にモスクワに移住。ソビエト政府の肝いりで舞踊学校を開いた。学校兼住居は、プレチスチェンカ通り（訳注4）二〇番地の邸宅（かつてのエルモロフ邸）。ダンカンの前には製茶業者ウシコフとその妻でボリショイ劇場のバレリーナだったバラショワが住んでいた。現在は外務省付属外交官サービス局UPDKがここに入っている）。ダンカンは二二年に詩人セルゲイ・エセーニン（一八九五～一九二五）と結婚し、エセーニンも同じ家に住んだ。しかし、エセーニンとの夫婦生活はじきに破綻した。ダンカンは二四年秋、学校運営の費用を稼ぐことを目的にロシアを出国し、その後ロシアに戻ることなく、二七年九月にフランスのニースで死亡した。死因は首に巻いていたスカーフが乗っていたオープンカーの車輪にからまったため。プレチスチェンカ通りの邸宅には当然食堂があったと思われるが、ダンカンの学校兼住居となってから食堂がなくなったかどうかは分からない。

41 ビタリー・アレクサンドロビッチ＝共産党の幹部らしいこの人物の名前は、第二稿ではピョートル・アレクサンドロビッチとなっている。『ネドラ』のアンガルスキー編集長が第一稿のビタリー・アレクサンドロビッチに異議を唱えたからだが、ということは、ブルガーコフとアンガルスキーの間では、具体的な人物がイメージされていたらしいが、誰だったかは究明されていない。

42 フランスの子どもたち＝第二稿では「ドイツの子どもたち」となっている。

43 イスラム教の礼拝＝直立で一回のお辞儀、座って二回のお辞儀を二度繰り返す。

Ⅲ

44 セミラミスの空中庭園＝夢のようなごちそうが並ぶ食卓を強調した比喩。バビロンの空中庭園ともいう。紀元前二世紀にビザンチウムのフィロンが「世界の七不思議」の一つに選んだ古代の壮大な建築物。紀元前六〇〇年頃、新バビロニアの王ネブカドネザル二世が東方の山国からとついできた王妃アミュティヌの郷愁をなぐさめるためにつくった屋上庭園。現在その遺跡はほぼ推定されている。一方、伝説上のアッシリアの女王セミラミスがこの庭園を造らせたとの物語も残っている。セミラミスはボルテールの悲劇「セミラミス」、ロッシーニの歌劇「セミラーミデ」の主人公。

45　イギリス風ウオッカ＝アングリースカヤ・ウオッカ。「イギリスのウオッカ」「イギリス製ウオッカ」「イギリス風ウオッカ」などの訳がありうるが、本家の英国とは無関係に勝手に名付けたもので、純然たるロシア発祥の飲み物。ダイダイの皮、ガランガル（ショウガ科）、リンドウ、シマセンブリ、クワッシャ（ニガキ科）、カナディアンガーリックをウオッカに浸け込んだ食前酒（革命前のブロックハウス・エフロン百科事典のウオッカの項目 https://gufo.me/dict/brockhaus/Водка による）。「アングリースカヤ・ゴーリカヤ（イギリス辛口）ウオッカ」とも呼ばれた。ほかの植物の葉、根、木の実、柑橘類の皮なども含めて、浸ける組み合わせはいろいろあった。かつては工場製もあったが、一九一四年の禁酒法施行以後は自家製が中心。フィリップ・フィリッポビッチの食卓に並んでいるのは、もちろんダリヤ・ペトローブナのお手製。なぜ「イギリス製」と言うのかは不明。イギリスのほかにロシア辛口、スペイン辛口、フランス辛口などもあった。次項も参照（この項と次項はB・V・ロジオノフ『ロシアのウオッカの歴史。ポルガールから現代まで』第五章　https://history.wikireading.ru/83703 を参考にした）。

46　ノボブラゴスロベンナヤ通りの酒造所がつくった新しいウオッカ＝ノボブラゴスロベンナヤ通りはクレムリンから東へおよそ八キロメートルにある通り。ブラゴスロベンナヤは「神に祝福された」といった意味で、ノボは「新しい、新たに」。一八一九年この通りに聖トロイッツァ（三位一体）寺院が建設され、このとき「新たに神に祝福された」通りとなったらしい。一九二四年八月、通りの名前はモスクワの革命時に死亡した三名の自転車部隊兵士を記念してサモカートナヤ（自転車）通りに変更された。この通りには革命前の一九〇一年から国内最大の官営第一酒造所があり、現在も「クリスタル」工場として存続している（地図3）。なお、翻訳では「ノボブラゴスロベンナヤ通りの酒造所がつくった新しいウオッカですね？」としたが、原文に忠実に訳すと「ノボブラゴスロベンナヤですね？」となる。つまり通りの名前を示す形容詞一語に疑問符がついているだけである。この通りに酒造所があることは大方の知るところなので、詳しい説明は必要なかったようだ。

実はこの箇所、最初のタイプ原稿では「ルイコフカですね？」と打たれていた。これを作者が鉛筆で「ノボブラゴスロベンナヤですね？」に訂正している。ルイコフカというのは、当時の首相のルイコフ（一八八一〜一九三八）の苗字に指小〔ししょう〕の接尾辞「カ」を付けたもので、「小さい」「かわいい」「ちっぽけな」「つまらない」などの意味が加わったもの。ここの「カ」は日本の「ちゃん」に相当する。要するに「ルイコフちゃん」。ここでは愛称よりも、からかい、軽蔑のニュアンスが強い。ルイコフ首相は大酒飲みであることが知られていたので、人びとは一九二四年末に発売された三〇度のウオッカをルイコフカと呼んだ。作者は当初これを踏襲してルイコフカと書いたが、これでは出版許可はおぼつかないと判断し、手書きで蔵元がある通りの名前ノボブラゴスロベンナヤに変更したと推測される。

なお、現在のロシアでは二〇〇三年から「プーチンカ」というウオッカが出回っている。日本でもネットで買えるようだ。製造はなんと「クリスタル」工場（ただし、商標名の所有者は別にいる）。プーチンに指小辞「カ」を付けた「プーチンカ」と、漁期（海洋ではなく、河川、湖沼、沿岸漁業の漁期）を意味する「プチーナ」に指小辞の「カ」を付けた「プチーンカ」は、アクセントは異なるが綴りが同じになるので、大統領の苗字プーチンに限定されなくなり、商標名の審査をパスしたと言われている。日本では「安倍ちゃん」とか「ガースー」、「キッシー」といった商標名の日本酒や焼酎は売れそうにないが、ロシアの「プーチンカ」はそれなりに売れているようだ。

ちょっと横道にそれて、当時のアルコール事情について書いておく。まずロシア時代の一八九六年ロシア帝国のウィッテ蔵相はアルコール飲料を帝国の専売とした。一九一四年第一次世界大戦が始まると、ロシア帝国政府は酒の製造と販売を禁止した。ロシアの禁酒法時代である。ただし、ビールは高額の税金を課せられたがある時期まで売られていたとか、レストランでは度数の高いアルコール飲料が飲めたなどの例外があったようだ（アレクサンドル・マリューコフ『ロシア帝国とソビエト・ロシアの禁酒法時代。一九一四〜一九二〇年』http://www.inesnet.ru/2014/06/suxoj-zakon-v-rossijskoj-imperii-rsfsr-1914-1920-gg/）。

一九一七年一〇月の革命で成立したソビエト政権もこの禁酒政策を継続する。社会主義のもとでは労働者のアルコールへの依存はなくなるといった考えがあり、財政赤字をアルコール販売の収益で解消するのはもってのほかという風潮が支配していた。

だが正確な時期を確定するのはむずかしいが、次第にアルコール飲料の販売再開が検討・準備されるようになり、一九二〇年一月には一二度未満のワインの製造と販売が再開された。そしてワインの度数の上限が一九二一年八月一四度未満に、一二月二〇度未満にそれぞれ引き上げられ、最後に一九二二年四月、上限が解除された。その少し前の二月にはビールの販売が許可されている（ワインとビールの解禁についてはマリューコフ前掲書による）。最後にソビエト政府は一九二四年夏に二〇度のウオッカの販売をスタートし、一二月になって三〇度のものを売り出した。後者が作品に出てくるルイコフカと俗称されたノボブラゴスロベンナヤ通りの酒造所でつくられたウオッカである。この三〇度のものは以前から「ルースカヤ・ゴーリカヤ（ロシアの辛口）ウオッカ」と呼ばれていた種類のものだったらしい。なお、現在のウオッカは穀物を発酵させて二度蒸留した後でろ過するが、当時のウオッカはろ過されていなかったという。

つまり、この新しいウオッカの話は当時の時局ネタ。禁酒法の時代がロシア革命の前後にあったことを知らないと、この食事の場面の面白さは半減する。要するに。一九二四年末から一九二五年初めのロシアの呑兵衛たちは顔を会わせるたびに新しいウオッカの話でもちきりだったのだ。

ブルガーコフは日記の中で新しいウオッカについて三度言及している。一九二四年一二月二〇日から二一日にかけての深夜には、「モスクワで大事件発生。三〇度のウオッカが売り出された。人びとはこれをずばり『ルイコフカ』と命名。帝政時代のウオッカと比べてアルコール度が一〇度低く、味は落ちるが、値段は四倍。一瓶が一ルーブル七五コペイカもする。ほかに三一度の『アルメニア・コニャック』（もちろん蔵元はシュストフ工場〔一九世紀からコニャック、ウオッカ、薬草・果実酒を製造販売した企業。エレバン、オデッサ、キシニョフに工場があった。シュストフはオーナーの苗字――訳者〕）も発売された。以前のものよりまずく、アルコール度数も低く、値段は一瓶三ルーブル五〇コペイカ」と書いた。

一二月二九日、レジニョフ（一八九一～一九五五。ブルガーコフの『白衛軍』を掲載した雑誌『ロシア』の編集長）がブルガーコフに四つのアネクドート（小話）を披露したようで、そのうちの一つがブルガーコフの同日の日記に、残りが翌一九二五年の一月二日から三日にかけての深夜の日記に書き留められている。四つのうちの三つがウオッカにかんするもので、もう一つはトロツキー（一八七九～一九四〇。ロシアの革命家、陸海軍人民委員、レーニンの後継者の一人とみなされていたが、レーニン死後徐々に指導部から排除され、一九二九年国外追放、一九四〇年メキシコで暗殺される）にかんするものである。

「人びとは新発売のウオッカをルイコフカあるいはポルルイコフカ（半分のルイコフカ）と呼んでいる。ルイコフカは分かるが、なぜポルルイコフカかって？　それはこの酒が三〇度だからさ。大酒飲みのルイコフ首相がいつも飲んでいる本物のルイコフカは六〇度にきまっている。とするとその半分の新ウオッカはポルルイコフカなのさ」（一九二四年一二月二九日の日記）

「ルイコフカにセマシコーフカ［保健人民委員セマシコ（一八七四～一九四九）をもじった酒のあだ名。先行販売された二〇度のウオッカのことと推測――訳者］を混ぜると、名酒ソブナルコモーフカ（人民委員会議酒つまり内閣酒）になるはずだ」

「レーニンの訃報に接したルイコフ首相は酒を浴びるほど飲んだ。一つは悲しみからで、もう一つはこれから好きなだけ酒を飲める喜びからだった」

「トロツキー（Троцкий）は今後トロイー（Трой）と表記するようになった。ツェーカー（ЦK：中央委員会の頭文字）がはじかれたんだ」（以上三つは一九二五年一月二日から三日にかけての深夜の日記から）。

なお禁酒法時代に呑み助はどうしていたかと言うと、せっせと自家製密造酒づくりに励むか、一族または親友の密造家に分けてもらっていたらしい。またロシアの禁酒法もかなりのザル法だったようだ。

本文のこの個所から数行後に登場する「ウオッカは四〇度でなければならない」にも触れておこう。酒の席の話だが、ほとんどのロシア人はこの言葉を、周期表を考案したロシアの化学者メンデレーエフ（訳注69）に結びつける。まことしやかに語り継がれている伝説によれば、メンデレーエフはウオッカを研究し、実際に製造し、その処方箋の中で「ウオッカは四〇度でなければならない」と記述したとされているが、真っ赤なウソ。ただし、これを力説するロシア人にいくら反論しても無駄なので、「確かに四〇度のウオッカは最高ですな。そういえば、プレオブラジェンスキー教授（フィリップ・フィリッポビッチでもいい）も『ウオッカは四〇度』と言ってますな」とかわすのが無難である。

なお、このソビエト政権のウオッカ解禁にいたる禁酒法解除の決定は、レーニン抜きで採択されたと理解しているが、確証はない。

47　ボリシェビキ［共産党］＝ロシア共産党の前身である社会民主労働党は一八九八年に結成。一九〇三年の党大会をきっかけに党内にボリシェビキ（多数派の意味）とメンシェビキ（少数派の意味）という二大派閥が生まれた。多数派・少数派はこの大会の会議における票数によるもので、その後の派閥の大小を意味するものではない。その後、革命の過程で両者は袂を分かち、レーニンを中心とするボリシェビキは一九一八年に党名をロシア共産党（ボリシェビキ）に変更した。ボリシェビキの立場をボリシェビズムという。

48　スラビャンスキー・バザール＝ルビャンカ広場から赤の広場に向かうニコリスカヤ通りにあったホテルとレストラン（それぞれ一八七三年、一八七四年開業）（地図2㈧）。レストランはモスクワで最初の高級ロシア料理レストランとして好評を博した（当時レストランを名乗ったロシア料理店はここだけだったと言われている。他のロシア料理店は「トラクチール」（居酒屋・割烹）と呼ばれていた）。一八九八年六月二一日、演出家のスタニスラフスキーとネミロビッチ＝ダンチェンコがこのレストランで落ち合ってモスクワ芸術座の旗揚げを決めたというエピソードが残っている。革命後ホテルは廃業したが、レストランは経営母体を変えながら、一九九三年に火災で大破するまで断続的に営業を続けた。建物の修復と営業再開がその後も話題になっているが、二〇二二年六月時点でレストラン復活の兆候は見られない。

訳者は独断で、ここに出てくる料理は、「ジュリアン」と呼ばれているものではないかと推測している。木村浩著『モスクワ』には、一九六六年にこのレストランを訪れたところ「当時のモスクワとしては上等なロシア料理が出てきた。《ジュリアン》という名の野鳥のコキールは、フランス渡来の料理であったが、今やその本家本元のフランスではすたれてしまった」と書かれている。コキールとは貝殻および貝殻を模した容器、それに入れた料理。今ロシアで普通に食されているジュリアンは、ココット（小型の陶または金属製の耐熱容器）に入れてオーブンで焼いた野鳥ならぬチキンとマッシュルームのグラタン。マッシュルームだけのものもある。温かいものを前菜として食す。ココットの把手を左手で支え（あるいは左手に持ち）、右手に持った小さな先割れスプーン（単なるティースプーンでもよい）でふたくち、みくちで食べる。美味である。黒っぽいパンのようなものが野鳥の肉ならば、いっそうおいしいだろう。

49　サンジュリアン＝フランス南西部ジロンド県の町。ボルドー・ワインの産地の一つで、そこで生産されたワインもこう呼ばれる。赤ワインが有名。

50　一九一七年四月まで＝一九一七年二月末にストライキ、暴動、兵士の反乱によってロシアの帝政が崩壊して臨時政府が成立すると、国外に亡命していた革命家レーニンが四月初めに帰国し、社会主義革命をめざす方針を提唱した。四月テーゼと呼ばれたこの新方針は次第に浸透していき、四月二四日から二九日にかけて開催されたボリシェビキ党全国協議会で党の公式の政策となった。その後紆余曲折はあったが、この方針に沿って同年一〇月の社会主義革命が実現された。そこでプレオブラジェンスキー教授は、社会主義革命に向かう大きな歴史的転換が起きたことと関連させて、まず「一九一七年四月まで」と言い、直後に「一九一七年四月のある晴れた日」と繰り返し、少し後で「一九一七年四月一三日」という具体的な日付けに言及して、この日からロシアの混乱が始まり、その混乱の象徴がオーバーシューズ盗難事件だったと嘆いているのである（四月一三日は四月テーゼが首都ペトログラードのボリシェビキの会議で承認された日）。明らかにレーニンの四月テーゼを示唆しているので、これらの部分は第二稿では検閲を配慮して「一七年三月まで」「一七年三月のある晴れた日」「一九一七年春」にそれぞれ変更されている。

51　カール・マルクス＝（一八一八～一八八三）。ドイツの経済学者・哲学者・革命家。主としてイギリスで活動。その思想はロシアの社会主義革命に絶大な影響を及ぼした。

52　杖を持ったお婆さん《スタルーハ》＝一九二〇年代初めに共産主義演劇工房が上演したワレリー・ヤズビツキー（一八八三～一九五七）の戯曲『誰が悪いのか』（『荒廃』）に登場するぼろを着て腰の曲がったよぼよぼのおばあさん。プロレタリアの家族の生活を妨害する。

53　人びとが自分の頭の中にある世界革命やエンゲルス、ニコライ・ロマノフ、抑圧されたマレー人といった幻想を追い払って＝この部分は検閲が最も厳しく注意した個所で、アンガルスキー編集長も修正を要求した。このためブルガーコフは第二稿で「人びとが自分の頭の中にあるありとあらゆる幻想を追い払って」に書き換えた。

エンゲルスはフリードリッヒ・エンゲルス（一八二〇～一八九五）。ドイツの思想家・革命家。マルクスの協力者でマルクスと同様にイギリスで活動。

ニコライ・ロマノフは最後のロシア皇帝ニコライ二世（一八六八～一九一八）。一九一七年の二月革命で退位し、一九一八年エカテリンブルグで妻子ともに銃殺された。

抑圧されたマレー人は、具体的な事件を指しているのではないと推測する。

54　リピーター式懐中時計＝ネジ（ボタン）を押すとゴングが鳴って時刻を知らせてくれる懐中時計。たとえば、一五分単位の時刻を知らせる時計の場合、低いゴングの回数が時を、高いゴングの回数が〇分、一五分、三〇分、四五分を知らせるといった仕組みだった。

Ⅳ

55　スモレンスキー市場＝モスクワの旧市内西部に一七世紀から一九二〇年代まであった市場（地図２㋺）。現在は「スモレンスク広場通り」になっている。スモレンスクはモスクワから西南西三六〇キロメートルのところにある都市で、この市場がスモレンスクに向かう街道の起点となっていた。訳注16で紹介したギリャロフスキーは、この市場をペストの落とし子と呼んでいる。一七七七年モスクワにペストが流行したとき、当局が疫病対策として古物の売買を日曜日のスモレンスク市場に限って許可したのが、この市場の起こりだという。

56　メチニコフ教授＝イリヤ・メチニコフ（一八四五～一九一六）。ロシアの微生物学者。一八八七年からパリに移住。一九〇八年ノーベル生理学・医学賞受賞者。健康食としてのヨーグルトの普及にも功績があったと言われている。五人兄妹の三男で、長兄がレフ・トルストイの小説「イワン・イリイッチの死」のモデルとされる司法官。次兄は一八七四年から二年間東京外国語大学でロシア語を教えた。

57　百貨店ミュール＝フルネームはミュール＆メリーズ。ロシアに移住した二人のスコットランド人が開いた当初卸売店、のちに百貨店。百貨店はネグリンヌイ通り（訳注５）とクズネツキー・モスト（鍛冶橋）通り（訳注73）に面し、ボリショイ劇場の横という、文字通りの繁華街のど真ん中に一八八五年開業（地図２㋭）して、すぐにモスクワ一の店となった。通信販売もおこなった。一九〇〇年火災で焼失するが、一九〇八年に再建された。革命後じきに国有化され、しばらくして休業するが、一九二二年から国営のモストルグ（モスクワ商務局の百貨店）として再開し、一九三三年に中央百貨店（ツム）に名前を変えた。本作品の時代にはモストルグだったが、フィリップ・フィリッポビッチはここでも旧称ミュールを愛用している。現在はツムの名前でブランド品を売り物にした民間高級百貨店として人気を博している。

58 救世主キリスト大聖堂＝一八八三年モスクワ川沿いに建てられたロシア正教会の大聖堂。ロシア革命後もしばらくは存続していたが、一九三一年同敷地にソビエト宮殿を建設する計画が採択され、大聖堂は爆破して解体された。しかし、一九三七年に開始されたソビエト宮殿の建設作業は、第二次大戦で中断し、その後取りやめとなり、代わりに冬でも泳げる巨大屋外温水プールが一九六〇年に開業し、ソ連崩壊後の一九九四年まで存続した。その後、大聖堂の再建工事がおこなわれ、二〇〇〇年に再建された。本書の舞台となっているプレチスチェンカ通り（訳注4）は、大聖堂の前にあるプレチスチェンスキエ門広場が起点となっている（地図1、地図2㋑）。

59 門の上のライオン＝貴族などの建物の門を飾るライオンの像。そもそものルーツは、日本の狛犬や沖縄のシーサーと同様に、エジプトやメソポタミアまでさかのぼることができる。

モスクワで最も有名なのは、トベリスカヤ通り二一番地の門にあるライオンの像である。もとは二頭だったが、現在は六頭に増えている（一枚目の写真参照。写っているのは三頭のみ）。ここはラズモフスキー伯爵の屋敷だったが、彼の死去後、一八三一年から一九一七年までイギリス・クラブの建物となった。ロシアの貴族がモスクワ在住の外国人と交際するという名目で結成したクラブだが、実際にはロシアの貴族同士の親睦の場として盛況を呈した。一九一七年からは革命博物館となり、一九九八年以降はロシア現代史博物館と改称されている。プーシキンの代表作である詩による長篇小説『エブゲニー・オネーギン』のなかでは、ヒロインのタチヤナが失恋

注59　イギリス・クラブのライオン

の痛手を隠して社交界へのデビューのため母親と一緒にモスクワ入りするときのトベリスカヤ通りの都会の雑多な光景の中に、イギリス・クラブの「門の上のライオン」（次の翻訳では「門に座る獅子像」となっている）が歌われている。

だが見よ、ようやく間近に迫った。行く手には白い石の都モスクワの、古い寺院の丸屋根が、炎のように金色《こんじき》の十字架をきらめかせて燃えている、ああ、同胞《はらから》よ、突然行く手に教会や。鐘楼や、庭園や、宮殿がずらりと半円形に開けているのを見た時、私はどんなに嬉《うれ》しかったことか。さすらい漂うわが運命にもてあそばれて、悲しい別離の旅にある時、私は幾《いく》たびお前のことを思い浮かべたことか。モスクワ……わがロシア人の心にとって、この響きには、どんなに沢山の思いがこめられていることか。どんなに沢山の思いが鳴り響くことか。

見よ、深い樫の林に打ち囲まれて、ペトロフスキー城が、憂鬱な風情《ふぜい》のうちにも過ぎし日の栄誉を誇っている。かつてナポレオンが、最後の幸福に酔いつつ、モスクワが膝を屈して古いクレムリン宮の鍵束を捧げるのを、むなしく待った場所である。いや、わがモスクワは、悄然《しょうぜん》と首うなだれて彼の足下にひざまずきはしなかった。モスクワが性急なあの英雄に準備したのは、祝典や貢物ではなくて、火事であった。そこから彼は深い思いに打ち沈みつつ、恐ろしい炎の渦を見おろしたのだ。

さらば！　亡びたる栄誉の目撃者ペトロフスキー城よ！　さあ、足を止めずに先へ進もう！　もう城門の柱の列が白く浮かんで見える。もう箱橇は、トヴェルスカーヤ通りのでこぼこ道をまっしぐらに走っている。番小屋、女、子供たち、小店、街灯、宮殿、庭園、寺院、ブハラ人、橇、菜園、商人、掘立小屋《ほったて》、百姓の群、並木道、塔、コサック兵、薬局、流行品店、バルコニー、門に座る獅子像、十字架にとまった烏《からす》の群れ――すべてがちらりと見えては飛び去って行った。（プーシキン『オネーギン』池田健太郎訳、岩波文庫、一九六二年）

訳注16で紹介したギリャロフスキー『モスクワとモスクワっ子』はイギリス・クラブをとりあげた章の表題を「門の上のライオン」としている。

ただしここのライオンはちょっと中腰で身構えて、通行人や門に入る人を威嚇する姿勢を取っている。「どっしりと腰を落として」（直訳すると「横たわって」、「寝そべって」）男女のやりとりをながめているシャリクの姿とは違う。つまり、繊細なロシア人読者は、『犬の心』のこのくだりで「門の上のライオン」を読むとすぐにイギリス・クラブのライオンを思い出すが、どっしりと腰を落としていないので、ちょっと違和感を覚えるだろう。

一方、本書の舞台であるプレチスチェンカ通り一六番地にある「学者の家」（現科学アカデミー中央学術会館）の門の上にもライオンがいる（二枚目の写真）。犬の「伏せ」の姿勢でお腹をつけて、頭を持ち上げて、手はスフィンクスのように軽く前に出している。まさにかまどの余熱の温かさを堪能しながらうとうとしつつも、男女の抱擁を見つめる好奇心は失っていないシャリクの姿に重なっている。

だが、学者の家のライオンはイギリス・クラブのライオンほどメジャーではないから、これを知らないロシア人も少なくない。つまり、イギリス・クラブのライオンのイメージのまま本書

注59　プリチスチェンカ通りのライオン

を読み終える人が多い。そして何人かは、後日、なにかの折に学者の家のライオンの写真をみて、『犬の心』の門の上のライオンはこちらだったんだと気付く。ブルガーコフが大好きな一種の「ひっかけ問題」になっている。

60　イースター・ローズ（ヤマブキ）＝ヤマブキ（Kerria japonica）は、花をつけた灌木の茂みがバラの茂みに似ていることから、ジャパニーズ・ローズとかイースター・ローズと呼ばれるようになったと言われている。バラ科ヤマブキ属。一二月のモスクワでヤマブキとなると、温室製だろうか。それともドライフラワーか造花？

61　プレオブラジェンスカヤ関所＝一七四二年から一八五二年までモスクワ北東部にあった関所。現在のプレオブラジェンスカヤ広場の一部。クレムリンからの直線距離は約八キロメートル（地図３）。

一七四二年税務庁が総延長三七キロメートルの土塁と堀でモスクワを囲んで市の境界とし、当初一六カ所に関所を設け、国内関税（通行税）を徴収した。この土塁を税務庁土塁（カメル・コレースキー・ヴァール）という。一二年後の五四年に国内関税は廃止されたが、人の出入りを取り締まる機能は約百年後の一八五二年まで残った。関所の前は広場になっていて、その広場や周辺一帯もプレオブラジェンスカヤ関所という地名で呼ばれた。

ロマノフ王朝の二代目のツァーリであるアレクセイ・ミハイロビッチ（一六二九～一六七六）がかつてこの近くに別荘をつくった際に自分の宮殿にあった教会の名前プレオブラジェーニエ（主キリストの変容）を村の名前に使い、プレオブラジェンスコエ村とした。関所はこの村の名前にちなんでプレオブラジェンスカヤ関所と命名された。

アレクセイ・ミハイロビッチの三男のピョートル（一六七二～一七二五。ツァーリ在位一六八二～一七二五、初代皇帝在位一七二一～一七二五。通常ピョートル大帝と呼ばれる）はこのプレオブラジェンスコエ村の別荘で少年時代を過ごした。ここで一緒に戦争ごっこを兼ねた訓練をした少年兵たち（遊戯連隊）が中心となって後年編成されたのが、プレオブラジェンスキー親衛連隊であり、その名称はこの村の名前に由来している。革命後の一九一八年この連隊は廃止されたが、なんと二〇一三年の大統領令で、ロシアの儀仗隊である一五四独立警備連隊がプレオブラジェンスキーの名称を付与された。プレオブラジェンスキーという語は、ロシア人にとって好ましい歴史・伝統・家柄・栄誉・勇猛・容姿端麗といったイメージを連想させるようだ。

この関所が本書に登場する理由は、プレオブラジェンスキー教授の苗字と同じ語源であるプレオブラジェーニエ（変身、変化《へんげ》、キリストの変容）にある。

ついでに、税務庁土塁以前のモスクワ市の境界について触れておこう。モスクワは一二世紀に現在のクレムリンの場所に建設された砦からスタートしたが、クレムリンが現在とほぼ同じ外観の煉瓦の城壁で囲まれるようになったのは一六世紀初めである。その後、壁（土塁）で囲まれた以下の街区が追加されていく形でモスクワは拡大していった。

キタイ・ゴロド（一五三八年。堀、土塁、煉瓦の城壁）

ベールイ・ゴロド（一六世紀後半。堀、土塁、煉瓦の城塞）＝ベールイ・ゴロドの城塞跡が現在のブリバールノエ・コリツォー（並木環状道路）

ゼムリャノイ・ゴロド（一六世紀末。堀、土塁、木の柵。その後堅牢な木の壁）＝ゼムリャノイ・ゴロドの境界が現在のサドーボエ環状道路

税務庁土塁（一七四二年、土塁と堀のみ）
モスクワはこの後も拡大していくが、市の境に壁や土塁が建設されることは税務庁土塁が最後である。

V

62　逆さまに読んだ＝「Главрыба《グラブルイバ》」（魚屋）を「Абырвалг《アブイルバルグ》」と読み、「Рыба《ルイバ》」（魚）を「Абыр《アブイル》」と読んだのは、犬のシャリクが単語および文章を右から左に読むものと勘違いしていたから。ただしギリシャ語で魚はイクトゥス（ΙΧΘΥΣ）という。これは「イエス・キリスト・神の子・救世主」（ΙΗΣΟΥΣ ΧΡΙΣΤΟΣ ΘΕΟΥ ΥΙΟΣ ΣΩΤΗΡ）の頭文字と同じ。そこで初期のキリスト教徒は魚の綴りとマークをキリストあるいはキリスト教のシンボルとして用いた（ウィキペディアの「イクトゥス」の項目）。ブルガーコフはこの意味を込めてルイバをアブイルに逆転している。つまり犬から人間になった被験体は「おれはアンチキリストだ」と叫んでいるのである（大森雅子『時空間を打破するミハイル・ブルガーコフ論』成文社、二〇一四年、一三六頁）。

63　バレリアン・チンキ＝バレリアンはセイヨウカノコソウというハーブ。チンキ（アルコールで抽出したもの）にして経口服用する。精神安定、睡眠誘発などの効能があると言われている

64　母親を絡めた卑猥な言葉でののしった＝後出の「母親を絡めてののしる」も同じ意味。最高度の卑猥語、卑罵語で、ロシア語で Ёб твою мать と書く。読み方はヨーブ・トヴァユー・マーチであるが、早口でののしるとヨッポイマーチと聞こえる。

くれぐれもロシア語を母語とする人の前で発音しないこと。状況次第では、ぶん殴られたり、交際を断られたりするから要注意。この表現が聞こえてきても知らんふりをするか、苦虫をかみつぶしたような顔をして黙殺するのが教養ある人間のマナーとされている。公共の場、マスコミ、活字の世界では禁句である。この言葉を使って誰か（とくに警官）をののしると、行政法違反として罰金または拘留が科せられる可能性がある。

ёб ヨープは есть イエチまたは ети イェチー「性交する」という動詞の単数男性の過去形だが、過去形で近未来をあらわすことがあり、この言い回しでは近未来のほうらしい。主語は一人称、二人称、三人称いずれも考えられるが、どうやら三人称で、不特定の誰かを想定しているのだという。目的語は твою「お前の」мать「母親」である。当たらずとも遠からずの直訳は「お前の母ちゃんなんて今すぐやられちゃうぞ！」だろうか。研究社の露和辞典には「ええいっ、糞（極端な罵言）」、岩波書店の露和辞典では「《罵》（軽蔑・いらだち・驚きなどを表して）くそったれ、畜生」となっている。

庶民の男性同士の日常会話には驚くほど頻繁に登場する。あまりにも広範に流布してしまったので、どぎつい卑猥な感じが薄まり、ののしる度合いが軽くなるケースも少なくない。同じ動詞と母親を組み合わせた別の言い回しもいくつかある。

ロシアでは活字にできない表現だが、日本の活字の世界ではかなり広まっていて、書籍の題名（松井秀夫『ヨッポイマーチ』一九八二年）にもなっている。広めたのは、第二次大戦後に捕虜としてソ連各地の収容所で働かされた元日本軍将兵や民間人である。彼らの回想録を読むと、最も記憶に残っているロシア語としてオーチン・ハラショー（大変よろしい）、スコーラ・ダモイ（じきに祖国に帰れるぞ）などと並んでこのヨッポイマーチが登場する。二〇一三年五月一三日の神戸新聞に掲載された記事には元抑留者の証言が載っている。
「休憩時間になったらソ連の警戒兵のところへ行って、日本語とロシア語のチャンポンで冗談いうくらいになったさかいね、ノルマを達成できへんと『ヨッポイマーチ』と言われるんやけど、『バカヤロウ』ちゅうようなえげつない言葉やけど、それを日本人同士でふざけあって使うてたな。ちょっと失敗したら、声色を変えて笑いながらな。あれが、一番よう使ったロシア語の単語やと思うわ」

一方この言葉を使わずに同じ意味を示唆する用語法・表現がロシア語にはいくつもある。シチュエーションによって「お前の母ちゃん…」「お前の…」「…母ちゃん」だけで元々の表現を連想させたり、ただ単に「ヨー」と叫んだり、「ヨー・マヨー」「ヨーカ・マカリョク」「ヨーク・スデイ」などのまったく意味のない言葉でこれを表現する。挙句の果ては、当惑・驚きの別の表現「ヨールキ・パルキ」(「あらまあ」。もともとは松(あるいは樅)と棒の意味で、卑猥さはまったくなく、ロシア民族料理のレストラン・チェーンの名前にもなっている)で代用することもある。

ヨップ・トヴァユ・マッチに代表される卑猥でタブーとなっている言葉・表現をロシア語でマートと総称する。性交、男性器、女性器、淫売婦などをあらわす卑俗な言い方を基本に縦横無尽に枝分かれしていて、マートを使わないと会話ができなくなる男性がいると言われるくらい、日常生活に浸透している。なんとも不思議なロシア語の世界である。本文中に二度登場する「下品な言葉遣い禁止!」という注意書きにある「下品な言葉遣い」がこのマートである。

65 スハレフスキー市場＝モスクワの旧市内北部に一八世紀末から一九三〇年まで存続した市場(地図2㋣)。スハレフカともいう。ギリャロフスキー『モスクワとモスクワっ子』(訳注16参照)はナポレオン戦争の落とし子として紹介している。一八一二年、ナポレオンに率いられたフランス軍がモスクワに入城した前後、モスクワは無政府状態となり、空き巣や略奪が横行した。ナポレオン戦争が終わった時、モスクワの司令官は、戦時中に略奪した物品の売買をこの市場で日曜日に限って許可した。これを発端としてこの市場はありとあらゆるものが取り扱われる巨大市場になった。革命後に一旦閉鎖が決定されるが、廃止できずに残り、新経済政策の中で一九二五年に縮小されて新スハレフ市場となり、一九三〇年にようやく廃止された。スハレフは、ピョートル大帝の時代の銃兵の反乱時にただ一人連隊を率いて忠誠を守った銃兵隊長。この場所に、彼の名前をつけた塔が建っていたので、市場もこう呼ばれるようになった。

66　「ブルジョアめ」と言った＝プレオブラジェンスキー教授の住宅兼診療所のぜいたくな仕様（造りと部屋数、整頓された室内、立派な家具調度）を見て感じた「この金持ち野郎め、いい暮らしぶりじゃねえか」という思いを一つの単語「ブルジョア」で表現した。

67　プリムス［バーナー式コンロ］＝スウェーデンのプリムス社製コンロを模して一九二二年からロシア国内で製造・販売されたバーナー式コンロ。プリムスという外国のブランド名がそのまま製品名となった。本家のスウェーデン・プリムス社は現在も健在で、登山用のバーナー式コンロは日本でも販売されている。

ガス化が遅れたロシアの大都市ではプリムスが重宝された。複数の世帯がワンフラット・ワンルームに雑居する共同住宅（コムナールカ）では、世帯数分のプリムスが共用台所に並んでいた。バーナー独特の音を出し、ノズルは頻繁に故障した。

68　ファウストのレトルト（蒸留器）を使わずにホムンクルスが造り出され＝ゲーテ作「ファウスト」第二部第二幕でかつてファウストの弟子であったワーグナーがレトルト（蒸留器）を使って人造人間ホムンクルス（小人間の意）を造っている。

69　化学者メンデレーエフ＝ドミートリー・メンデレーエフ（一八三四～一九〇七）。ロシアの化学者。元素の周期律を発見。この箇所のボルメンターリ医師の言葉の中には、犬（家畜）からスタートして低級な人間、中程度の人間を経て高級な人間に到達したという、ひとの進化にかんする階層論がうかがえる。最高位に位置しているのが科学者である。

70　一九二五年一一月二八日、つまり殉教者聖ステファンの日で、この日地球が天の軸に衝突する＝この殉教者ステファン（ステパノ、ステパン、ステファノスとも呼ばれる）は、新約聖書の使徒言行録（使徒行伝）に登場し、人びとに石を投げつけられて殺されるキリスト教最初の殉教者ステファンではない。こちらのステファンであれば、西方教会の記念日は一二月二六日、ロシア正教会の記念日は一二月二七日（新暦一月九日）である。記念日が一一月二八日（新暦一二月一一日）のステファンは、八世紀の東ローマ帝国で聖像禁止（イコノクラスム）を掲げたイサウリア朝レオン皇帝（在位七一六～七四一）に迫害され、その息子コンスタンティノス五世（在位七四一～七七五）の時代に殺害された殉教者。

　ここにはブルガーコフの遊び心が隠されている。キリスト教が身近だった一九二五年当時のロシアの読者は、有名なステファン（一世紀に石打の刑を受けた第一号殉教者）とその記念日の日付（一二月二七日）は知っていたが、マイナーな殉教者である八世紀のステファンとその記念日（一一月二八日）についてはほとんど知らなかった。だから一瞬「むむ、ブルガーコフさん、日付が違いますよ。あなたでも間違うことがあるんですな」とほくそ笑んだだろう。ところが、すぐにそれを言葉に出すのはこわい。ブルガーコフだから何かあるんじゃないかと躊躇する。そして、そっと教会カレンダーをめくってみると、もう一人のステファンが見つかる。結局のところ「ブルガーコフさん！　意地悪ですな、もう少しで引っかかるところでしたよ」と苦笑いして終わる。

VI

71　ヒマワリの種を食べる＝ヒマワリやカボチャの種を食べるのはロシアだけではないが、カスが飛び散らないように配慮しながら殻を割って、上手にくずかごに捨てるのは至難の業である。野外では口の中で割って殻を地面に吹き飛ばすのが普通だが、家の中でも床に吹き飛ばす人が少なくない。

72　炊事場の寝床＝寝床のロシア語はポラーチ **полати**。いくつかの木の板をペチカの上から向かいの壁に差し渡したり、天井から吊り下げたりして作った幅の広い大きな棚で、寝床として使うほかに、大きな調理器具などの収納棚として使った。

ここでいうペチカとはかまどと密閉された煙道とを組み合わせたレンガ製の大型の暖房装置で、通常の農家では台所を中心に設置して炊事用かまどとしても併用する構造になっている。燃料は薪。ふつうペチカの上部はそのまま寝床として使用できるほど広く平らな屋根になっており、またペチカの側壁にも寝床を作ることができる。そしてポラーチも含めたこれらの寝床は、お年寄りや子供はもちろん、大人も一度そこで寝ると、なかなか離れがたくなる快適な場所となっている。このためロシア語で「ペチカの上で寝る」という表現は、なまけものを意味するようになった。ロシアのおとぎ話の主人公エメリヤのバカは、ペチカの上でごろごろしている怠け者であるが、ある日魔法の魚カワカマスの命を助けたことから、不思議な力を授けられ、最後は王女様と結ばれる。

だが、本書の舞台であるカラブホフの家の暖房は、すでにペチカによる戸別暖房方式ではない。建物内または中庭にボイラー室があり、そこで熱せられたスチームがパイプを通じて階段や各戸に支給され、蛇腹ラジエーターで館内の空気を暖めている中央暖房方式である。にもかかわらずここでポラーチが登場するということは、この建物も以前はペチカ方式で、中央暖房に切り替える際にペチカが解体されずに残っているのだろうか。あるいは、ペチカは最初から存在せず、炊事場にあるのは普通のかまどで、その近くに大きな吊り棚あるいは高い二段ベッドの一段目を取っ払ったような棚が設置されているのだろうか。

ペチカがないとしても、あるいはすでにペチカが暖房の機能を果たしていないとしても、炊事場はもともと暖かい。そのうえいつもおいしい料理の匂いがただよっている。さらに二人の異性にちょっかいも出せる。食べ物の匂いが嫌いな人はともかくとして、本書の主人公のもと犬にとっては「気持ちいい空気」に違いない。そこでもと犬は、棚として使っていたポラーチの品物を片付けて寝床として利用し始めたのだろう。

ちなみに「雪の降る夜は楽しいペチカ」の唱歌（童謡）『ペチカ』は、大正時代に北原白秋と山田耕筰が南満州教育委員会の招きで満州（現中国東北部）を訪れて取材して製作したもの。一九二四年発行の『満州小歌集』に掲載された。

73　クズネツキー・モスト（鍛治橋）通り＝ネグリンナヤ川（訳注5参照）にかけられた橋があった通り（地図2⑥）。クレムリンの北にある繁華街で、一九世紀にモスクワの流行をリードするファッションの中心地となった。

74　ネップマン［二〇年代の新興実業家］＝革命・内戦直後の戦時共産主義下では民間企業が厳しく禁止されていたが、一九二一年以降新経済政策（ネップ）が実施され、市場原理が部分的に導入された。このとき登場した新興の商人や実業家をネップマンと呼んだ。だが一九二六年から民間企業が徐々に排斥され、一九二八年に五か年計画がスタートするころには新経済政策は事実上廃止されていて、ネップマンもほぼ消滅してしまった。

75　ポリグラフ・ポリグラフォビッチ＝ギリシャ語でポリは「複数、多い」、グラフは「図、書く、記録」。ロシア語でポリグラフィアは印刷・出版、ポリグラフはその機械（複写機、印刷機）。印刷屋や印刷工はポリグラフィスト。ポリグラフ・ポリグラフォビッチという名前の意味は「印刷機の息子の印刷機」となる。

また訳注37で住宅委員会のメンバーの苗字を解読したエレナ・ステパニャン女史は、ポリグラフを「たくさん書く」と解釈して、ブルガーコフが自虐的に物書きによってつくられた人物という意味をこめているのではないかと書いている。

ブルガーコフは一九二四年九月、ネドラの編集員ピョートル・ザイツェフに『運命の卵』の印税の一部の前借りを申請し、ネドラ傘下のモスポリグラフ出版所でザイツェフが署名した申請書を提出して一〇〇ルーブルを受け取っている。モスはモスクワの意。当時ネドラの傘下には同名のモスポリグラフ印刷所もあった。ブルガーコフ研究者のマリエッタ・チュダコーワが指摘しているように、このモスポリグラフが半年後に『犬の心』のポリグラフ・ポリグラフォビッチにつながったようだ（マリエッタ・チュダコーワ『ミハイル・ブルガーコフ伝記』、モスクワ、一九八八年、二九二頁）。

純ロシア語ではないのでちょっとハイカラな響きがあるようだが、いずれにしても真面目な名前ではなく、噴飯物に近い。

76　三月四日＝カレンダーにかんする一般的な解釈は二つ。一つは、当時キリスト教の聖人の名前を推奨する教会カレンダーに対抗して共産党が推奨する名前入りカレンダーが作られていて、その三月四日のところにポリグラフがあったというもの。だが、かつてのカレンダーを調べた人たちの調査結果では、実際にそのようなカレンダーはあったが、そこにポリグラフという名前はなかったようだ。もう一つは、三月四日がどこかの出版社か印刷所の創立記念日かなにかで、日めくりと思われるカレンダーにそのことが書かれているのを、住宅委員会のメンバーが見つけて、もと犬にポリグラフという名前を献上したというもの。こちらも、三月四日とポリグラフを結びつけるカレンダーは実在しなかったようだ。つまり、三月四日とポリグラフは作者のフィクションである。

ついでに指摘しておきたいことが二点ある。一つは、とくにロシア人が好きな職業・産業の記念日である。ソビエト時代の出版・新聞の日は五月五日だった（一九一二年にボリシェビキの新聞「プラウダ」が創刊された日）。ソ連崩壊後の一九九二年からは、一月一三日が「ロシアの出版・新聞の日」となった。ピョートル大帝の命令により一七〇三年のこの日にロシア語の新聞「ベドモスチ（通報）」の第一号が発行されたからとされている。またこれとは別に二〇一三年からまったく新しい記念日ポリグラフィア（印刷）の日（四月一九日）が設けられた。ロシア最初の活字による書籍「アポストリ（使徒）」の製作が始まったのが一五六三年のこの日と言われている。ブルガーコフが想像でつくりだした「ポリグラフの日」に近い「ポリグラフィアの日」がついに実在するようになったのである。

二点目は、この小説の執筆後に定着したポリグラフのもう一つの意味である。一九三〇年代以降欧米では、人がウソをつくときに微妙に変化する心拍、血圧、呼吸などの複数の生理的変化を記録する器械、すなわちウソ発見器をポリグラフと呼ぶようになった。現在のロシアでも印刷機と並行してウソ発見器の意味でポリグラフが使われている。つまり、ポリグラフ・ポリグラフォビッチは現代ならば「ウソ発見器の息子のウソ発見器」ともなる。

77　シャリコフ［シャリクの一族］＝シャリクを語源とする苗字。イワン→イワノフ（女性ならイワノワ）というように、男性の名前やあだ名にオフまたはエフ（女性ならばオワまたはエワ）を付けるのが代表的なロシアの苗字の作り方の一つ。イワノフの場合、イワンの一族の意味で、祖先にイワンがいたものと推測される。ロマノフ王朝の場合、初代ツァーリ・ミハイルの父親フョードルが自分の祖父ロマンに敬意を払ってロマノフ（ロマンの一族）を苗字にしたと言われている。注14で述べたように、本書のシャリクは「ワンちゃん」「コロ」「ポチ」のような犬の愛称。シャリコフはさしずめ「ワンちゃん一族」となる。ところでシャリコフは人間界に実在する苗字でもある。この場合は犬ではなく、「玉のようにコロコロ太った人」というあだ名から生まれた苗字である。

Ⅶ

78　小さなパン切れを取ってその匂いを嗅ぎ＝グラスに入ったウオッカを一気に飲み干して、すぐに黒パンの切れ端の匂いを嗅ぐというのは、典型的なアル中の飲み方。金のない酔っ払いがなんとかウオッカを手に入れたもののつまみを買うお金を捻出できなかったときに用いる方法。「代表的な黒パンであるボロジノ風黒パンのちょっと酸っぱい匂いが絶妙」とか。ここでシャリコフは匂いを嗅いだ後でパンのかけらをすぐに食べているが、食べずに残しておいて二回目、三回目に飲むときに同じパンのかけらの匂いを嗅ぐことも、何人かで「回し嗅ぎ」をすることもあるようだ。

79　口元で十字を切った＝しゃっくりで口を開けると悪魔が入り込むので十字を切ってそれを防ぐという、迷信に由来する行為。子どものときに身についていて、大人になってもしゃっくりすると条件反射のように口元で小さな十字を切る。

80　カウツキー＝カール・カウツキー（一八五四〜一九三八）。ドイツ人。マルクス主義の理論家、政治家。マルクスやエンゲルスの後継者とみなされていたが、ロシア革命後のソビエト政権を一党独裁と批判し、レーニン率いるロシア共産党と対立した。レーニンからは「背教者」（マルクスの教えに背いた弟子）と非難された。エンゲルスとの書簡集は実在する本であるが、本作品執筆時（一九二五年）にはまだ出版されていなかった可能性がある。

81　学びなさい＝この箇所で多くのロシア人が思い出すのは、レーニンが何度も学ぶことの重要性を強調していたことである。たとえば「第一に、学ぶことであり、第二に、学ぶことであり、第三にも学ぶことである」（レーニン「量はすくなくても、質のよいものを」大月書店版レーニン全集、第三三巻五一〇頁）。

82　ソロモンスキー・サーカス……ニキーチン・サーカス＝ソロモンスキー（サラモンスキー）・サーカスはイタリア生まれのユダヤ人曲馬師サラモンスキーが一八八〇年に、ニキーチン・サーカスはロシア人の曲芸師（力持ちとジャングラー）兄弟が一八八六年に、それぞれモスクワに開いたサーカス団とその常設小屋。前者は最初からツベトノイ・ブリバール（花の並木道）にあった（地図2㋠）。後者は当初その隣で公演を始めたが、サラモンスキーに金で追い払われて放浪し、一九一一年にボリシャヤ・サドーバヤに定着した（地図2㋷）。一九一九年国内のサーカスが国有化され、サラモンスキー・サーカスは第一国立サーカスに、ニキーチン・サーカスは第二国立サーカスにそれぞれ改称されたが、人びとは旧称を使っていた。じきに二つのサーカス団は統合されてモスクワ・サーカス団となったが、二つの小屋は併存した。

第一サーカスは現在モスクワ・ニクーリン・サーカスとなっている。ユーリー・ニクーリン（一九二一〜一九九七）は国民的な道化師・俳優。一方、第二サーカスは一九二六年に閉館し、残された建物にはミュージック・ホール（じきにオペレッタ劇場に改称）が入った。このオペレッタ劇場がブルガーコフの代表作『マスターとマルガリータ』で悪魔ボーランドたちが魔術を披露する「バラエティ劇場」のモデルとなった。現在その場所にあるのはモスクワ風刺劇場で、丸天井の屋根がかつてのサーカスの面影を残している。
83 「四人のユッセムス」と「死点に立つ男」＝両方ともサラモンスキー・サーカスに実際にあったアクロバットの演目名。「四人のユッセムス」は天井から吊るした布（リボン）を使って空中でおこなうアクロバット。ユッセムスは外国風の名前だが、演じた芸人はロシア人だったらしい。「死点に立つ男」は垂直に立てた柱（ポール）の上でおこなうバランス芸と思われる。

Ⅷ

84 一六平方アルシン＝アルシンはロシアの長さの旧単位。一アルシンは七一・一二センチメートル。一六平方アルシンは約八・〇九平方メートル。日本の団地間で五・六畳分。
85 レモンをつまみに飲むコニャック＝ロシアでは薄く輪切りにしたレモン・スライスをコニャックのつまみとすることが多い（レモンは皮ごと食べる）。コニャックとレモンの組み合わせは、訳注53の最後のロシア皇帝ニコライの発案という説が根強い。コニャックの老舗シュストフ家（訳注46参照）の長兄が一九一二年皇帝主催の復活祭のレセプションに招かれたときの話。皇帝入場時、長兄がしきたりを破って進み出て、自社製のコニャックを入れたグラスを皇帝に手渡したところ、皇帝はレモンの輪切りを持ってこさせ、これをつまみにコニャックを試飲し、シュストフのコニャックをほめたたえた。このときから、コニャックとレモンの組み合わせが流行するようになったという。

レモンに砂糖をのせるやり方もある。これはニコライ皇帝にちなんでその名もニコラシカと呼ばれている。砂糖をのせたレモンをショットグラスの上に置いておき、これを二つ折りにして食べてからコニャックを飲む。皇帝ニコライが妻の目をごまかして朝の紅茶を飲むふりをしてコニャックを飲むために、砂糖をのせた輪切りレモンの小皿と一緒に紅茶のグラス（ティーカップではない）にコニャックを注いで出させたのが始まりという。

ちなみにフランスは、TRIPS協定（知的所有権の貿易関連の側面に関する協定、一九九四年締結）にもとづいてコニャックやシャンパンという名称をロシア製品に使用しないよう要求しているが、ロシア側はこれを完全には履行していない。輸出する場合にはそれぞれブランディー、スパークリングワインと表示するが、ロシア国内で消費するさいの表示については現在でもコニャックとシャンパンを使用している。以前からコニャックやシャンパンが伝統的に国内で定着していたことを根拠としているという。二〇二一年七月には、ロシア製ブランディーに「ロシア製コニャック」という名称を、ロシア製発泡ぶどう酒に「シャンパン」という名称をそれぞれ使用することが法律で決まった。ちなみに、この法律は、外国製発泡ぶどう酒について、ロシア語の食品表示ラベルに「スパークリングワイン」と記載することを求めている。このためフランスの高級シャンパン「モエ・エ・シャンドン」もロシアでは「スパークリングワイン」と表示されることになる。

86　ビリノ＝現在のリトアニアの首都ビリニュス。

87　スピノザ＝一六三二～一六七七。オランダのユダヤ系哲学者。一六五六年無神論的傾向のためユダヤ教団を破門、以後は教師とレンズ磨きで生計を立て、各地を遍歴。神即自然と見る汎神論、物心同一性、一切の事象は因果的必然性によって生ずるとした決定論を特徴とし、真の自由はこの必然性を「永遠の相のもとに」洞察することにあり、これが神への知的愛であり、人間にとっての最高善であるとした（広辞苑より）。

　作者がなぜここで世界的な偉人の代表としてカントやヘーゲルではなく、あるいはニュートンやガリレオではなく、スピノザを登場させたのか、理由は不明である。ただし、一九世紀後半のゲルツェンやチェルヌイシェフスキーといったロシアの革命的民主主義者たちはスピノザを崇拝していた。これを引き継いだロシア・マルクス主義の父プレハーノフは、スピノザの哲学を唯物論の立場から高く評価して「マルクス主義哲学はスピノザ主義の変種である」とまで書いた。ロシア革命後のソビエト哲学界をリードしたデボーリンやアクセリロードも、プレハーノフの見解を受け継ぎ、スピノザを何度も取り上げて相互に論争もしている（セルゲイ・マレエフ『ソビエト哲学におけるスピノザ』http://www.intelros.ru/pdf/logos_2007_59/mareev.pdf、あるいはアンドレイ・マイダンスキー『ソビエト的スピノザ。理解を探求する信仰』https://iphras.ru/uplfile/sov_ph/knigi-maidanski/svob-mysl-spinoza.pdf）。つまり一九二〇年代のソ連でスピノザは共産党公認の偉人だった。しかし三〇年代初めにデボーリンとアクセリロードがそれぞれの理由で批判され、哲学界の主流から外されてしまうと、ソ連におけるスピノザの影も次第に薄くなってしまった。

88　ホルモゴルイ市＝ロシア北部のアルハンゲリスク州にある町（一九二五年まで市）。この町から三キロメートルほど西にある集落（現在のロモノソボ村）で訳注89のミハイル・ロモノソフが生まれた。

89　ロモノソフ＝ミハイル・ロモノソフ（一七一一～一七六五）。ロシアの科学者・人文学者。ロシア科学アカデミーにおいて物理・化学・天文学の分野で多くの業績をあげ、モスクワ大学を創設。「ロシア文法」を著し、作詞・文体理論を提唱、詩作も行なった（広辞苑より）。ロシア人なら誰でも認めるロシアの偉人の代表である。

90　手術の一〇日後＝一月二日、フィリップ・フィリッポビッチは犬から人間になった被験体が発した母親を絡めた卑猥なののしり言葉を聞いて卒倒している。

91　テレグラフ・テレグラフォビッチです＝ダリヤ・ペトロブナはポリグラフ・ポリグラフォビッチと言うべきところを、語呂が似ているテレグラフ・テレグラフォビッチと言ってしまった。テレグラフは「電報」、テレグラフ・テレグラフォビッチは「電報の子、電報」。

Ⅸ

92　ハモブニキ（麻織職人）区＝モスクワの旧市街西側の行政区。かつてここに麻織物の職人が多数居住していたのでこの名が付いた。本書の舞台になっているプレチスチェンカ通り（訳注4）一帯もこの区に含まれる（地図1参照）。

93　外套《ゲートー》に使うんだよ……リスの襟の外套だと言って、労働者に月賦で売るのさ＝この外套пальто パリトーはふつう毛織物製で、襟や袖口に毛皮を使うことがある。一方、オール毛皮製のコートはロシア語ではシューバという。現在では気味が悪くて着る気がしないが、二〇世紀前半のロシアではネコや犬の毛皮を使ったものがまだ実在していた。ただし、どの程度がリスその他の毛皮と偽って販売されたかは不明である。ネコの毛皮はじきに毛が抜けただろうと推測する。

労働者用の月賦にはいくつか種類があったようだが、ブルガーコフが世相戯評『国産品賛歌』（一九二六年五月レニングラードの夕刊紙に掲載）で紹介している方式はこうだ。まず、自分が勤めている企業から月賦クーポン券を発行してもらう。これを持って店に行き、券に記載されている金額内の商品を購入する。店は後日、労働者の給与から天引きされた月割りの代金を企業から回収する。分割の回数など、詳細は分からない。

ちなみに、この世相戯評に登場するクーポン券の金額は二一〇ルーブルで、作者はリスの毛皮製シューバ（二〇五ルーブル）とズボン下三本（四ルーブル五〇コペイカ）を購入し、おつり五〇コペイカを受け取っている。しかし、リスの毛皮がまがいものであり、縫製も劣悪なため、シューバは四カ月後に見るも無残な姿に変わりはててしまうが、月賦の支払いは当分継続する。なお、このまがいものの毛皮がネコのものであったとは書かれていない。

外套にゲートーとルビを振ったのは、原文がパリトーを польты ポリトィと表記しているからである。単に無教養な人間のしゃべり方（間違った用法となまり）を表現しているのだが、ポリトィは辞書に載っていないので、翻訳者は苦労する。さらにそれに続く「リスの」も難物である。リスは белка ベールカで、その複数形の生格 белок ベーロクは「リスの」「リスの毛皮製の」という意味。ここでは文脈からして「リスの毛皮製の襟など」を示していると解釈できる。ところが同じ綴りでアクセントを変えたベロークは「タンパク質」という全く別の単語である。このため、『犬の心』の英訳本の一つは、シャリコフの台詞を「ラボラトリーに回して……労働者用のプロテインを作るんだ」と訳してしまった。まあ、ネコの毛皮を使った外套も気味が悪いが、ネコから作ったプロテインに対する拒否反応もさぞかし大きかっただろうと推測する。「前車の覆るは後車の戒め」としてあえて紹介しておく。

94　コルチャク軍＝アレクサンドル・コルチャク提督（一八七四〜一九二〇）が率いた白軍（反革命軍）。コルチャックはコルチャークやコルチャックとも表記される。日露戦争時に活躍したが、旅順開城後捕虜になり、長崎の収容所に四か月間収容されている。第一次大戦時にも活躍した。社会主義革命後の内戦時、ソビエト政権に反対する白軍勢力の中心人物の一人となり、一時はウラル以東の大半を抑えたが、最後は英国やチェコ軍にも裏切られて逮捕され革命政権側に引き渡され、一九二〇年二月銃殺された。

95　社会主義的《ソツィアル》小間使い＝「ソツィアル…」は「社会主義の、社会主義的」という意味の前綴り。ロシアの共産党も旧名は社会民主主義労働党（ボリシェビキ）であり、「社会主義的」は歓迎すべきものの前綴りとして使われていた。しかし一九一七年一一月の社会主義革命後に党名を「共産党（ボリシェビキ）」に変えた後は、社会《ソツィアル》民主主義そのものが「革命を裏切った政治思想」という否定的な意味で使われるようになり、「社会《ソツィアル》排外主義」「社会《ソツィアル》協調主義」「社会《ソツィアル》民族主義」「社会主義的《ソツィアル》裏切り者」といった非難用語が定着した。ここでの「ソツィアル」は「社会主義を名乗っているが実態は反革命的な」「社会主義を隠れみのに使った」といった意味で使われている。この用語法自体すでにかなり滑稽であるが、シュボンデルから生半可な革命教育を受けたわれらがシャリコフはもっと先を行き、大まじめでジーナを「社会主義的《ソツィアル》小間使い」とけなしている。まあ、言いたかったのは「革命に反対する考えをもっている小間使いジーナ」だろう。このようなレッテル貼りと用語法は、ジョージ・オーウェルの小説『一九八四年』に登場する「ニュースピーク」（全体主義国家が国民を支配するために開発した新言語）につながる。

96　メンシェビキ＝ボリシェビキ（訳注47）に対抗したロシア社会民主労働党の分派（派閥）メンシェビキは、次第にボリシェビキとは別の政党となっていき、ボリシェビキが主導した一九一七年の社会主義革命をめぐってボリシェビキと決定的に対立し、結果として反革命勢力として弾圧され、一九二五年ごろに消滅した。共産党はその後も、つまり本物のメンシェビキがまったくいなくなってからも、政権に批判的な人物にメンシェビキのレッテルを貼って次々と逮捕・投獄・処刑した。

エピローグ

97　アタビズム（先祖返り）＝ATAVISM。隔世遺伝、先祖返りと訳されている。隔世遺伝は祖先（特に祖父母）にあった劣性の遺伝形質が、しばらく後の世代の子孫に現れる現象。先祖がえりは生物が進化の過程で失った形質が、子孫において突然現れること。いずれにしても犬から人間になったシャリコフが徐々に犬に戻っていく過程を的確に表現する言葉ではないが、フィリップ・フィリッポビッチも十分そのことを承知のうえで、難しい学術用語を使って警察官たちを煙に巻いていると解釈したい。

『犬の心』に登場する音楽

本作品の中では音楽（歌）が重要な役割を演じている。

歌と比べると映画は「ご婦人方の唯一のなぐさみ」として小ばかにされていて、ジーナが映画を見るために外出する場面でも題名などはまったく紹介されていない。一九二五年当時の映画は当然無声映画。知識人であるフィリップ・フィリッポビッチにとって映画は無学な人びとの低級な娯楽であり、ほとんど関心がなかったのだろう。

同じくフィリップ・フィリッポビッチにとって関心の度合いが低かったのがサーカスで、シャリコフには「サーカスばかり見ていないで、たまには劇場に足を運びなさい」とお説教している。サーカス団の名前や演し物がちょっと紹介されているが、中身は分からない。あまり興味がないということだろう。

劇場については話が別だ。作者ブルガーコフ自身が劇作家であり、演出家であり、いざとなれば演技もしたらしいから、フィリップ・フィリッポビッチがシャリコフに劇場を勧めたのは当然である。だが、『犬の心』には具体的な演目や作家あるいは役者の話は出てこない。シャリコフが演劇はみな反革命だと暴言を吐いても、フィリップ・フィリッポビッチは一笑に付すだけで反論していない。

文学作品も同様で、ブルガーコフにしてみればプーシキンだって、ゲーテだって、何でもこいのはずだが、本書でフィリップ・フィリッポビッチはシャリコフが読みそうな本としてデフォーの『ロビンソン・クルーソー漂流記』を思い浮かべるだけで、そのほかの文学作品は出てこない。分量の少ない中篇小説の中でないものねだりしても仕方ないが、残念と言えば残念である。

これに対して、頻繁に登場するのが音楽である。

主人公のフィリップ・フィリッポビッチは絶えず歌を口ずさんでいる。彼が歌うのは、ベルディ作曲の歌劇『アイーダ』から三曲（アリア『清きアイーダ』、詳細不明のデュエットの旋律「タラ～ラ～リム」、そして勇壮な『聖なるナイルの岸辺をめざせ』）とアレクセイ・トルストイ作詞チャイコフスキー作曲『ドン・ジュアンのセレナード』である。このうち、いたるところでいろいろのフレーズが登場するのが後者の『ドン・ジュアンのセレナード』で、フィリップ・フィリッポビッチが一三回、患者が一回それぞれ口ずさんでいる。フィリップ・フィリッポビッチが次に多く（六回）口ずさむのが歌劇『アイーダ』から『聖なるナイルの岸辺をめざせ』の一節である。こちらは同じフレーズが繰り返される。

一方、犬から人間になったシャリコフも音楽を演奏している。口笛を吹くのがロシア民謡『おい、リンゴちゃん』、バラライカで演奏するのが同じくロシア民謡の『月は輝く』である。

このほかに作品に登場する歌（音楽）は、消防署の音楽隊員が吹くフレンチホルンと住民総会の会場からかすかに聞こえてくる曲名不詳の合唱である。

以下ではそれぞれの曲をちょっとマニアックに調べてみた。

まず作者ブルガーコフが大のオペラ好きだったことを踏まえておこう。グノーの『ファウスト』を四一回見たとか、素人の愛好家同士で『セビリアの理髪師』を上演した際に指揮をしたとか、『ファウスト』『カルメン』『ルスランとリュドミラ』『セビリアの理髪師』『椿姫』『タンホイザー』『アイーダ』などの前奏曲をピアノ演奏し、得意のバリトンで主なアリアを歌いあげた、といったエピソードが残っている。

『犬の心』に最初に登場する歌は、『アイーダ』第一幕で将軍ラダミスが歌うアリアの出だし『♪清きアイーダ……♪』である。ソコリニキ公園の野外円形劇場で口うるさい老人がこの歌を歌って野良犬たちを悩ませるという設定で、作者はフィリップ・フィリッポビッチの登場前に、彼の特徴（オペラ・クラシック音楽好き）を野良犬シャリクの口を通じて先触れしていると思われる場面である（このすぐ後に、性ホルモン研究の権威であることもシャリクに言わせている）。

歌劇『アイーダ』についてくどくど説明する必要はないだろう。イタリアの作曲家ベルディ（一八一三〜一九〇一）の代表的なオペラである。オペラなど見たことないという人でも、ラダミス将軍凱旋時の『凱旋行進曲』（『勝利の行進』）はサッカー場などで聞いたことがあるに違いない。ブルガーコフが好きなオペラの一つで、彼の日記によれば、『犬の心』を書き始める三か月ほど前の一九二四年九月二六日、ブルガーコフはボリショイ劇場でオペラ『アイーダ』を鑑賞している。

またブルガーコフの別の短篇『モルヒネ』の主人公は医師でモルヒネ中毒患者だが、彼のかつての妻がアムネリス役を得意とするオペラ歌手という設定になっていて、名前はそのままアムネリスとなっている。彼女の歌声が患者の幻覚の中で響く。この小説は作者自身の実体験に基づくものといわれている。ともかく、歌劇『アイーダ』が好きだったのである。

『清きアイーダ』のイタリア語原曲は「Celeste Aida」。Celeste は「空の」「空色の」「天の」といった意味の形容詞らしいので、「この世のものとは思われない、天上の女神のような美しさ」といった意味だろうか。日本語では『清きアイーダ』が定着している。ロシア語版歌劇アイーダでは「かわいい」「美しい」「愛くるしい」を意味する最も一般的な（赤ちゃんにも、男性にも、ペットにも使われる）形容詞「ミールイ」の女性形「ミーラヤ」を使っている。

ところで、アリアのこの出だしの部分はとても美しい旋律だが、素人には歌いにくい。間が抜けた歌い方になってしまうのだ。作者ブルガーコフはたんにオペラ好きだけでなく、ピアノも弾けるし、バリトンの美声もなかなかのものだったようだが、フィリップ・フィリッポビッチはどうだろうか？野良犬たちをびっくりさせるという表現からして、あまり上手ではなかったのではないだろうか。いや、「私は分業論者です。歌うのはボリショイ劇場の担当、手術は私の担当です。これでいいんです。いかなる荒廃も起きません……」というのも、じつは音痴ゆえの負け惜しみかもしれない。

「清きアイーダ」の日本語訳は次のとおり（「オペラ対訳プロジェクト」https://www31.atwiki.jp/oper/pages/634.html より）

清らかなアイーダ、神々しいその姿
光と花の神秘の花飾り

あなたは、わが思いの女王
あなたはわが命の輝き

あなたに美しい空を返してあげたい
あなたの祖国の優しいそよ風を
王家の冠をあなたの髪に載せ
あなたの王座を太陽のそばまで持っていくのだ

清らかなアイーダ、神々しいその姿
光と花の神秘の花飾り

清きアイーダ、輝く太陽よ
ナイルの谷に咲く神々しい花よ。

『犬の心』に登場する『アイーダ』の次の曲は、フィリップ・フィリッポビッチが好きなデュエットの一節「タラ~ラ~リム」である。夕食後に間に合う二幕以降のデュエットといえば、第二幕で二人の恋敵（アイーダと王女アムネリス）が将軍ラダメスへの愛ゆえの敵意と悩みを歌いあげるすばらしいデュエット、第三幕のアイーダと父親エチオピア王アモナスロのデュエット、アイーダとラダメスの『やっと会えたね、私の愛しいアイーダ』、第四幕最後のアイーダとラダメスの死のデュエットなどがある。フィリップ・フィリッポビッチならいずれも「大好きなんです」と言っただろうが、「タラ～ラ～リム」をあえて一曲に絞ると、リズミカルな出だしの『やっと会えたね、私の愛しいアイーダ』だろうか。

『聖なるナイルの岸辺をめざせ』は、『アイーダ』第一幕でまず国王ファラオが将軍ラダメスと兵士たちの出陣を鼓舞して歌い、続いて祭司長（神官長）ラムフィス、さらには列席する他の神官、大臣、将軍たちが歌う勇壮な行進曲である。フィリップ・フィリッポビッチがそうしているように、何かの景気づけについ口ずさみたくなるような調子のよいリズムとメロディーを持っている。サッカー場で『勝利の歌』よりも使えそうな気がするが、どうだろうか。

王が歌う出だしの歌詞（ロシア語からの翻訳）は次の通り。

聖なるナイルの岸辺をめざせ
神々はわれらに道を指し示す
神々はわれらに力を授ける
さあ容赦するな、すべての敵に死と破滅を！

フィリップ・フィリッポビッチはこの最初のフレーズ「聖なるナイルの岸辺をめざせ」を六回も口ずさむ。

『聖なるナイルの岸辺をめざせ』の倍の頻度で登場するのが『ドン・ジュアンのセレナード』からの断章である。フィリップ・フィリッポビッチはとっかえひっかえ十三回も口ずさみ、つられて患者も一度歌っている。

『♪セビリアからグラナダまで……夜の静けさに包まれて……♪』
『♪突如聞こえるセレナード……闇を切り裂く剣戟の響き……♪』
『♪あなたよりも素敵な娘がいるなどと……おしゃべりしているやつらはみんな……♪』
『♪……多くの血と多くの歌を……最も麗しきあなたに捧げん……♪』

小説中の断章は新たに訳出したが、セレナードの全文は、アレクセイ・トルストイ『劇詩 ドン・ジュアン』（柴田治三郎訳、岩波文庫、一九四九年）に載っている。

アルプハーラのはるかなる
黄金の國もたそがれる。
ギターの音に誘われて、
さあ出ておいで、戀人よ。
お前に及ぶあてびとが

他にもあると言ふ者は
戀に燃え立つ私の
やいばの露と消え去らう。
　月の光に照らされて
　地平線は赤くなる。
　おお、ニセータよ、出ておいで、
　早く早く、バルコンへ。
セヴィリアの町もグラナダも
静かな宵の薄闇に
小夜の調べが鳴り渡る、
つるぎの音が鳴りひびく。
赤い血潮と甘い歌、
注ぐはみめよきひとのため——
私の歌と血潮とは
こよなきひとへの贈り物。
　月の光に照らされて
　地平線は燃えて来る
　おお、ニセータよ、出ておいで、

ニセータは娼婦である。ドン・ジュアンはアンナ（ドンナ・アンナ）と婚約した直後に、大勢の人の前でこの尻軽女ニセータに捧げるセレナードを歌い、アンナの父親の将軍の怒りを故意に誘い、ついには将軍との一騎打ちで将軍を刺し殺してしまう。

You Tube などでこのセレナードを聞くと分かるが、ドン・ジュアンにしては重い曲である。だが、フィリップ・フィリッポビッチのように鼻歌交じりで軽薄に歌うと、意外とピッタリではないか、と訳者は勝手に納得している。

作曲者チャイコフスキー（一八四〇～九三）については説明の要がないと思うので省略する（バレエ音楽『白鳥の湖』『くるみ割り人形』、バイオリン協奏曲作品三五、オペラ『エブゲニー・オネーギン』などなど）。

作詞者アレクセイ・コンスタンチノビッチ・トルストイ（一八一七～七五）は、『セレブリャヌイ侯爵』（『白銀侯爵』中村融訳、岩波文庫、一九五一年）などの歴史小説ですぐれた作品を残した作家。本作品の冒頭に犬にやさしいコックの雇い主として登場するトルストイ家は『戦争と平和』などで有名な文豪レフ・ニコラエビッチ・トルストイ（一八二八～一九一〇）の一家のこと。この二人の作家はまたいとこ。ついでに書いておくと、ベルリンにいてブルガーコフの才能を認めた先輩作家アレクセイ・ニコラエビッチ・トルストイ（一八八三～一九四五）（『奪われた革命　ミハイル・ブルガーコフ『犬の心』とレーニン最後の闘争』の道標転換派の部分を参照）も同じトルストイ一族出身だが、事実上他人といったほうがよいくらいの遠縁らしい。

——

さて、フィリップ・フィリッポビッチが口ずさむオペラや歌曲に対峙されているのが、犬から人間に変身したシャリコフが口笛を吹いたり、バラライカで演奏したりするロシア民謡である。

しかも、ロシア民謡のなかでも『夕べの鐘』『小さなぐみの木』『赤いサラファン』『トロイカ』などの哀愁あふれる曲ではなく、田舎のお祭りが最高潮に達したときのどんちゃん騒ぎの中で、ときには猥褻な、ときには鋭い風刺を効かせて、即興で一同を爆笑の渦に巻き込むチャストゥーシカ（主に四行から成る詞を連ねたユーモラスな俗謡）である。

犬から人間への改造手術から二〇日ほど過ぎた一月一二日、罵りの言葉を慎むように注意されたもと犬は口笛を吹いてこの注意をはぐらかす。このときの口笛の曲が『おい、リンゴちゃん』（『ねえ、リンゴちゃん』『リンゴちゃん』『小さなリンゴ』などの邦訳もある）である。『おい、リンゴちゃん』のルーツはモルドバやウクライナの祭りの歌と言われている。一九一七年の革命とその後の内戦時に黒海の水兵たちが歌い、ロシア中に広まった。赤軍、白軍、マフノ軍（無政府系）などの兵士たちが、士気を高めるためそれぞれの敵を罵倒した詞で歌った。まずリンゴに声をかけて、あとは好きな内容を盛り込めばよいので、極端に言えば無限に続けることができる。

［出だし①］
おい、リンゴちゃん
転がってどこへ行くんだい。
どうせおいらの口に入るんだから
じたばたしないほうがいいよ。
どうせおいらの口に入るんだから
じたばたしないほうがいいよ

［出だし②］
おい、リンゴちゃん
お皿の上のリンゴちゃん
よろしく伝えてね
あのピオネールの女の子に。
おい、リンゴちゃん
お皿の上のリンゴちゃん
うちのかみさんにはもうがまんできない
だから女の子たちのところへいくのさ

［赤軍版の一例］

おい、リンゴちゃん
ポトリと落ちたリンゴちゃん。
投機で儲けた奴らが叫ぶ
「儲かりすぎて、腹がはち切れちゃうよ！」
こいつら金持ちは
投機で丸儲け。
ソビエト政権は
そいつらを根こそぎ退治する。
おい、リンゴちゃん
まだちょっと青いリンゴちゃん。
コルチャック軍にはできっこない
ウラル越えなどできっこない。
おい、リンゴちゃん
転がって止まったリンゴちゃん。
ブルジョア政権ってやつは
もう崩壊しちゃったんだよ

［白軍版の一例］

おい、リンゴちゃん
転がってどこへ行くんだい。
どうせおいらの口に入るんだから
じたばたしないほうがいいよ。
レーニンは馬に乗って逃げる
トロツキーは犬に乗って逃げる。
共産党員は怖じ気づいたんだ
コサックがやって来たと思ったからさ。
トロツキーはだめだ
レーニンもだめだ。
ドンのコサックはいいね
コサックの首領カレディンはいいね。
おい、リンゴちゃん
落ちるなら揃って落ちてこいよ。
赤軍のコミッサール（政治委員）なんてすりつぶして
魚の餌にしてやるぜ

ちなみに、ウラジーミル・ボルトコ監督の映画『犬の心』（一九八八年）でシャリコフが歌うバージョン（ユーリー・キム作詞）はこうだ。

おい、リンゴちゃん
おいらの熟れたリンゴちゃん。
見ろよ、お嬢さんが通るぜ
肌は真っ白だぜ。
真っ白な肌のお嬢さんが
上等なコートを着ているぞ。
そのコートをおいらによこさなければ
あんたは傷ものになるんだぜ。
おい、リンゴちゃん
こけももと一緒のリンゴちゃん。
さあやって来い、ブルジョアめ
目ん玉ひんむいてやるぜ。
目ん玉ひんむいてやるが
片方の目ん玉は残してやるよ。

くそのようなあんたが
ぺこぺこする相手を間違えないようにね

これは映画のために作詞したもの。映画では最後の「くそ」のところでプレオブラジェンスキー教授が卒倒する。原著で教授が卒倒するのは「母親を絡めた最も卑猥な罵りの言葉」（訳注64を参照）を聞いた時であるが、タブーであるこの言葉は映画では使えない。そこでボルトコ監督は「くそ」（下品な言葉だが、完全なタブー語ではない）で代用し、バラライカの演奏と歌にまぎれこませたのではないかと訳者は推測している。

極端に猥褻なもの、下品なものは活字にできないので、つまり記録に残りにくいので確証はないが、内戦当時とその直後に流行していた詞の中にはもっとひどいもの、卑猥なものも混じっていたのかもしれない。

と同時に、こうした曲は民衆の生活に根ざしているがゆえに、ひとりでに人の心にこびる（訴える）リズムとメロディー、そして詞を持っている。一九二七年、作曲家レインゴリト・グリエル（一八七五〜一九五六）は、バレエ音楽「赤い芥子」（後に「赤い花」に改題）の中でこの曲をアレンジして軽快な「ロシア水兵のダンス」に仕上げている。You Tube で Oi, yablochko（おい、リンゴちゃん）と打つと、いくつか出てくるが、多くがこの洗練されたバージョンか、それに近いものである。

次にもと犬（名前はまだない）がバラライカで演奏するのがロシア民謡『月は輝く』である。ルーツはやはりチャストゥーシカで、農村の「夜這い」をテーマにしている。いろいろなバージョンがあるが、そのうちの一つの仮訳は次の通り――

月が輝く、明るい月が
夜明けのように輝いている
月よ、お願いだ、小径を照らしておくれ
マーシャの窓まで続く小径を

マーシャの窓まで行きたいが
どこが家か分からない
ペーチャに聞けば分かるけど
マーシャを横取りされるから止めとこう

マーシャの窓の下まで来たが
灯りはとうに消えている
「こんなに早く寝るなんて
恥ずかしくないかね、マーシャ」

「夜遅くまでほっつき歩く
あんたのほうが恥ずかしいだろう
どうだね、いっそのこと
マーシャを嫁にもらっては」

月が輝く、明るい月が
夜明けのように輝いている
月よ、お願いだ、小径を照らしておくれ
マーシャの窓まで続く小径を

この歌は、クラシック大好き人間フィリップ・フィリッポビッチにとって必ずしも歓迎するものではなかった。しかし、その教授でも、何度も聞いているうちに、自然に口ずさんでしまうほどの感染力に満ちた歌でもある。なお、念のために申し添えておくと、現在バラライカで演奏される曲は、ワシリー・アンドレーエフ（一八六一〜一九一八）が編曲したもので、元の曲よりずっと洗練されたものになっている。You Tube で Svetit Mesyats（月は輝く）と打つと、いくつか聞けるが、『おい、リンゴちゃん』と同様に、泥くさいバージョンは出てこず、優雅なロシア民謡が主流になっている。

訳者は日本で公演活動を展開しているロシア民謡演奏家グループ「ガルモーシカ」のリーダーで

あるマクシム・クリコフさん（彼はバラライカの名手であるばかりか、なんと尺八も演奏する）に、『犬の心』におけるブルガーコフのロシア民謡嫌悪感について質問したことがある。大変失礼だと思ったが、単刀直入に「ブルガーコフは土臭いロシア民謡を嫌いだったようですね。ロシア民謡の演奏家であるあなたはこれをどう見ていますか」と聞いた。彼はあっさりと「ブルガーコフが嫌ったのは騒々しい、下品な、猥褻な部分であって、いまわれわれが演奏している上品で洗練された民謡ではありません。アーチストとしてのわれわれの感性、技術、情熱を彼は高く評価すると思いますよ」と答えてくれた。

なおブルガーコフには妹が四人、弟が二人いるが、このうち弟二人は亡命し、パリで生涯を終えている。このうち次男の弟ニコライは医学者としてパスツール研究所に勤めていたが、三男のイワンはパリのレストランでバラライカを演奏して収入を得ていたという。本書で作者は場末の居酒屋で演奏するバラライカ引きを卑下しているが、これも歴史の皮肉だろうか。

消防署から聞こえてくるフレンチホルンの曲目はまったく分からない。消防音楽隊の楽団員が自分の好きな曲を吹いていたのだろう。あるいは音楽隊が演奏する行進曲の自分のパーツを練習していたのかもしれない。あまり上手でない演奏家が管楽器を吹くと、時としてユーモラスな響きになることがある。いずれにしてもフレンチホルンの音色はまろやかで柔らかい。けがをした野良犬シャリクが

食べ物、暖かい住まい、心優しい飼い主という幸運に恵まれる予感を反映して、ほんわかとした雰囲気を醸し出していると捉えたい。

――

最後に住民総会が合唱する曲を取り上げよう。この歌が壁伝えに聞こえてきて、フィリップ・フィリッポビッチの名言――「私が手術の代わりに毎晩自宅で合唱を始めると、荒廃が始まるのです。――行儀の悪い表現をお許し下さい――私がお手洗いに行って便器の外におしっこをたれ流すようになり、ジーナとダリヤ・ペトロブナも同じことをするようになると、お手洗いで荒廃が始まるのです。」、「(人々が合唱をやめて、無意味な革命的空想をやめて)本来やるべき仕事、つまり物置の掃除を始めれば、荒廃はひとりでになくなるのです。ふたつの神に仕えることはできません。一人の人間が路面電車の線路掃除とスペインの貧しい人々の救済を同時にかけもちすることはできません。これはどこのだれにもできないのです。ましてやですね、先生、ヨーロッパから二〇〇年の遅れをとっていて、今にいたるまでズボンの社会の窓を開け放して平気でいるような連中にできるわけがないのです」、「先生、この歌い手たちをおとなしくさせなければ、この家だけでなく、よその家でも、よい変化なんて絶対に起きません。彼らが自分たちのコンサートをやめた瞬間に、事態はひとりでに改善されるのです」につながるのである。ただし作者はここで歌われる合唱の曲名についてまったく書いていない。要するにフィリップ・フィリッポビッチにとって、大好きなクラシック音楽やあまり好きではないが存在は認めるロシア民謡のチャストゥーシカと比べて、箸にも棒にもかからない存在が革命歌だったようだ。

とはいえ、作品執筆時のロシア人も、現在の、ある年齢以上のロシア人も、好き嫌いは別にして、革命歌を知っている。つまり、曲名が書かれていないにもかかわらず、一定の曲を思い浮かべているのである。そこで、何人かのロシア人に、当時の共産党系の集会で歌ったと思われる歌を思いつくままに挙げてもらった。すると『インターナショナル』（当時のソビエト連邦の国歌でもあった）、『労働者のマルセイユ』（フランス国家であるが、一九一七年二月革命直後ロシアの国歌でもあった）、レーニンが好きだったという『ワルシャワ労働者の歌』と『憎しみのるつぼ』、二つの葬儀の歌（『同志は倒れぬ』と『束縛に苦しんで』）、『赤軍は最強』（『白衛軍、黒カラス』ともいう）といった革命歌がノミネートされた。ただし、作家のアレクサンドル・クラノフ氏はじめ多くの人が、作品中で「讃美歌のような」という形容が付いているので、『同志は倒れぬ』、『インターナショナル』のいずれかではないかというコメントをいただいた。

ただし、クラノフ氏が合わせて指摘してくれたことだが、ボルトコ監督の映画の影響が大きかったので、ロシアの人びとは映画の中で歌われる『過酷な歳月が終わろうとしている』（映画のために作詞作曲された曲）をまず思い浮かべてしまうらしい。とくにシュボンデル役のロマン・カルツェフが万感の思いを込めて歌い上げるシーンは忘れられないという。曲調としては、『同志は倒れぬ』に近い、葬式の歌のイメージである。

『過酷な歳月が終わろうとしている』　ユーリー・キム 詞　ウラジーミル・ダシケービッチ 曲

過酷な歳月が終わろうとしている
わが国の自由をめざすたたかいの歳月が。
代わりに別の歳月がやってくるが
こちらも同じように苦難に満ちている。

だが泣きわめく暇などない、泣くのはよせ
あぶみを鋼鉄に、労働の鋼鉄に替えよう。
あらゆる問題に一つの答えを出そう
ほかの答えはありえない。

恐ろしい雷雨は過ぎ去り
いたるところに勝利があふれる。
悲惨な涙を拭い去れ
戦いで穴の開いた袖で拭い去れ。

ちなみにこの映画の冒頭には、小説に出てこないもう一つの歌『おい、お前はおれたちが捕まえたぞ』（映画のために作詞作曲されたもの）が流れる。赤軍の兵士三〇人ほどの隊列が、足早に進みながら、景気づけに歌う場面である。

『おい、お前はおれたちが捕まえたぞ』ユーリー・キム　詞　ウラジーミル・ダシケービッチ　曲

おい、お前は俺たちが捕まえたぞ
俺たちは戦線から戻ってきた
ところが、羽を伸ばしている奴らがいる
とどめを刺されていない階級だ

いいかい、おやじさん、忘れるなよ
人民の利益のために
いかなる反革命も
俺たちから逃げられないぜ

かつかつかつ
蹄の音が響く
ほらほらほら

機関銃が火を噴いたぞ
白軍は頭を割られた
赤軍は無敵だ
白軍は頭を割られた
赤軍は無敵だ

『インターナショナル』、『同志は倒れぬ』などは、You Tube などで日本語で検索できるので、関心のある方はどうぞ。

＊＊＊

本稿のうち、『おい、リンゴちゃん』と『月は輝く』の歌詞（ロシア語）はウィキペディア（ロシア語）を使用した。

訳者あとがき

吹雪の中、モスクワ中心街の一角、やけどを負ってトンネル通路で苦しんでいる野良犬が医師に拾われる。この医師はちょっと偏屈だが、実はホルモン研究とアンチエイジングの世界的権威であり、彼の自宅兼診療所には有能でハンサムな若い助手、バイタリティのある料理女、美しいメイド兼看護師がいる。犬が彼らに囲まれて安穏な生活が送れると思ったのはつかの間、ある日突然手術を施されて人間に改造されてしまう。このもと犬はさらに住宅委員会の幹部に洗脳されてにわか共産主義者に成長し、ことあるごとに医師と激しく対立するようになる。手に汗握る心理戦の末、かつての飼い犬に手を噛まれた医師とその助手は、自分たちが生み出した悪夢に決着をつけることになるが、さてその結末やいかに？

一、執筆から刊行までの経緯

ロシア革命の最高指導者レーニンの死からちょうど一年後の一九二五年一月から三月にかけて、モスクワの文壇に登場して間もないがすでに多くの文学者の注目を集めていた三十三歳の作家ミハイル・ブルガーコフ（一八九一〜一九四〇）は、文芸作品集『ネドラ（地底）』のアンガルスキー編集長との合意に基づいて、手術で犬を人間に改造した医師と改造されたもと犬を主人公にした特異な中篇小説『犬の心』を執筆し、文学者数十名の前で朗読して拍手喝さいを浴びた。

だが当時の政治状況を辛辣に風刺したこの作品は、検閲機関によって発表を禁じられてしまい、出版への支援を直訴したカーメネフ共産党政治局員にも「これは現代を取り上げた辛辣なパンフレットである。いかなる場合でも出版してはならない」と却下される。しかしこの作品の評判はさらに広がり、モスクワ芸術座はブルガーコフと戯曲化の契約を結んだ。この時期ブルガーコフはきわめて旺盛な創作意欲を発揮し、長篇小説『白衛軍』と同作品を戯曲化した『トゥルビン家の日々』、戯曲『ゾーイカのアパート』などの問題作を次々と発表し、文壇では当時共産党内で主流になりつつあったプロレタリア階級路線を批判し、検閲による表現の自由の制限に反対して積極的に発言していた。

これを苦々しく思っていたオーゲーペーウー（合同国家政治保安部＝秘密警察）は一九二六年五月、彼の自宅を捜査し、『犬の心』の原稿と日記を押収した。この家宅捜査と同年九月におこなわれた取り調べはブルガーコフに大きな圧力を与えたようで、取り調べ時に彼は『犬の心』について自己批判を余儀なくされている。戯曲化の契約も解消された。結果として作者没後四七年を過ぎたペレストロイカ全盛期の一九八七年に雑誌『ズナーミャ』（旗）への掲載が許可されるまで、この作品がソ連国内で刊行されることはなかった。ドイツと英国ではいわゆるサミズダート版（タイプライターとカーボン紙でコピーしたもの）を活字化した書籍が一九六〇年代後半に出版されているが、ソ連への持ち込みはもちろん禁止されていた。

ブルガーコフの他の作品の発表や戯曲の上演も禁止または大幅な制限の対象となり、生前のブルガーコフはいわば生殺しの状態に置かれ、出版の見込みがないまま長篇小説『マスターとマルガリータ』（邦訳は『巨匠とマルガリータ』など）を執筆し、一九四〇年に持病の腎臓病を悪化させて四十八歳の生涯を終えている。

二、本訳書の底本および題名について

『犬の心』の手書き原稿は残っていないが、タイプ原稿（手書き原稿をタイプ打ちし、作者が手書きで推敲を加えたもの）は三種類が残っている。本訳書の底本であるブルガーコフ『犬の心、悪魔物語、運命の卵』（ビクトル・ロセフ編・解説、サンクトペテルブルグ二〇一一年）に収録されている『犬の心』は、三つのタイプ原稿の中で最も古く、検閲機関に出版を禁止され、家宅捜査時に押収された《第一稿》（ネーミングはロセフによる。以下同じ）である。《第二稿》はカーメネフ政治局員に出版支援を直訴するために《第一稿》を手直ししたタイプ原稿で、本訳書では《第一稿》と《第二稿》の違い

について一部を訳注の中で指摘しておいた。三つ目のタイプ原稿は手書き推敲前の《第一稿》を改めてタイプ打ちし、若干の手書きの推敲を加えたもので、《第一稿の異本》とネーミングされている。

日本ではすでに二つの翻訳書が出版されている。一つは一九六〇年代に英国で出版されたロシア語版を底本とした水野忠雄訳『犬の心臓』（河出書房、一九七一年）で、同訳の復刻版が二〇一二年に河出書房新社から出ている。この英国版の原文はいわゆるサミズダート版の一つと推測される。もう一つの邦訳は、増本浩子・ヴァレリー・グレチュコ訳『犬の心臓・運命の卵』（新潮文庫、二〇一五年）所収の『犬の心臓』である。詳細に比較したわけではないが、この訳書の底本は本書と同じ《第一稿》のようである。

二つとも作品名は『犬の心臓』と訳されているが、作品の中で対比されているのは犬の心臓と人の心臓ではなく、犬の心と人の心であると理解し、本訳者は『犬の心』を採用した。

三、社会主義革命の批判とソビエト的人間像の風刺

一九八七年に雑誌に掲載された『犬の心』は、翌年に公開されたボロトコ監督の同名のテレビ映画とともに、ソビエト社会に大きな影響を及ぼした。ロシア革命を批判し、無教養で乱暴なソビエト的人間像を公然と皮肉った風刺小説は、一九九一年のソ連崩壊の精神的バックグラウンド形成に一役買ったといっても誇張ではない。ちなみに『犬の心』は現時点でロシアの高校生の必読文学作品の一つ

に選ばれており、ブルガーコフは二〇世紀ロシアの偉大な文学者の一人として評価されている。

ところでこの小説が社会主義を批判した作品であることは、誰の目にも明らかだ。「プロレタリアは好きじゃない」とか、「オーバーシューズが盗まれるようになったのは一九一七年四月（レーニンがロシアの社会主義革命路線を公式に提唱した時点）からだ」といったプレオブラジェンスキー教授の発言は、作者の革命に対する嫌悪感をそのまま表現している。さらに可愛い犬シャリクを野蛮な人間シャリコフに変えてしまった自分の実験を反省するプレオブラジェンスキー教授の言葉――「研究者が自然の摂理に従って手探りで研究を進める代わりに、力ずくで問題をこじ開けて秘密のベールをはぎ取ってしまった」――は、《ソビエト政権は共産党が自然の摂理をゆがめて力ずくで作りあげた社会制度である》という当時のメンシェビキや西欧のソビエト政権批判にオーバーラップしている。

そしてこれまでの『犬の心』の解説は、社会主義革命批判という一つの主題と物語のハイライトであるソビエト的人間像の風刺というもう一つの主題とが一体のものであるという漠然とした理解のもとでおこなわれてきた。行きつく結論は一九一七年のロシア革命以降のロシアの歴史の全否定である。

しかしながら多くの人は、この解釈からはみ出てしまう異質な要素が『犬の心』のど真ん中に、シャリコフの人間像をめぐる重要部分に、どんと居坐っていることにも気づいていた。異質な要素の一つ目はシャリコフに対峙するプレオブラジェンスキー教授につきまとうレーニンの影である。二つ目は、シャリコフが『エンゲルスとカウツキーの往復書簡集』を読んで《エンゲルスにもカウツキーにも賛成できない》、《全部かき集めて山分けすればいい》と述べるところである。三つ目は、プレオブラジェンスキー教授が古参共産党員シュボンデルを批判して、「最も馬鹿なのはシュボンデルです。

シャリコフは私よりもシュボンデルにとって危険な存在です。しかしながら、シュボンデルはこのことを理解していません。いま彼は機会あればシャリコフをけしかけて私とけんかさせようとしていますが、もし誰かがシャリコフの攻撃の矛先をシュボンデルに向かわせるとどうなるか？　シュボンデルにはほとんど何も残らなくなるのです。しかし、シュボンデルはそのことに気づいていないのです」と指摘する部分である。

ロシアの読者の大半はこの三つの要素を理解できずに、見て見ぬふりをするか、作者のソビエト社会主義批判が並みの反共主義とは一線を画していて、もっと複雑で深みのあるものであることを薄々感じることで満足するかしてきた。

ソルジェニーツィンが指摘しているように、ブルガーコフの作品の特徴は「明快な文体、ダイナミズム、あふれるユーモア、豊かな幻想とイメージ」（ブルガーコフ『悪魔物語・運命の卵』水野忠夫訳、岩波文庫、二七八頁）に紹介されている記述の要約）にあり、その作品には一つの思想だけでなく、別のイメージ、異なる思想の断片が散りばめられていて、これが人々の感情と思考を刺激して作品に広がりと深みを与えている。『犬の心』のいたるところに組み込まれているユーモア、アフォリズム（警句）、皮肉、謎かけの一つ一つが思想の断片であり、また犬から人間への改造がカトリックのクリスマスイブの前日（一二月二三日）からロシア正教のクリスマス（一月七日）までの期間におこなわれるといった宗教的装飾も施されており、さらに当時としては最先端のSF的要素も盛り込まれている。患者たちの奇抜な言動も、グルメやお酒に関する話題も、猫の毛皮のコートをリスといつわって販売するエピソードも、物語を膨らませている。ブルガーコフの作品の特徴は、異質の思想の断片、対立するイメージ、雑多な諸事が混然一体となっているところにあり、従って極端な言い方をすると、読者は自分の見たいものを見ることができる。だが肝心なのは、作者がこうした異質な思想の要素を厳選して的確に配置することによって、結果として当時の雰囲気を見事に再現し、合わせてその時代の根本的な問題を鋭くえぐりだしていることにある。

その意味で前記三つの要素は、表面的な賑やかしのために挿入されているのではなく、もう一つの主題——ソビエト的人間像の本質を暴露し今後の見通しを予測している主題——の核心そのものにほかならない。別の言い方をすれば、プレオブラジェンスキー教授、シャリコフ、シュボンデルの関係に提示されている「二〇年代ソビエト時代の凝縮された雰囲気とあの時代の主要な意味の全体像」(ソルジェニーツィン『ソルジェニーツィン・ノート2』(モスクワ、二〇一三年)所収『私のブルガーコフ』一九〜二〇頁)にかかわる要素であり、「現代を取り上げた辛辣なパンフレット」(カーメネフ)の最も辛辣な中身なのである。

ここでは社会主義革命批判と並んで存在している『犬の心』のもう一つの主題であるソビエト的人間像の風刺の内容を解明しておく。詳細は、拙著『奪われた革命　ミハイル・ブルガーコフ『犬の心』とレーニン最後の闘争』をお読みいただきたい。

なお『犬の心』は当時の政治状況を正面から取り上げて辛辣に風刺した作品である。しかもその政治状況の理解はその後ゆがめられてしまい、現在ではまったく異なる形で解釈されている。これを当時の姿に戻す必要があり、したがって以下の記述は政治に集中してしまうことをご理解いただきたい。

二〇年代ソビエト社会の主要な意味とブルガーコフの予言

一九一七年一一月（旧暦一〇月）ロシアで社会主義革命に成功し、内戦（一九一八年五月〜二二年一一月）を乗り切るめどをつけたソビエト政権は一九二一年三月、いわゆる戦時共産主義（極端な引き締め政策）から一定の私企業を認める新経済政策（ネップ）への転換を実施した。革命の最高指導者レーニンらはロシアの後進性を踏まえて、すぐに社会主義の建設に向かうのではなく、国家資本主義（具体的には国家と国営企業）を利用することによって社会主義に向かう土台作りを進めることをめざした。つまり国家資本主義を使いこなして経済を復興し、農業その他の部門に必要な物資を供給し、国民生活の安定・向上をはかること、そしてこれを実現する能力を習得することを最優先の課題とした。レーニンは後者の能力を文化（それもブルジョア文化）と呼び、共産党員と労働者階級にこの文化（国家資本主義を使いこなすすべ）を学ぶように呼びかけた。これは、読み書きそろばんから始まり、職業技能、管理・統治能力はもちろんのこと、結果として市民社会の仕組みや一般民主主義の習慣の育成をも視野に入れた概念であった。これはロシアの後進性を克服して社会主義に進むのに不可欠な過程であり、時間をかけてもよいからこの文化の育成をはからなければならないというのが、レーニンの立場であった。晩年のレーニンは「勉強せよ」としか言っていないと思えるほどこの立場に固執した。

トロツキー、ジノビエフ、カーメネフ、ブハーリンといった共産党内の知識人革命家たち（オールドボリシェビキ諸派）はレーニンの考えを頭では理解したが、これを具体的な政策に反映させる点では見解の一致には到達していなかった。

一方、レーニンの考えに不満を抱く勢力が共産党内で台頭してきた。スターリン書記長を中心とする非知識人の実務家たちは、社会主義をめざす方針よりも党・国家機関・国営企業内での自分たちの地位や権益の確保・拡大を優先した。彼らはこれまで知識人革命家の華々しい活躍の背後で下働きに徹し、ときにはみんながいやがる裏の仕事を率先しておこなってきた。洗練さはなく、むしろ無教養、粗暴を売り物にしてきた。だが革命後数年たって国の運営にかかわる仕事に習熟してくると、知識人革命家に対する劣等感を卒業して反旗を翻すきっかけを求めるようになっていた。後進国ロシアが社会主義に向かう複雑な行程は理解できなかったし、文化を吸収せよとのレーニンの指示はまどろっこしくて肌に合わなかった。それよりも、後進国ロシアでもすぐに社会主義の建設が可能であるとの単純な方針の下で、切った張ったの大立ち回りを演じて荒稼ぎする方がずっと楽だった。

一九二一年後半から体調を崩していたレーニンは一九二二年五月脳卒中の発作を起こし、その後いったん仕事に復帰するが、一九二二年末に完全に引退する。しかし当時の政治状況の行く末に不安を抱いたレーニンは一九二二年一二月から翌年の三月までにいわゆる遺訓と呼ばれる八つの論稿を口述筆記した。そこで彼は文化を吸収せよとの指示を繰り返すと同時に、スターリン書記長の粗暴・無能ぶりやロシア大国主義を批判し、論稿の一つ『党大会への手紙』への追記においてスターリン書記長の解任をストレートに提案した。だが一九二三年三月初め、民族問題でスターリン批判の具体的闘争を開始しようとした時点でレーニンの病状が悪化し、彼は完全な植物人間となってしまう。

レーニンの引退を境目にスターリン派の多数派工作、非民主的党運営が加速する。一九二三年秋、トロツキーらがスターリンの党運営を批判すると、スターリンはジノビエフ、カーメネフと一緒に「三人組」を結成し、反トロツキー・キャンペーンを展開し、トロツキーを孤立させた。一九二四年一月初め、トロツキーは療養のため政治の第一線から後退し、このあと次第に力を失っていく。

一九二四年一月二一日レーニンが死去した。じきに共産党中央委員会総会が開かれ、レーニンの逝去に関連して「レーニン記念入党」と銘打った党勢拡大運動の実施を決定した。これは生産現場の労働者を共産党に勧誘するという運動で、あたかもトロツキーらの党民主化要求に耳を傾けた措置のように見えた。だが当時のロシアでは近代的な産業労働者は十分には育っておらず、生産現場の労働者とはルンペンプロレタリア（最底辺の貧困労働者層）に近い存在であった。この若者たちは入党審査なしで共産党員になった。スターリンが彼らの新人教育を直接リードした。

一九二四年五月、第一三回共産党大会が開催された。レーニンの『党大会への手紙』の追記（スターリン書記長解任案）は、大会前の非公式会議で極秘に審議され、レーニンの提案は否決され、スターリンの残留が決まった。残留に反対したのはトロツキー派のみで、ジノビエフ、カーメネフらオールドボリシェビキの主流派はレーニンの意志を無視してスターリンを助けた。

一方、党大会期間中にレーニン記念入党が終了する。党員数は四八万五千人から二四万人増えて七二万五千人に急増した。そしてこの後も同趣旨の現場労働者の入党勧誘キャンペーンは続き、二年後には新入党員が完全な多数派になった。

一九二五年一月トロツキーは軍の指導者を解任された。

――以上が、『犬の心』執筆時点までの、つまり一九二五年初めまでの「ソビエト社会の主要な意味の全体像」のエッセンスである。そして以下は、この結果として引き起こされ、ブルガーコフが『犬の心』の中で予言し的中した出来事である。――

トロツキーは一九二七年すべての役職を解任され、翌年アルマアタへ、さらに一九二九年には国外へと追放された。一方、ジノビエフ、カーメネフ、ブハーリンらも一九二五年以降徐々にスターリンに反対するようになるが、総路線に反対する少数派として活動を制限されてしまう。レーニン記念入党者をそっくり自派に取り込むことによって単独で圧倒的な多数派に変貌したスターリン派は、後進国ロシア一国において社会主義の建設がただちに可能であるとの非現実的な考えから出発して、一九二八年以降性急な工業化政策に着手し、一九二九年には上からの革命（偉大な転換）で強制的な農業集団化を実施し、飢饉・経済危機に襲われる。だが、スターリン派は社会主義の改革が進めば進むほど階級闘争は激しくなり、反革命勢力の抵抗や陰謀が盛んになるとの奇妙な理論に基づいて、危機の責任を富農、ブルジョア分子、外国の手先のせいにして乗り切り、一九三六年には新憲法を採択し、社会主義の勝利を宣言した。

そしてついにスターリン派が古参党員＝知識人革命家を処分するときがやって来た。一九三六年から一九三八年、でっち上げ裁判等による大テロル（大粛清）が実施され、控えめな数字でもこの三年間に一六四万人が逮捕されてうち六八万人が銃殺された。このうちの大部分がスターリン派以外の共産党員だった。ジノビエフ、カーメネフらは真っ先に処分された。一九四〇年八月、トロツキーがメキシコで暗殺された。

一方、現時点でロシア（および欧米）の論者が挙げている主人公三人のモデルは次のとおりである。先ほどのイメージ・思想の断片と同じように、作者が登場人物にも複数のモデルをかぶせているので、各人物が幅と奥行きをもつ存在になっている。とはいえ、ここでは太字の部分に注目してほしい。

・プレオブラジェンスキー教授のモデル　＝　①作者の叔父のポクロフスキー医師、②当時の著名な医学者（候補者は複数あり）、③作者ブルガーコフ本人、④ロシアの知識人一般、⑤**ロシア革命の最高指導者レーニン**。

・シャリコフのモデル　＝　①ルンペンプロレタリア（最底辺の貧困労働者層）の若者、とくにごろつき、やくざ化した連中、②**前記①の中から共産党員になって幹部候補に成長していく若者**（ただし現在までのところ具体的な集団が特定されているわけではない）、③**前記②と同じ精神構造を持っていて②を利用したスターリン共産党書記長とその取り巻き**。

・シュボンデルのモデル　＝　①レーニンと一緒に革命の先頭に立ってきた古参党員一般、②具体的には共産党政治局員＝モスクワ・ソビエト議長のカーメネフ。

日本人には意外かもしれないが、ソビエト時代に共産主義教育を受けた多くのロシア人はプレオブラジェンスキー教授＝レーニン説を抵抗なく受け入れている。レーニンはプレオブラジェンスキー教授と同様に「学びなさい」「勉強しなさい」を強調した。とくに晩年はそれしか言っていないと思えるほど頻繁に繰り返した。

シャリコフの②については後述する。③のシャリコフ＝スターリン説に対する多くのロシア人の反応は全面的な同意ではない。スターリンに関する賛否両論がそのまま影を落としている。さらにスターリンに批判的な人々でも、プレオブラジェンスキー教授とシャリコフの対立のような完全な断絶をレーニンとスターリンの間に認める人は多くない。だが、シャリコフがなんとなくスターリンではないかという感じはかなり広がっている。

シュボンデルのモデルについては異論がないようだ。古参党員なら誰でもよさそうだが、とりあえずカーメネフはクレムリンを含めたモスクワの住宅その他の市政全般を管轄していたので、住宅委員会の指導者シュボンデルとの連想が成立していると思われる。なお、この時代の共産党内部の闘争のもう一方の旗手であるトロツキーは、『犬の心』ではプレオブラジェンスキー教授の弟子ボルメンタールとして登場しているという解釈が主流である。

以上の歴史の流れとモデルについての考察をまとめると次のようになる。

レーニンは、スターリン共産党書記長の専横、粗暴、無知、ロシア大国主義といった欠陥が革命の事業を妨害し、党の団結を破壊することに気づき、彼を書記長から解任するよう党大会への遺言で提案する。しかしながら、レーニンが亡くなると彼の威光は消え失せてしまい、彼が期待したトロツキーは力を発揮できずにしぼんでしまう。他の古参党員（オールドボリシェビキ）のジノビエフフやカーメネフらはレーニンの提案を理解できずに、スターリンを助けて書記長職残留を許してしまう。『犬の心』の中でプレオブラジェンスキー教授とボルメンターリは手術をおこなってシャリコフを犬に戻し、混乱を鎮めるが、実際の歴史においてはレーニン、トロツキー、ジノビエフ、カーメネフ、ブハーリンらはスターリンを排除できなかった。このため共産党の混乱は拡大し、約十年後（一九三〇年代後半）にはスターリン派の大テロルによってスターリン派以外の古参党員、すなわち革命をめざす知識人のほぼ全員が殺されてしまう。プレオブラジェンスキー教授の予言――「もし誰かがシャリコフの攻撃の矛先をシュボンデルに向かわせるとどうなるか？　シュボンデルにはほとんど何も残らなくなるのです。しかし、シュボンデルはそのことに気づいていないのです」――が的中したのである。

レーニン記念入党者

シャリコフの②のモデル《ルンペンプロレタリア（最底辺の貧困労働者層）の中から共産党員になって幹部に成長していく連中》に戻ろう。さきほどは「現在までのところ具体的な集団が特定されているわけではない」と注釈をつけた。だが、二〇年代の主要な出来事を振り返ったさいに見てきたように、一九二〇年代後半〜一九三〇年代にロシアの政治史できわめて重要な役割を演じることになるこの集団がまさに一九二四年に誕生しているのである。レーニン記念入党キャンペーンによって入党審査抜きで（つまり志願するだけで）共産党員になってしまい、じきに国家機関や国営企業で役職に就くようになる現場の労働者という名の二十数万人のルンペンプロレタリアである。

『犬の心』の朗読を聞いた文学者たちは、粗暴で無教養なシャリコフのモデルがレーニン記念入党キャンペーンで共産党員になった若者たちであることを直ちに理解した。なぜなら一九二五年初めにはこうした若者がロシア全体で三〇万人近くいて、モスクワの文学者たちの周囲にもそれこそごまんといたからである。そしてこのキャンペーンと入党後の教育を主導したスターリンの影がシャリコフにかぶさっていることも感知した。ブルガーコフはさらに、スターリンの意図――役職を餌にして無学、粗暴、私利私欲優先の新党員たちを手なずけて、党内闘争におけるスターリン派の勝利に（集票機械として、下働きの実務者として、古参党員に対する弾圧の実行者として）利用すること――も見抜いた。当時の文学者たちも「いずれシャリコフがシュボンデルに牙をむくようになる」というプレオブラジェンスキー教授の予言をそれなりに理解した。

しかしながら、現代のロシア人はレーニン入党キャンペーンをすっかり忘れている。その理由としては、ロシア人の多くがソビエト時代に共産党そのものを神聖視し、レーニンや「現場の労働者」の入党を奨励するこの党勢拡大キャンペーンも神聖視してきたこと、レーニン記念入党者の中に優秀な人材が少なかったこと、レーニン記念入党者のなかの積極的な活動家は大テロルの初期に活躍したために後期に「行き過ぎ」を批判されて処刑されたこと、この世代の多くの人材が第二次大戦で犠牲になったこと――などが推測できる。

さらに重要な点は、無知・無教養な、最下層の未成熟な労働者から一挙に支配階級にのし上がったシャリコフたちの思想、考え方、行動様式、用語法がその後ソビエト社会に浸透・蔓延したことである。ソ連全体がシャリコフの思想と言動に汚染された。指導者や幹部だけでなく、庶民も多くの知識人もシャリコフ病に感染した。そもそもこの人格に対抗するものが国内に存在しないのであるから、自分たちが異常だという感覚はまったくない。右も左も「新しい人間」であり、自分がこの環境を利用して少しでも甘い汁を吸うことに集中すればよい。起源や本質、特徴はどうでもよいのである。

これに対して、ブルガーコフは彼らの、つまりレーニン記念入党者とその先輩であるスターリンらの思想の本質をその生誕時点であざやかに解明している。《エンゲルスにもカウツキーにも賛成できない》とは、シャリコフ＝スターリンの思想がエンゲルス（＝レーニン）の狭義マルクス主義でもカウツキーの社会民主主義でもないということ、すなわち広義のマルクス主義ではないということを意味している。他方、《全部かき集めて山分けすればいい》とは、「全員から全量を取り立てて、均等主義に基づいて再分配すること」である。これは、マルクス主義とは無縁の、乱暴で非現実的な発想であり、政治の世界においては抑圧された最下層の人々の願望を利用するデマゴギーとなって社会の分断を煽るポピュリズムに変身する。まさに数年後にスターリンが実施した非現実的な農業集団化そのものである。

晩年のレーニンは、国家資本主義を利用・統治するすべ（＝文化）を習得しなければならない、習得しないならば労働者は国家資本主義に飲み込まれてしまう、と警告した。レーニン死後の実際のソ連は、何十万人もの無知で粗暴な若者に、文化の吸収ではなく、私欲と恣意的な政策に見合った一面的で乱暴なやり方を仕込んだ。党および国家の官僚や国営企業の経営者にとって国家資本主義（国家と国営企業）の強化こそ、自分たちの利益を擁護・拡大する方策であった。彼らにとってこれこそ社会主義にほかならなかった。結果としてソビエト社会は本来の社会主義のレールから外れてしまい、国家資本主義に飲み込まれてしまった。

三〇年代後半の大テロル（大粛清）とは、社会主義を目指していた何十万人もの古参党員＝知識人革命家を肉体的に抹殺して、国家資本主義の実務者であるスターリン派（その量的中核はレーニン記念入党者）が単独で国家権力を握った革命（社会主義にとっては反革命）であった。実務者らの関心事は社会主義への前進ではなく、国家資本主義のさらなる強化であった。スターリン時代とそれ以降のソ連は労働者の国あるいは社会主義国ではなく、国家資本主義の党・官僚・経営者の国となった。一九九〇年代のソ連の崩壊時に流血の事態が生じなかったのは、三〇年代後半の大テロルですでに前支配者（つまり古参党員＝知識人革命家）の殺戮が終了していたからである。資本主義そのものはソ連国内でずっと存続していた。一九九〇年代の連邦崩壊時の変革の課題は、その資本主義をソ連型国家資本主義から脱皮させ、自由な国内市場を整備し、世界市場への直接的参入を可能にすることだった。

ただしスターリンらは社会主義の看板を外さず、自分たちがレーニンの正統な継承者であるとの宣伝を展開した。このため世界の虐げられた多くの人々は解放運動への支援をソ連に期待した。また看板を外さなかったために、レーニンらの古参党員とスターリンおよびその取り巻きの間にある知識人としてのレベルの違いと思想の違いが、現在に至るまであいまいなままで残されてしまい、スターリンを解任すべきだとのレーニンの提案が個人的な好き嫌いの問題に矮小化され、国家資本主義のメカニズムを使いこなして革命を継続するか、それとも国家資本主義に屈服してそのメカニズムに組み込まれてしまうのかという根本的な路線の争いとして受け止められることはきわめてまれになってしまった。歴史の清算（スターリン主義の克服）は決着していないのである。

二つの矛盾した主題の共存

以上見てきたように、『犬の心』には二つの主題が共存している。皮肉と冗談交じりの反社会主義的雰囲気という一つ目の主題の中で、レーニンを含む知識人の立場からレーニン記念入党者とスターリンに代表されるソビエト的人間を風刺する二つ目の主題が展開されている作品である。そして、本来異質である雰囲気とテーマが一つの作品のなかで絶妙なバランスを保ちながら融合していることにこそ、ブルガーコフの真骨頂がある。

この二つの主題は共に一九二五年当時のブルガーコフ自身の思想・感覚に根ざしている。社会主義革命の批判あるいは社会主義への反感はブルガーコフの終生変わらぬ立場である。一方、ロシアの知識人層と共産党内の知識人革命家が手を組んで共産党内の粗暴で非文化的な活動家に対立する構図の発想は、当時勢いを増してきたスターリン派と新たに登場してきたレーニン記念入党者らの粗暴で非文化的な振る舞いに対するブルガーコフの本能的な反発の産物である。古参党員とはぎくしゃくしても最後にはなんとか折り合いが付きそうだが、無教養で乱暴な新入党員をはじめとするスターリン派とは話し合いすらできそうもないという予感である。そしてこの本能的予感から出発して《全部かき集めて山分けする》や《いずれシャリコフがシュボンデルに牙をむく》といった考えに行く付くまでには、当時のベレサエフ、ボローシンらの著名な文学者、『道標転換派』の文化人などとの交流の中で議論されたレーニンとスターリンの違い、トロツキー対三人組の闘争、レーニン記念入党者の傍若無人な行動、スターリンの新入党員囲い込み工作などに関する話題が大きな影響を与えたことが想定される。とくに古参党員でモスクワ・ソビエトの中堅幹部でもあった『ネドラ』のアンガルスキー編集長は、『犬の心』の企画・執筆時の話し合いのなかでブルガーコフに様々な情報とアイデアを伝えたと思われる。その中には当時ごく少数の共産党員しか知らなかったレーニンのスターリン解任案をめぐる顚末なども含まれていたのではないだろうか。

＊＊＊

翻訳および出版に際しては多くの方々のご協力・ご助言を仰いでいる。本来ならば各位のお名前を列挙してお礼申し上げるべきであるが、紙数の関係で割愛せざるをえない。

ただし、ロシア語・ポーランド語の翻訳の大先輩である川上洸氏についてはー言述べておくべきだと思う。訳者が過去の記憶を手繰り寄せてみて曖昧ながら浮かんできたのは、一九七〇年代後半に訳者を含めた数名のロシア語翻訳者の前で川上氏が「文学作品の翻訳はむずかしい。とくにブルガーコフは一筋縄ではいかない」とおっしゃっていたこと、そして「『犬の心』は《レーニン記念入党》をとりあげた作品だと思う」と指摘されていたことである。この時点で訳者は川上氏がブルガーコフの戯曲『イヴァーン・ヴァシーリエヴィッチ』を翻訳していた（『現代世界演劇一五　風俗劇』所収、白水社、一九七一年）事実も承知しておらず、『犬の心』や『マスターとマルガリータ』の正確な内容も知らなかった。したがってまともな対応ができなかった。同席したほかの翻訳者たちがどう反応したかすら覚えていない。今回翻訳を始めてみて徐々に浮かんできたのが、この川上氏のご指摘である。あいまいな記憶であり、ひょっとしたら訳者の勘違いだった可能性もありうるので、ご本人にはいい迷惑かもしれないが、時には勘違いが力になることもあるので、ここに記してお礼を申し上げておきたい。川上洸氏は二〇二二年三月に九十五歳で亡くなられました。ご冥福をお祈りいたします。

Михаи́л Афана́сьевич Булга́ков

（1891 ～ 1940）

20 世紀ロシア文学を代表する小説家・劇作家。小説『白衛軍』、『マスターとマルガリータ』、『犬の心』、『悪魔物語』、『運命の卵』、戯曲『トゥルビン家の日々』、『逃亡』、『ゾイカのアパート』など。明快な文章、ダイナミックな展開、ユーモアと風刺、多彩なイメージを特徴とする。生前はほとんどの作品が出版・上演を禁止または制限されていた。

いしい しんすけ

民族友好大学（モスクワ）歴史文学部卒、大阪市立大学経済学部修士課程修了。ノーボスチ通信社東京支局勤務の後、ロシア向け／経由の貨物を扱う物流企業に勤めてモスクワ、サンクトペテルブルグ、ハバロフスク、ウラジオストク、ナホトカに駐在。

犬の心　怪奇な物語

二〇二二年十一月十五日印刷
二〇二二年十一月三十日発行

著者　ミハイル・A・ブルガーコフ
訳者　石井信介
発行者　飯島徹
発行所　未知谷
東京都千代田区神田猿楽町二 - 五 - 九
〒一〇一 - 〇〇六四
Tel.03-5281-3751／Fax.03-5281-3752
［振替］00130-4-653627

組版　柏木薫
印刷　モリモト印刷
製本　牧製本

Publisher Michitani Co. Ltd., Tokyo
ISBN978-4-89642-678-6　C0097